教育部人文社会科学重点研究基地重大项目
《西方古代学术名著译丛》(19JJD770002)
重要成果

2020年度国家出版基金资助项目

西方古典
译丛

总主编 杨共乐

ODES, EPODES, SATIRES AND EPISTLES

SELECTIONS FROM HORACE

贺拉斯诗选

[古罗马] 贺拉斯 著
岳 成 译

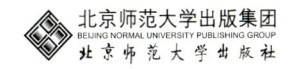

北京师范大学出版集团
BEIJING NORMAL UNIVERSITY PUBLISHING GROUP
北京师范大学出版社

题　记

　　西方古典文明是人类文明的重要组成部分，为西方文明的源头，对后世影响巨大。古代希腊与罗马的神话、史诗、历史、文学、演说、法律等无不成为近代以来西方文化的经典与范本，对西方文化起着重要的规范作用。就学习和研究西方文明的学者而言，古代希腊与罗马显然是不可忽视的对象。"言必称古希腊与罗马"与"言必称夏、商、周三代"同样重要。

　　百余年来，尤其是中华人民共和国成立以来，为了使我国的公众更多地了解西方文化，我们的前辈学者或译介文献，解读思想，或出版论著，阐释心得，已经做了许多基础性的建设工作。其工作之细、著译之丰着实令人叹服。

　　从20世纪50年代起，北京师范大学历史系就开始组织力量，着力译介和研究古代希腊与罗马的相关学说，并逐渐产生影响，成为我国西方古典学研究的重镇。刘家和先生、李雅书先生、马香雪先生都是在西方古典学译介和研究领域成就卓著的学者。1984年，我有幸考入北京师范大学历史系，成为李雅书先生的学生。廖学盛先生、马香雪先生都是我们的语言老师。先生们对外语要求极严。在他们的严厉督促和鼓励下，我们背单词，读拉丁，抠古希腊语法，搞翻译训练，整天忙碌，不亦乐乎。后来，我也把这种方法运用到学生的培养上，慢慢探索，不断提高，取得了较好的成绩。现在呈现在读者面前的

"西方古典译丛"都是我们在数年翻译训练的基础上，细致打磨、反复推敲的作品，希望对我国的古典学研究有所帮助。

在翻译过程中，为了搞清英文表达的逻辑结构，并努力把握古典文献相关概念的正确内涵以及各国典章制度的史源流变，我们向专家请教，向前贤求道，除了使用主要的英译本外，还参阅了其他能够找到的相关译本或注释本。我们深知，翻译是一项极其艰苦但又十分神圣的事业，是译者与古典作者思想心灵间的交流，是译者与文字、文献乃至西方古代文化之间的对话，因此对译编者的要求极高。对于"西方古典译丛"，我们尽管进行了多次审校，但不够准确和完美的地方肯定不少，敬请读者批评指正。

杨共乐

北京师范大学史学理论与史学史研究中心

2022 年 12 月 26 日

译者序

在西方诗歌史上，贺拉斯（Quintus Horatius Flaccus，公元前65年—前8年）被认为是最典型的古罗马奥古斯都时代的诗人[1]，是不平凡的凡人[2]，是这个世界的完人[3]。昆体良（Quintilian）认为贺拉斯的诗歌是唯一值得阅读的拉丁诗歌。[4] 在斯多葛主义与伊壁鸠鲁主义争锋的奥古斯都时代里，贺拉斯的诗歌创作并不拘泥于派系。这种不受工具羁绊，自由抒写性灵，任由思想驰骋的写作境界令人神往。

贺拉斯的人生经历非常丰富和复杂。在不同历史时期，他曾经有过多种身份——去罗马和雅典求学的被释奴的儿子、追随布鲁图的共和派斗士、梅塞纳斯身边默默无闻的门客、宣传奥古斯都帝国理想的御用文人、急流勇退的豁达智者和被迫复出的识时务者。这些人生经历也必然反映在他的作品上。正如爱德华·弗伦克尔（Eduard Fraenkel）所言："贺拉斯讲述了自己太多的事情——他的性格、人生经历

---

[1] Kurt A. Raaflaub & Mark Toher, *Between Republic and Empire: Interpretations of Augustus and His Principate*, Berkeley: University of California Press, 1993, p. 40.

[2] Sydney Alexander, *The Complete Odes and Satires of Horace*, Princeton: Princeton University Press, 1999, p. xvii.

[3] 关于完人，伊迪斯·汉密尔顿在其著作《罗马道路》中使用的英文原文是 the complete man 而不是 the perfect man，所以汉密尔顿认为贺拉斯是一个经历各种世事的完整的人，而不是没有任何缺点的完美的人。参见 Edith Hamilton, *The Roman Way*, New York: W. W. Norton & Company, Inc., 1932, p. 152.

[4] Quintilian, *Institutio Oratoria*, 10.1.96.

和生活方式,远超古典时期其他伟大的诗人。"①所以,他的诗歌对于我们了解奥古斯都时代罗马文人的生活无疑具有非常重要的意义。

诗人和诗歌是历史的产物,也是历史的记录。从诗人和诗歌可以看到历史,或许还是有特殊价值的历史。贺拉斯诗歌的创作时间跨越古罗马历史上最波诡云谲和惊心动魄的时代——从共和国末年的内战时期一直到奥古斯都创立的帝国初期,内容涉及政治、经济、军事、法律、文学、道德、宗教、哲学、文化、艺术、宴饮、友谊和爱情等社会生活的各个方面。非常幸运的是,他用拉丁语写成的这些作品,通过一代又一代学者的翻译和注疏,非常完整地流传下来,不仅成为研究古罗马文学的重要作品,也成为研究古罗马从共和国末年到帝国初年社会转型期真实状况的珍贵史料。

贺拉斯的全部作品在学术界都被视为诗歌体裁,共计162首,包括颂诗(*Odes*)4卷103首、《世纪颂》(*Carmen Saeculare*)、长短句(*Epodes*)17首、讽刺诗(*Satires*)2卷18首、诗体书简(*Epistles*)2卷22首和《诗艺》(*Ars Poetica*)。目前流行于世的贺拉斯作品英译本众多,但最具权威的莫过于哈佛大学出版社出版的"洛布古典丛书"(Loeb Classical Library)中的贺拉斯作品英译本。我依据该丛书中的英译本,共翻译了贺拉斯的诗歌157首②,包括颂诗103首、长短句15首、讽刺诗17首和诗体书简22首。其中的颂诗和长短句,英译者为贝尼特(C. E. Bennett)(Horace,*Odes and Epodes*,translated by C. E. Bennett,Loeb Classical Library,Harvard University Press,1914.);其中的讽刺诗和诗体书简,英译者为法伊尔克劳夫(H. R. Fairclough)(Horace,*Satires*,*Epistles and Ars Poetica*,translated by H. Rushton Fairclough,Loeb Classical Library,Harvard University Press,1926.)。对于英译者脱离古罗马社会生活实际

---

① Eduard Fraenkel,*Horace*,Oxford:Oxford University Press,1957,p. 1.
② 长短句第八首、长短句第十二首、讽刺诗第一卷第二首、《世纪颂》和《诗艺》未翻译。

译者序

的一些翻译，例如把贺拉斯诗歌中的古罗马时期的长度单位、面积单位和货币单位等用现代英制单位翻译的现象，我认为并不科学。现代英制度量衡单位与古罗马时期的度量衡单位并不对等，故应保留古罗马时期的度量衡单位，这更符合拉丁诗歌的原貌。因此，我在汉译中仍按照古罗马时期的度量衡单位译出。虽然英译本存在上述值得商榷的地方，但瑕不掩瑜。从总体上看，贝尼特的英译本和法伊尔克劳夫的英译本语言流畅优美，文字准确到位，是到目前为止贺拉斯作品的最佳英译本。

贺拉斯在创作这些诗歌时，并没有给每篇诗歌拟定题目，学者一般以诗歌开篇的第一句话作为诗歌的题目。鉴于依据译本的英译者为每篇诗歌拟定了题目，为便于读者对每篇诗歌的主题有更加明晰的认识，我保留了这些题目，直接译出。关于本书注释，贺拉斯诗歌作品距今年代久远，译者、注疏者和读者对这些诗歌的理解差异巨大。对于比较明确的理解和必要的注释，我保留了英译者的原注，在注释后标注为"英译者"。针对汉语读者的实际情况，我还添加了一些必要的注释，标注为"译者"。本书后附有索引。我参考英译者原索引，按英文字母的顺序对神名、英雄名、人名和地理名词等专有名词做了全面的梳理，并标明在贺拉斯作品中的出处，示例如下：Odes. 1.1 表示颂诗第一卷第一首；Epodes. 1 表示长短句第一首；Satires. 1.1 表示讽刺诗第一卷第一首；Epistles. 1.1 表示诗体书简第一卷第一首。

翻译和研究贺拉斯的这些诗歌占用了我大量的时间和精力，从在北师大读博时起至今已十载有余，可谓十年磨一剑。这个过程虽然艰难辛苦，但因兴趣所在，我也并未感到特别枯燥。如今终于付梓出版，也算了却了我的一桩心愿。尽管我非常想把贺拉斯的这些诗歌翻译好，但肯定有不当之处，敬请读者不吝赐教。

岳　成

2024 年 8 月

目 录

颂诗(第一卷)

一、致梅塞纳斯 ………………………………… 3
二、致奥古斯都,国家的拯救者和希望 ………… 5
三、致远行希腊的维吉尔 ………………………… 7
四、春曲 …………………………………………… 9
五、致皮拉 ………………………………………… 11
六、致阿格里巴 …………………………………… 12
七、提布尔礼赞 …………………………………… 14
八、锡巴里斯对莉迪亚的迷恋 …………………… 16
九、严冬无法阻挡我们内心的欢娱 ……………… 17
十、墨丘利赞歌 …………………………………… 19
十一、享受正在飞逝的时光 ……………………… 20
十二、奥古斯都颂 ………………………………… 21
十三、论妒忌 ……………………………………… 24
十四、致罗马之船 ………………………………… 25
十五、海神的预言 ………………………………… 26
十六、诗人的反悔 ………………………………… 28
十七、致泰恩达里斯 ……………………………… 30

十八、酒颂 …………………………………………… 32
十九、格莉色拉的魅力 ……………………………… 34
二十、致梅塞纳斯 …………………………………… 35
二十一、赞扬拉托那和她的孩子们 ………………… 36
二十二、野兽也要躲避正直的人 …………………… 37
二十三、不要害怕我，科洛 ………………………… 38
二十四、昆提里乌斯挽歌 …………………………… 39
二十五、莉迪亚的魅力已逝 ………………………… 40
二十六、缪斯，让拉米亚永恒！ …………………… 41
二十七、凡事要节制！ ……………………………… 42
二十八(1)、死亡是所有人的宿命 ………………… 44
二十八(2)、请埋葬我 ……………………………… 46
二十九、学者变成了冒险家 ………………………… 47
三十、向维纳斯祈祷 ………………………………… 48
三十一、诗人的祈祷 ………………………………… 49
三十二、向里拉琴祈祷 ……………………………… 50
三十三、错爱 ………………………………………… 51
三十四、诗人的转变 ………………………………… 52
三十五、致命运女神 ………………………………… 53
三十六、快乐的回归 ………………………………… 55
三十七、克里奥帕特拉的灭亡 ……………………… 56
三十八、远离东方的奢华 …………………………… 58

颂诗(第二卷)

一、致写内战史的波里奥 …………………………… 61
二、如何正确看待金钱 ……………………………… 63

三、享受飞逝的时光！ ………………………………… 65

四、与女奴相爱 ……………………………………… 67

五、尚未成熟 ………………………………………… 69

六、提布尔和塔兰托礼赞 …………………………… 70

七、快乐的回归 ……………………………………… 71

八、巴里尼的鬼魅 …………………………………… 73

九、不要再悲伤，瓦尔吉乌斯！ …………………… 75

十、"中庸之道" ……………………………………… 76

十一、享受飞逝的时光！ …………………………… 78

十二、利塞姆尼亚 …………………………………… 79

十三、惊险的逃脱 …………………………………… 81

十四、死亡不可避免 ………………………………… 83

十五、奢侈的侵蚀 …………………………………… 84

十六、满足于真正的快乐 …………………………… 85

十七、不要绝望，梅塞纳斯！有一颗星把我们的命运相连 …… 87

十八、富人的浮华 …………………………………… 89

十九、致巴克斯 ……………………………………… 91

二十、诗人预言自己的不朽 ………………………… 93

颂诗（第三卷）

一、论简朴 …………………………………………… 97

二、忍耐力和忠诚 …………………………………… 99

三、在正义事业中目的的坚定 ……………………… 101

四、智慧和秩序 ……………………………………… 104

五、战斗的勇气 ……………………………………… 108

六、宗教和纯洁 …………………………………… 110
七、保持忠诚，阿斯蒂瑞！ …………………… 112
八、快乐的周年纪念 ……………………………… 114
九、重温旧情 ……………………………………… 116
十、情人的抱怨 …………………………………… 117
十一、莱德，吸取达那乌斯
女儿的教训！ ……………………………… 118
十二、拿布里的独白 ……………………………… 121
十三、致班都西亚泉 ……………………………… 122
十四、奥古斯都回归 ……………………………… 123
十五、年老与年轻 ………………………………… 125
十六、知足常乐 …………………………………… 126
十七、下雨的翌日 ………………………………… 128
十八、福纳斯保佑 ………………………………… 129
十九、宴饮 ………………………………………… 130
二十、对手 ………………………………………… 132
二十一、酒颂 ……………………………………… 133
二十二、向狄安娜献祭 …………………………… 135
二十三、众神喜欢虔诚者胜过供品 ……………… 136
二十四、金钱是罪恶之源 ………………………… 137
二十五、酒神赞美诗 ……………………………… 140
二十六、爱的胜利结束了 ………………………… 142
二十七、一路平安 ………………………………… 143
二十八、庆祝海神节 ……………………………… 146
二十九、问心无愧 ………………………………… 147
三十、诗人不朽的声名 …………………………… 150

颂诗（第四卷）

- 一、维纳斯，要克制！ ······ 153
- 二、是你安东尼，而不是我，应该歌颂伟大恺撒的功绩 ······ 155
- 三、啊，缪斯，我的荣誉是你的礼物 ······ 158
- 四、德鲁苏斯和克劳狄家族 ······ 159
- 五、保佑奥古斯都 ······ 162
- 六、阿波罗赞歌 ······ 164
- 七、春天回来了 ······ 166
- 八、诗赞 ······ 168
- 九、洛里乌斯颂 ······ 170
- 十、美貌是短暂的 ······ 172
- 十一、快乐的生日 ······ 173
- 十二、春天的快乐 ······ 175
- 十三、报应 ······ 177
- 十四、德鲁苏斯和提比略 ······ 178
- 十五、奥古斯都 ······ 180

长短句

- 一、友谊赞 ······ 185
- 二、乡村的快乐 ······ 187
- 三、邪恶的大蒜！ ······ 190
- 四、新贵 ······ 191
- 五、卡尼迪亚的巫术 ······ 192
- 六、诽谤者 ······ 195

七、内战 …………………………………………… 196

八、略 ……………………………………………… 197

九、亚克兴海战之后 ……………………………… 197

十、祝梅维乌斯厄运 ……………………………… 199

十一、丘比特的力量 ……………………………… 201

十二、略 …………………………………………… 203

十三、蔑视暴风雨——照样作乐 ………………… 203

十四、没有履行的诺言 …………………………… 204

十五、无信 ………………………………………… 205

十六、内战的痛苦 一种解药 …………………… 207

十七、贺拉斯和卡尼迪亚的对话 ………………… 210

讽刺诗（第一卷）

一、对财富和地位的追逐 ………………………… 217

二、略 ……………………………………………… 221

三、关于相互容忍 ………………………………… 221

四、为讽刺诗辩护 ………………………………… 226

五、布林迪西之旅 ………………………………… 230

六、关于政治抱负 ………………………………… 234

七、写给弑君者 …………………………………… 238

八、生殖神如何把女巫击败 ……………………… 240

九、不受欢迎的同伴 ……………………………… 242

十、关于讽刺诗 …………………………………… 245

讽刺诗(第二卷)

一、致批评者 ………………………………… 251
二、关于朴素生活的阐释 …………………… 255
三、人类的精神疾病 ………………………… 260
四、好生活的艺术 …………………………… 271
五、追逐遗产的艺术 ………………………… 274
六、城市生活和乡村生活 …………………… 278
七、只有智者是自由的 ……………………… 282
八、晚宴上的狼藉 …………………………… 286

诗体书简(第一卷)

一、致梅塞纳斯 ……………………………… 291
二、致洛里乌斯·马克西姆斯 ……………… 295
三、致尤里乌斯·弗洛卢斯 ………………… 298
四、致阿尔比乌斯·提布卢斯 ……………… 300
五、致托尔夸图斯 …………………………… 301
六、致努米西乌斯 …………………………… 303
七、致梅塞纳斯 ……………………………… 306
八、致塞尔苏斯·阿尔比诺瓦努斯 ………… 309
九、致提比略 ………………………………… 310
十、致阿里斯提乌斯·福斯库斯 …………… 311
十一、致布拉提乌斯 ………………………… 313
十二、致伊希乌斯 …………………………… 314
十三、致维尼乌斯·阿西纳 ………………… 315
十四、致我农庄的管家 ……………………… 316

十五、致瓦拉 ……………………………………………… 318
十六、致昆科提乌斯 …………………………………… 320
十七、致斯佳瓦 ………………………………………… 323
十八、致洛里乌斯·马克西姆斯 ……………………… 326
十九、致梅塞纳斯 ……………………………………… 330
二十、致我的书 ………………………………………… 332

诗体书简(第二卷)

一、致奥古斯都 ………………………………………… 337
二、致尤里乌斯·弗洛卢斯 …………………………… 345

索　引 …………………………………………………… 352

颂诗(第一卷)

一、致梅塞纳斯

血统高贵的梅塞纳斯,我的坚固堡垒和无上荣光。

有人喜欢驾驶战车参加竞技,上面沾满奥林匹克的尘土,灼灼发烫的车轮围绕着车轴快速旋转,光荣的棕榈把人世之英主抬升为天上之诸神。

有人喜欢被善变的罗马暴民拥戴而取得三重荣誉。

有人喜欢把从利比亚打谷场劫取的谷物储藏在自己的粮仓。

农民喜欢耕种祖辈的土地,你无法用阿塔卢斯的事迹引诱他们,让他们成为战战兢兢的水手,妄想以塞浦路斯的小舟横渡米尔托翁海。

害怕西南风的商人,知道西南风经常在伊卡鲁斯掀起汹汹之浪,所以他们羡慕家乡的宁静,然而不久又要重整破碎的舟船,因为他们无法忍受贫穷。

有人喜欢陈年的马西克酒,准备在繁忙的一天忙里偷闲,他们时而在翠绿的杨梅树下伸展臂膀,时而在滋养无数潺潺溪流的神圣之源旁跃跃欲试。

有人喜欢身处行伍,听着伴随号角的喇叭声,参加母亲们所痛恶的战争。

猎人喜欢在冰冷的天空下,完全忘却他们娇柔的妻子,等待着忠诚的猎犬发现野鹿,抑或马尔西野猪撞入精心编织的猎网。

至于我,常春藤——诗人的奖赏,已经把我和天上的诸神密密交织；凉爽的果园以及森林之神和林泽仙女的轻松舞步已经使我脱离了凡尘，只要司乐女神吹奏长笛，圣歌女神调奏莱斯博斯七弦琴。但是如果你把我看作抒情的吟游诗人，我将高昂头颅去触碰星宿。

二、致奥古斯都，国家的拯救者和希望

朱庇特把可怕的灾难降临人间，大雪冰雹肆虐，他用红彤彤的右手重击圣山之顶，让人们感觉灾难性的皮拉时代卷土重来，惊恐异常。人们惊恐于各种奇异的景象：普罗特斯神驱赶海豹拜访圣山，鱼族栖息在榆树之顶，而这本来是鸽群的栖息之地，惊恐的鹿在势不可当的洪水中漂荡。

我们看见了黄色的台伯河，来自托斯卡纳海滨的汹汹之浪无所不摧，淹没了国王的宫殿和维斯塔神庙，以显示它作为挚爱妻子的丈夫，为幽怨的伊利娅复仇之执着，它席卷河之东岸，而这并没得到朱庇特神的准许。

年青一代已越来越少，而这源于父辈的罪过，他们将会聆听内战的刀风剑雨，而这刀剑本应砍向死敌帕提亚人，而此刻他们却在聆听这场罗马人之间的战争。

诸神之中有谁能听见凡尘的召唤来挽救濒危的帝国？贞女们该用什么样的话祈求已厌倦她们诔词的维斯塔？朱庇特将把替人类赎罪的任务交付给谁？我们祈求你快点儿来吧，先知先觉的阿波罗，双肩闪耀，腾云驾雾；或者是你，永远微笑的厄伊克斯山的女神维纳斯，嬉戏之神卓库斯和爱神丘比特萦绕在你的身边；或者是你，我们的祖先战神马尔斯，如果你担心你的血系和后代，不要再进行你已经厌倦的

游戏，因它已经持续了太长的时间，你喜欢听战场的厮杀声，你喜欢看闪闪发光的头盔和马尔西步兵怒视着死敌沾满血迹的脸。

或者是你，慈祥玛亚的有翼之子——墨丘利，如果你化身为一个年轻人来到人间并愿意为恺撒复仇，希望你不要急于返回天庭；希望你长久地和奎里纳斯的子孙生活在一起；希望你不要因愤怒于我们的罪过而随疾风登上天庭，留在这里沉浸在伟大的胜利中吧；希望你能喜闻"国父"或者"第一公民"的称号。啊，恺撒①！只要你是我们的领袖，就一定会让敢于挑衅的米底人受到惩罚。

---

① 指奥古斯都。——译者

三、致远行希腊的维吉尔

啊！船！希望统治塞浦路斯的女神，那些明亮的火焰——海伦的兄弟们，囚禁除伊阿佩克斯之外的所有风的风神艾奥鲁斯能够指引你航行；我把维吉尔托付给你，一定让他毫发无损地到达阿提卡海滨，我保佑他，我一半的灵魂将与他同在！

橡木和三重铜包裹着维吉尔的心脏，他首次以脆弱的孤舟来挑战怒海，他不畏惧凛冽的西南风与强大的北风在海上争锋掀起的巨浪，不畏惧阴暗的毕星团带来的暴风雨，不畏惧疯狂的南风——亚得里亚海的强势之主，不管它兴风作浪还是平息波涛。

什么样的死亡能让维吉尔畏惧呢？他用干涩的眼睛凝视着海里游弋的怪兽，凝视着波涛汹涌的大海，凝视着臭名昭著的阿克罗塞劳尼亚峭壁。如果不虔诚的船都穿越大海来到不该涉足的禁地，那神用智慧把陆地与海洋分割岂不是完全徒劳？

人类敢于做一切鲁莽的事情，不惧亵渎神圣。伊阿佩托斯鲁莽的儿子[①]用可耻的欺骗行为为人类偷取火种。当他从天堂的家偷取火种之后，破坏性的疾病和一系列前所未有的热病相继降临人间，而以前缓步向我们走来的无法逃脱的死亡的厄运，偷火之后却加快了它的脚步。

---

① 普罗米修斯。——译者

代达路斯尝试了对人类来说根本无法实现的真空飞翔，历经磨难的赫拉克勒斯勇渡冥河。凡人认为什么事情都能做到。我们错误地想要上天，我们的罪过无法让愤怒的朱庇特抛弃他的闪电。

四、春曲

春风融化了严寒，
绞车正把船从干船坞拖向海滩，
牲畜不再留恋圈栏，
农夫不再围火取暖，
白霜也逃离了广袤的草原。
塞西拉的维纳斯领舞于明月高悬，
美惠三女神携手林泽仙女舞姿翩翩，
炫目的火神也来视察塞克罗普的重型锻造间。

这正是用花环束发之时，
你可以用桃金娘的绿叶或漫野的鲜花；
这正是聚集在林荫里用羔羊向福纳斯献祭之时，
无论他喜欢绵羊羔或者山羊羔，
我们都满足他。

苍白的死神也没有远去，
他踏着公正的脚步前来敲门，
无论穷人的寒舍还是富人的城堡，
他一视同仁。
即便是家财万贯的塞斯提乌斯，
生命的短暂也不容你长远打算。

不久，死亡之夜将把你笼罩，
一旦你踏入幽灵之地和阴暗的冥府，
就再也不能玩掷骰决定谁来宴请，
也无可能再欣赏俊美的利西达斯，
此刻，他正撩起小伙子们的激情，
不久，他也会让姑娘们心花怒放。

五、致皮拉

啊！皮拉！在铺满玫瑰花的岩洞里，哪位身上浸满香水的英俊小伙儿把你拥抱？你为谁束起了金发？此时的你淳朴而优雅。但对他来说并非好事。今后他将会经常哀叹善变的誓言和神灵，惊讶地看着大海上的黑风卷起惊涛骇浪。今天他爱你如金，希望你心无他人，永远忠贞，但他却忽略了背信弃义的风。可叹那些不知道你为人的可怜虫被你迷得眼花缭乱！而至于我，神庙墙上的还愿匾已记录一切，我已把湿透的衣衫献给了海神。

六、致阿格里巴

史诗诗人瓦里乌斯将会歌颂你,
你勇胜死敌,功勋卓著,
你率领勇敢的战士,
驾驭战马开疆辟土,
驾驶战船扬帆远航。

阿格里巴,我不会歌颂这些主题,
不会歌颂珀琉斯之子①执着的脾气,
不会歌颂狡猾的尤利西斯的海上之旅,
不会歌颂珀罗普斯的残忍家族,
这些主题对于力量薄弱的我太过宏大。
因为谦逊和擅长非战争诗篇的缪斯禁止我用卑微的才华贬损光荣的恺撒的功绩和你的功绩。
谁有资格描述穿着坚硬胸甲的战神?
或是沾满特洛伊尘土的麦瑞奥尼斯?
或是在雅典娜的帮助下神一般的堤丢斯之子②?

我歌颂酒宴,

---

① 阿喀琉斯。——译者
② 狄俄墨得斯。——译者

歌颂凶残的少女用尖尖的指甲袭击青年的战斗。
不管天真无邪，
抑或被爱煎熬，
我只歌颂轻松的主题。

七、提布尔礼赞

有些诗人会赞颂大名鼎鼎的罗德岛，
或者米提利尼，或者以弗所，
或者地跨两海的科林斯城墙，
或者以酒神巴克斯著称的底比斯，
或者以阿波罗闻名的德尔菲，
或者塞萨利的滕比谷。
还有一些诗人，
他们唯一的任务就是在长诗中不停地赞颂圣洁的雅典娜的城市，
把从四面八方采摘的橄榄枝编织的花环戴在头上。
还有一些诗人，
为了向朱诺表达敬意，
会赞颂盛产名马的阿哥斯，
或者富裕的迈锡尼。
至于我，
打动我的并非强大的拉西第梦，
也不是富饶的拉里萨平原，
而是阿尔布尼亚的回声洞，
飞流直下的阿尼奥瀑布，
还有得到潺潺溪流滋养的提布努斯树林和果园。

正如南风会驱散乌云，

不总是带来降雨,
啊,普兰库斯,
你一定要用醇酒打发掉俗世的阴霾与烦恼,
不论你身处军徽闪耀的军营,
还是在你挚爱的提布尔的浓荫之中。

透克洛斯在遭到驱逐而不得不离开萨拉米斯和他的父亲的时候,
据说把用白杨编织的花环戴在头上,
在饮酒之时,
对他悲伤的朋友说道:
"朋友们,同伴们,比我父亲更善良的命运女神要把我们带往别处!不要绝望,只要透克洛斯还是你们的领袖,就会照管你们。永远正确的阿波罗已经承诺:在一片新的土地①上会有另一个萨拉米斯。啊!勇敢的英雄们,你们和我历经磨难,现在请用酒把忧虑一扫而光!明天我们将重新起航,奔向广阔的海洋。"

---

① 指塞浦路斯。——译者

八、锡巴里斯对莉迪亚的迷恋

莉迪亚，以众神的名义，请你告诉我，
为什么你决定用爱来加速毁灭锡巴里斯。
曾经不畏尘土和日晒的他，
为什么现在要躲避太阳炙烤的战神广场？
为什么他不再骑马和他的骑兵们一起训练，
也不再用棘齿的马嚼驾驭他的高卢战马？
为什么他现在害怕涉足黄色的台伯河？
为什么他现在不敢涂抹橄榄油，
好像它比毒蛇的血更加可怕？
为什么曾经以投掷铁饼和标枪闻名，并屡创纪录的他不再向人展示因训练而在手臂上留下的瘀伤？
他为什么销声匿迹，
就像海神西蒂斯的儿子①为逃避特洛伊那令人心碎的死亡一样，
以免男人的衣装会使他卷入和利西亚联军的血战？

---

① 阿喀琉斯。——译者

九、严冬无法阻挡我们内心的欢娱

你看见了吗?
索拉克特山上的皑皑白雪,
放出耀眼的光芒,
山上的树已禁不起重负,
严寒已封冻了溪流。
泰里阿科斯啊!
不要吝惜取暖的木柴,
把它们在炉火上高高地摞起,
再慷慨地拿出已在萨宾酒坛中储藏了整整四年的美酒。
把未来的命运交给众神吧,
一旦他们止息汹涌海面上狂野的风,
老丝柏和白蜡树将不再摇曳。

别再问明天会发生什么,
不管命运女神为你安排了怎样的一天,
就把它看作额外的恩赐!
正值大好年华,
离脾气古怪的暮年还有很远,
千万别拒绝甜蜜的爱情,
还有那欢畅的舞姿。
夜幕已经降临,

赶快去战神广场的草坪和城市的广场，
情侣幽会，细语呢喃，
一声欢笑从隐秘的角落里传出，
暴露了藏在那儿的姑娘，
她心花怒放，却假装矜持，
默许她手上或臂上的首饰被情人夺去。

十、墨丘利赞歌

啊！有雄辩之才的墨丘利，擎天神阿特拉斯之孙！
你用演讲和优美的摔跤智慧地改造了先民的蛮荒暴戾，
我要歌颂你，
你是朱庇特和众神的信使，
弯曲的七弦琴之父，
擅长隐藏你用幽默的方式偷窃的一切物品。
当你还是个孩子的时候，
阿波罗用严肃的语调恐吓你交出被你狡猾盗窃的母牛，
当他突然发现自己的箭袋反而也被你偷走时，
转而大笑不止。
也是在你的指引之下，离开特洛伊城的富有的普里阿姆躲开了阿特柔斯傲慢的儿子们①、塞萨利的营火和威胁特洛伊城的希腊军队。
你让虔诚的灵魂找到了幸福的归宿，
用金色的魔杖指挥一大群鬼魂，
取悦天上诸神和地下诸神。

---

① 阿伽门农和墨涅拉俄斯。——译者

十一、享受正在飞逝的时光

勒柯诺爱！
你不要问，也不被允许知道，
众神为你我安排了怎样的命运，
也不要试图用巴比伦的占星术得到答案。
无论命运如何，都应从容面对，
不管朱庇特赐予我们更多的冬天，
还是只此最后一冬，
随着伊特鲁里亚的海浪拍击礁石，
都注定要消失。
做出明智的选择吧！
赶快滤酒浆①，
生命短暂不容你长远打算。
甚至在你我说话间，嫉妒的时间已经流逝。
抓住今朝，别再寄托来日！

---

① 古罗马人用金属过滤器或亚麻袋过滤出酒中的沉淀物。——译者

十二、奥古斯都颂

啊！克里奥，你用七弦琴和长笛奏出悦耳的曲调来颂扬什么样的人？什么样的英雄？什么样的神？

他的名字会欢快地回响，

无论在阴凉的赫利孔山坡，

还是在品都斯山顶，

或是在寒冷的哈伊穆斯，

森林鲁莽地追随歌声悦耳的俄耳甫斯，

其母①传授给他的音乐让匆匆赶路的溪流和疾风停下脚步，

橡树也竖起耳朵倾听他奏出的美妙的旋律，

被他的魅力吸引随他而去。

我将怎样讴歌朱庇特？

他对各种赞誉早已习以为常，

他管理凡人和众神的事务，

通过四季变换来统治海洋、陆地和天空。

他的孩子中没人比他更伟大，没人拥有可与他比肩的力量，哪怕是与他接近的力量。

距离他的光荣之位最近的是作战勇敢的帕拉斯，

我也不会忽略你，巴克斯，

还有你，狩猎女神狄安娜，凶猛野兽的死敌，

---

① 史诗缪斯卡利奥普。——译者

还有你，福玻斯，百发百中的神箭令人畏惧。

我也会歌颂阿尔喀德斯和莉达的儿子们①，

一个擅长骑马，一个擅长拳击，

一旦你们耀眼的星宿照亮了水手的航程，

波涛翻滚的海水就会被岩礁所阻而退去，

狂风会停止，乌云会散去，

骇人的巨浪在海底平息，

而这都是他们的命令。

在这些神之后，

我不知道是否该歌颂罗慕路斯，

或者努玛的和平统治，

或者塔克文威严的束棒，

或者加图的光荣之死。

我还要歌颂雷古鲁斯、斯考里还有保卢斯——当迦太基人横行之时，

你英勇就义。

我还要充满感激地为你献上赞歌——

法布里丘斯，

像长发的库里乌斯和卡米卢斯一样，

极端贫困，耕种着祖辈留下来的田产，住在简陋的农舍，而这却造就了战场上英勇无敌的你。

马赛鲁斯的光荣，像一棵树一样，

随着时间的静静流逝，渐渐成长。

而所有这些人当中，

朱里亚家族的星座最为闪亮，

---

① 卡斯托尔和波吕克斯，分别擅长骑马和拳击，是航海者的保护神。——译者

就像月光在群星中闪耀。

啊！朱庇特，人类的守护者，
你是农神之子，
你已经和威严的恺撒的命运紧紧相连，
你统治着宇宙，
恺撒位列你之后！
只要在你的领导下，
恺撒就能在对威胁拉丁姆的卑劣帕提亚人的战斗中取得辉煌的胜利，
就能使东部边境的赛里斯人和印度人臣服，
就能公正地统治幅员辽阔的帝国。
用你的重装战车震动奥林匹斯山吧！
把你的雷电劈向污浊的树林吧！

十三、论妒忌

莉迪亚！
当你赞美特勒浦斯玫瑰色的颈，
当你赞美特勒浦斯柔滑的臂，
唉！我就因嫉忿的激情而大动肝火。
思维错乱，面色突变，
湿润的泪珠悄然滑落面颊，
难掩内心痛苦的煎熬。
无论酒后吵架撕扯给你玉肩上留下的伤痕，
还是疯狂的小伙儿在你朱唇上留下的牙印，
都使我怒火中烧。
你若肯听我一言，
就不会对他死心塌地，
他竟野蛮地亵渎你的甜唇，
那里可充满了维纳斯琼浆玉液的精华！
真正的幸福应有牢不可破的爱情维系，
没有恶意的争吵，
永不分离，
直到生命末日。

十四、致罗马之船

啊，罗马之船，层层巨浪又要把你推向大海。
要当心啊！赶快勇敢地靠向港湾！
舷墙已没有桨橹，船壳已没有龙骨，
破碎的船桅和帆桁在疾风中嘎吱作响，
你难道对这一切视而不见？
这一切怎能抵御来势汹汹的大海？
船帆支离破碎，
当你危难重重的时候也没有神灵可以召唤①，
现在你再一次被危险包围。
尽管你用驰名的本都松所造，
是声名显赫的森林的女儿，
尽管你吹嘘你的血统和声名，
但这毫无用处，
胆怯的水手对装饰俗丽的船哪有信心。
要当心啊！除非你想成为狂风的玩物！
尽管不久前我还对你恼怒和厌倦，
但现在我却对你充满慈爱和焦切的关怀！
激流涌动在闪亮的基克拉迪群岛中间，
你要躲开那片危险的海域！

---

① 神像一般放在船尾，这里指船尾的神像已经被大海吞噬。——译者

十五、海神的预言

当背信弃义的年轻牧羊人①在海上用伊达木船带走他主人的妻子海伦时,
涅柔斯用不友善的平静止住了疾风,
这可能预示了悲惨的命运:
"在这样一种噩兆之下,
你把一个女人带回了家,
而她却是许多希腊勇士要全力夺回的,
他们发誓要毁灭你们的婚姻和普里阿姆的古老王国。
唉!多少战马和勇士将面临艰苦跋涉!
你将给达尔达努斯的人民带来多少死亡!
雅典娜也已经备好了她的头盔、盾牌和战车,
并积蓄着她的愤怒。
你虽有维纳斯壮胆,也是徒劳,
你梳理着长发,
用你的里拉琴弹奏着只有女人才喜欢的和缓乐曲;
你尽管躲进了女人的闺房,
躲过了重矛、克里特的芦苇镖、战争的喧嚣和阿贾克斯迅捷的追踪,也是徒劳。
唉!尽管来得有点儿晚,到最后你通奸的长发还是会被弄脏!
环顾四周,

---

① 帕里斯。——译者

你没有注意到拉厄耳忒斯的儿子①，你们种族的克星？
或者皮洛斯的涅斯托耳？
或者勇敢地扑向你的萨拉米斯的透克洛斯和善战的斯忒涅路斯？
如果需要驭马，
他出类拔萃。
麦瑞奥尼斯，你也应该知道！
瞧！凶猛的堤丢斯的儿子，
比他的父亲更勇敢，
愤怒地追捕着你，
而你就像隔着山谷看见了野狼的雄鹿，
早已忘记了牧场，
怯懦地逃避他的追捕，
痛苦地喘息奔跑，
尽管你已向海伦承诺，
你拥有无与伦比的英勇。
阿喀琉斯的愤怒会延后特洛伊和佛里几亚母亲的灭亡之日，
但几个冬天之后，
希腊人的大火注定要烧毁特洛伊的宫殿。"

---

① 尤利西斯。——译者

十六、诗人的反悔

啊！姑娘！比你迷人的母亲更加迷人，
随你怎么处置我辱骂你的诗篇吧，
你可以把它付之一炬，
或是抛进亚得里亚海的汪洋！

无论是狄恩戴穆斯的女神，还是让祭司神魂颠倒的德尔菲神庙里的阿波罗，抑或是酒神巴克斯，抑或是敲着刺耳铙钹的母神的随从，
都不及严酷的愤怒给人的灵魂带来的混乱。
不管是诺里克之剑，或是吞噬沉船的海，
或是猛烈的大火，
甚至劈下惊雷的朱庇特，
都无法阻止愤怒。

据说普罗米修斯在不得不把每种动物的一种元素融入最初造人的泥土时，
把凶猛狮子的愤怒融入了人类的心脏。
正是愤怒毁灭了梯厄斯忒斯，
并且也是高耸的城市完全毁灭的主要原因，
傲慢的征服者敌视地用犁铧犁平了坍塌的城墙。
克制你的情绪吧！
风华正茂时的激情也曾使我难掩愤怒，

冲动地写下了谩骂的诗篇。
现在我愿意把这些尖刻的文字换成甜言蜜语,
收回我的谩骂,
只要我能成为你的朋友,
重获你的芳心。

十七、致泰恩达里斯

敏捷的牧神福纳斯经常从吕克乌斯山来到宜人的路克里提里斯山，
保护我的山羊免受酷热和风雨的袭扰。
散发着恶臭的公羊的配偶们在受庇护的林地悠闲地漫步，
寻找着隐藏在草丛中的杨梅叶和百里香，
没有什么威胁到它们的安全。
啊，泰恩达里斯，
当牧羊神悠扬的笛声在乌斯蒂卡山坡和光滑的峭壁间回响，
小羊们不再惧怕毒蛇和战神最爱的狼。
神护佑着我，
高兴地享受着我的虔诚和诗篇。
溢满乡村荣光的丰饶角，
会慷慨地把乡村的丰饶与平和都赐予你。

在这隐秘的山谷里，
你可以躲避天狼星的炽热，
你可以用提俄斯的旋律歌颂佩内洛普和让人眼花缭乱的女妖锡西，
她们爱上了同一位英雄。
在这里，
你可以在树荫下畅饮无害的莱斯博斯酒；

塞默勒的儿子巴克斯不会与战神一起发动战争；
你不用担心贪婪的赛勒斯因上来一阵妒忌的猜疑，
会把他那粗鲁的手伸向你，
而你哪是他的对手，
被他撕破了你长发上的花环和不可冒犯的衣衫。

十八、酒颂

啊！瓦卢斯！没有什么树比圣藤更适合栽种！
你要把它种在提布尔肥沃的土壤里，
种在卡提卢斯的城墙边！
神已经为戒酒者设置了种种艰辛，
除了酒神巴克斯的礼物，
其他任何方式都不能驱散肆虐在人心头的愁云。
饮酒之后，
谁还会抱怨战争的惨烈和生活的贫苦？
谁不会赞扬你，慈爱的巴克斯，
还有你，美丽的维纳斯？

然而，应该适度地享受喜欢节制的巴克斯的礼物，
我们从人马族和拉比泰人因醉酒争吵而导致的战争中已经得到了教训，
我们也从被酒神严厉斥责的希索尼亚人那里得到了教训——
醉酒后淫乱的欲望让他们无法明辨是非。
高尚的巴克斯，
我不会违背你的意愿唤醒你，
也不会泄露你盖满各种树枝的标记。
平息你的铙钹和柏莱辛提斯箫管吧，

这会使人盲目地自恋，
也会使人因自负而把无知的头颅高高地扬起，
还会使人背信弃义地泄露秘密——比玻璃还要透明！

十九、格莉色拉的魅力

丘比特残忍的母亲①，底比斯的塞默勒的儿子②，还有放纵的欲望一并驱使我唤回已经逝去的爱情。

我为格莉色拉的美貌而着迷，她比帕罗斯岛的白色大理石更加炫目；

我为她的豪放不羁而着迷，那勾人的脸让我心驰神往。

维纳斯匆匆从塞浦路斯赶来，

用她的力量把我征服，

她不再允许我歌颂斯基泰人的彪悍，

也不再允许我歌颂撤退中的帕提亚人的凶猛，

更不允许我歌颂那些无关的主题。

奴隶们！

马上铺上新割的草皮搭祭坛，

插上青枝燃上香，

再献上一碗去年的醇酒！

供品会让维纳斯平息怒气。

---

① 维纳斯。——译者
② 巴克斯。——译者

二十、致梅塞纳斯

卓越的骑士！梅塞纳斯！
来和我一起饮酒吧！
虽是便宜的萨宾酒和平常的酒器，
却是我亲自封存在希腊酒坛，
我封存此酒的那一天，
剧场里人们的欢呼声此起彼伏，
对你的赞誉，
欢快地回荡在你的母亲河台伯河的两岸和梵蒂冈的山间。

平常你在家里喝的是精选的卡库班酒和卡雷斯压榨的上好葡萄酒；
而在我的酒杯中，
你却无法闻到法勒努姆藤蔓和弗尔米亚山的味道。

贺拉斯诗选

二十一、赞扬拉托那和她的孩子们

　　年轻美丽的姑娘们为狄安娜唱着赞歌，
　　而小伙子们则歌颂长发的阿波罗，
　　还有被至高无上的朱庇特深爱的拉托那！
　　姑娘们赞扬喜欢在河里和树林的浓荫下的狄安娜，
　　赞扬她勇敢地出现在寒冷的阿尔基德斯、埃里曼楚斯山阴郁的森林和翠绿的克拉古斯！
　　小伙子们也不甘落后，
　　他们赞扬滕比谷和德洛斯——阿波罗的出生地，
　　赞扬阿波罗的肩——优雅地背箭袋和他的狡猾兄弟①发明的里拉琴！
　　被你们的祈祷所感动，
　　他会让罗马人和他们的元首恺撒免于惨烈的战争，还有那恐怖的瘟疫和饥荒，
　　并把这些灾难统统转给帕提亚人和不列颠人。

---

① 墨丘利。——译者

二十二、野兽也要躲避正直的人

福斯库斯啊！
正直的人没有罪过的污点，
无论他们去酷热的塞尔提斯，
还是荒凉的高加索，
还是传说中的海达斯佩斯河流经的土地，
都不需要摩尔人的标枪和弓，
也不需要摩尔人装满毒箭的箭袋。
我曾在远离我农庄的萨宾森林无忧无虑地漫步，
歌唱我的拉拉吉，
尽管我没有武器，
一只狼却逃之夭夭。
即便是尚武的达乌尼亚的广袤的橡树林和养狮者朱巴的炙土也无此兽。
即便我在不毛之地，在那里，夏天的微风不能唤醒树木；
即便我在世界的某个角落，在那里，迷雾和阴云让大地窒息；
即便我在太阳神战车的飞经之地，在那里，炙烤会熔化人类的居所！
我仍然会爱我的拉拉吉，
爱她笑声甜，
说话也甜。

二十三、不要害怕我，科洛

科洛，你躲着我，
就像一头在无路的山间寻找母亲的胆小小鹿，
对微风和树林充满着本无必要的恐惧。
春天临近，树叶的沙沙声和搅动荆棘的绿色蜥蜴，
都能使它身心俱颤！
而我并不像追赶你的猛虎或者盖图里亚狮那样想把你撕成碎片。
别再依偎你的母亲，
现在你已经成熟，
需要爱情的滋润。

二十四、昆提里乌斯挽歌

悼念这样一位可爱的人哪有什么节制和界限啊？
啊！墨尔波墨涅，教我一首挽歌吧，
朱庇特赐予了你洪亮的嗓音和高超的琴技。
现在永无尽头的长眠压抑着昆提里乌斯。
什么时候再能出现一个人能具有他那样的美德：谦逊、无法腐蚀的信念和赤裸裸的真实？
很多贤人哀悼他的死，
但没有人能比得上你，啊，维吉尔。
尽管你虔诚地祈求你信任的神让昆提里乌斯复活，也是徒劳的；
尽管你能奏出比吸引大树的色雷斯的俄耳甫斯奏出的更优美的旋律，血液也不会重新注入无生命的鬼魂之中。
一旦墨丘利拿着可怕的魔杖驱赶鬼魂进入了冥府，
就不会善良到因我们的祈求而再次打开死亡之门。
这是艰难的承受，
只有坚忍才能减轻无法避免的痛苦。

二十五、莉迪亚的魅力已逝

越来越少有躁动的年轻人在一遍遍用力摇动你紧闭的窗,
使你无法安眠;
曾经频繁开关的门终于合上了。
越来越少听到这样的抱怨:
"你睡了吗?莉迪亚,而我,你的情郎,在这一整晚却被折磨得要死。"
现在你成了偏僻巷子里的孤独老太婆,
在色雷斯凛冽的风呼啸的无月的夜晚,
该轮到你因恋人的怠慢而啜泣;
而你那足以使母马对种马发疯的炽热的情感和勃发的欲望,
在你受伤的肝脏中灼烧。
你会哀叹,
快乐的年轻小伙子更喜欢在翠绿的常春藤和深色的桃金娘中欢畅嬉乐;
至于残枝败柳,
冬天的东风会把它们一扫而光。

二十六、缪斯，让拉米亚永恒！

作为缪斯的朋友，
我会驱散忧郁和恐惧，
让狂风把它们卷入克里特海；
我不关心寒冷地区的国王威胁北部的边境，
也不关心提里达特斯受到的威胁。
皮坡拉的甜美缪斯，
在清新的泉水中欢畅，
编织着鲜艳的花朵，
把它们编织成我的拉米亚的花环吧！
缪斯，要是没有你，
我所有的赞誉都不值一提。
你要用新歌和莱斯博斯技法，
歌唱拉米亚，
让他永恒，
而这正是你和你的姐妹们责无旁贷的任务。

二十七、凡事要节制！

酒杯是用来饮酒作乐的，
只有色雷斯人才把它们作为武器。
一定要摒弃这种野蛮的行为，
保护我们可敬的神——巴克斯，
使他远离血腥的争斗！
哪里灯红酒绿，
波斯人的弯刀就会出鞘。
同伴们！平息你们不敬的争吵，
把臂肘垂下，
在躺椅上休息！
你们希望我也喝法勒尼安烈酒吗？
除非让奥普斯的麦吉拉的兄弟说一说他在酒后的快乐中死于什么样的伤口，什么样的箭。
你们不愿意接受这个条件，对吗？
除此一个条件得到满足，我不会再饮酒。
什么样的爱让你如此痴迷，
炽烈的爱火使你早已忘记了羞耻，
而原来的你却一直钟情于端庄的女子。
不管使你如此着迷的人是谁，
告诉值得信赖的我吧！
啊！可怜的家伙！

你本该拥有更美好的爱情，
却在卡律布迪斯的旋涡中挣扎！
什么样的女巫，什么样的拥有塞萨利魔药的男巫，什么样的神才能把你拯救？
你已卷入奇美拉的三重火网，
即便是珀加苏斯也不能把你解救。

二十八（1）、死亡是所有人的宿命

阿基塔斯，

你测量过大海、陆地和无数的沙滩，

现在却被埋在马提尼海滨的一个不起眼的地方。

不管你的思想曾经探究过天上的楼宇，

还是神游过圆顶的天穹，

你都不能获利分毫，

命中注定要死亡。

死亡也会降临到珀罗普斯的父亲①身上，

尽管他曾是众神的客人；

死亡也会降临到提托诺斯身上，

尽管他被带到了天上；

死亡也会降临到米诺斯身上，

尽管他知道朱庇特的秘密；

地域底下的深渊囚禁了潘托俄斯之子②，

他被再次带入了死人的世界，

尽管他取下了欧福耳玻斯的盾牌并且证明他亲历了特洛伊的时代，

他的血肉之躯还是屈服于黑暗的死亡，

即便在你看来，

---

① 坦塔罗斯。——译者

② 指毕达哥拉斯，他认为自己是特洛伊英雄欧福耳玻斯（潘托俄斯之子）转世，为了证实这一点，他准确认出了放在赫拉神庙里的属于欧福耳玻斯的盾牌。——译者

他绝对是自然和真理的权威。
但一个普通的夜晚正等待着所有人,
所有人只能踏上一次死亡之路。
复仇女神使一些人死于凶残的战神之手,
而贪婪的大海可以吞噬水手。
无论青年人还是老年人,
他们的死亡会接踵而至,
残忍的普洛塞尔皮娜不会怜悯任何人。

二十八（2）、请埋葬我

我是在猎户座落下之时，
在南风肆虐的伊利里亚海岸被淹没的。
啊，水手，
不要吝啬小小的善行，
用一抔松软的沙，
来埋葬我的尸骨！
然后，无论东风怎样威胁意大利的海，
还是维努西亚的森林遭到了何种的灾难，
你都会安然无恙，
丰厚的回报会从它的源泉滚滚而来：
从慈祥的朱庇特那里，
从塔兰托的守护神涅普顿那里！
假如你犯了错误，
你就不担心总有一天会伤害到你无辜的后代？
或许是你自己会因这种傲慢和冷漠而得到报应。
如果你不埋葬我的尸骨，
我的诅咒就一定会应验，
没有任何赎罪的行为可使你得到赦免。
尽管你匆匆赶路，
我只求你停留片刻，
只需要三抔土，
然后你就可继续你的行程！

二十九、学者变成了冒险家

伊希乌斯,
你在用羡慕的眼光盯着阿拉伯人丰富的财宝吗?
你在准备对从未臣服的塞巴国王发动可怕的战争吗?
你在为可怕的米底人锻造脚镣吗?
什么样的异国的少女,
在她的未婚夫被你杀死后,
成了你的奴隶?
什么样的皇室的青年,
原本接受此种训练——用他父亲的弓射出赛里斯人的箭,
现在却头发散发着香味,
成了你的上酒人?
当已做出美好承诺的你,
用从各地费力收罗来的帕奈提乌斯的著作和苏格拉底的学园来换取西班牙的盔甲,
谁能保证向下疾驰的河流不能自下而上流向高山,
台伯河水不会逆流?

三十、向维纳斯祈祷

啊，维纳斯，
克尼多斯和帕福斯的女王，
请你离开至爱的塞浦路斯，
跨洋越海来到慷慨地燃起浓浓的香火召唤你的格莉色拉的美丽神庙吧。
一定要让你炽烈的孩子①和你一起来，
还有解开腰带的美惠女神，
还有林泽仙女，
还有青春女神——缺少你会大失魅力，
还有你，墨丘利，
快点儿来吧！

---

① 丘比特。——译者

三十一、诗人的祈祷

诗人对刚刚被献祭的阿波罗祈祷了什么？
当他献祭新酿的酒时祈求了什么？
不是富饶的撒丁岛的大丰收，
不是卡拉布里亚肥美的畜群，
不是印度的黄金和象牙，
不是里里斯平静的溪流滋养的农田。
有人命中注定要用卡雷斯修枝刀去修剪圣藤，
这样富有的商人就可以用金杯畅饮美酒，
这美酒是他用叙利亚的商品换取的，
因得到了众神的青睐，
他虽每年都航行到阿特拉斯海面三到四次，
却能安全地返回。
而我吃的是橄榄、菊苣和有益健康的锦葵。
啊，拉托那的儿子[①]，
请赐予我满足所得，健康的身体和灵活的头脑，还有一个既不缺少尊严也不缺少音乐的老年！

---

① 阿波罗。——译者

贺拉斯诗选

三十二、向里拉琴祈祷

我向你祈祷：
如果在浓荫下的闲暇时刻，
我用你弹奏起乐曲，
我希望它不仅在今年流行，
而且会流行多年，
来吧，我的希腊里拉琴，
奏响拉丁的歌曲吧。
你最初由莱斯博斯的公民①弹奏，
他歌唱战场上英勇战斗的武士，
歌唱停靠在湿漉的沙滩的曾被暴风雨肆虐的战船；
他还歌唱巴克斯、缪斯和维纳斯，
歌唱与维纳斯紧密相伴的丘比特，
歌唱有乌黑的眼睛和头发的美丽的莱库斯。
啊，福玻斯的荣耀，用乌龟壳制作的里拉琴，
你在至高无上的朱庇特的盛宴上受到青睐，
啊，甜美的愈伤药膏，
无论我什么时候请求你的帮助，
你都要答应我！

---

① 阿尔凯奥斯。——译者

三十三、错爱

啊，阿尔比乌斯，
别再为残忍的格莉色拉悲伤，
也别再不停地唱悲伤的哀歌，
别再问她为什么要违背誓言，
爱上了一个年轻人。
美丽的吕克里斯对赛勒斯笑容满面，
而赛勒斯却爱上了冷漠的福洛，
除非母鹿与阿普里亚的狼交配，
福洛才会接受如此丑陋的情人。
这都是维纳斯的意志，
她陶醉在这样残忍的游戏中，
用她的铜轭把不相匹配的身体和心灵结合在一起。
至于我，当一个更好的情人追求我的时候，
我却疯狂地爱上了奴隶出身的麦特勒，
她的脾气比冲击卡拉布里亚湾的亚得里亚海浪还要疯狂。

贺拉斯诗选

三十四、诗人的转变

我是众神的一个怠慢的、不持之以恒的崇拜者，
我曾经误入歧途，
信仰一种疯狂的哲学①。
现在却被迫要返航，
朝相反的方向重走我的航程。
朱庇特通常用闪电劈开乌云，
这次他却驾驭着雷马飞车在朗朗晴空划过天际。
这晴天霹雳威力如此巨大：
沉重的大地和蜿蜒的河流在摇晃，
冥河在摇晃，
令人憎恶和畏惧的泰那如斯居所在摇晃，
世界的尽头阿特拉斯山在摇晃。
神拥有可以使最高等和最低等换位的力量；
贬抑高等，提升低等。
呼啸而过的命运女神迅速地把王冠从一个人头上拿走，
再戴在她喜欢的另一个人头上。

---

① 指伊壁鸠鲁主义哲学。——译者

三十五、致命运女神

啊！统治美丽的安提乌姆的女神啊！
你是这样的强大，
你可以使最贫贱的人飞黄腾达，
也可以把令人骄傲的胜利变成葬礼。
贫穷的农民用虔诚的祈祷乞求你的帮助；
因为你是大海的主人，
无论谁驾驶比提尼亚小船横渡喀尔巴阡海，
都向你祈祷乞求帮助；
野蛮的达契亚人和流浪的斯基泰人都敬畏你，
城市、部落、尚武的拉丁姆、野蛮国王的母亲和穿紫色衣服的君主也敬畏你，
害怕你粗暴地踢翻国家的基石，
害怕暴民煽动犹疑不决的公民拿起武器颠覆他们的统治。
冷酷的必然女神总是走在你的前面，用她的铜手拿着钉子和楔子，当然还少不了坚固的夹子和炽热的铅。
希望女神和穿着白袍的很少露面的忠诚女神追随着你，
当你改变了形象，
不再和蔼，
抛弃了名门望族的时候，
她们却对这些家族不离不弃；
但是不忠诚的暴民和背信弃义的妓女却溜走了；

狡猾的朋友们喝光了酒坛里的酒后一哄而散,
背信弃义地不与他们共度危难之轭。
保护我们的恺撒吧,
他不久就要出兵不列颠,世界上最远的地方!
保护刚刚入伍的年轻战士吧,
他们将威慑红海沿岸的东方疆土。
唉,对我们的罪恶和兄弟相残感到耻辱!
我们需要做什么才能摆脱这艰辛的时代?
还有多少邪恶我们没有触碰?
有多少年轻人出于对神的畏惧收回了罪恶的双手?
我们闲置了多少神坛?
啊,命运女神,希望你用新鲜的砧骨再磨钝剑,
把它们指向阿拉伯人和马萨格泰人!

三十六、快乐的回归

让我们用承诺的香,里拉琴,还有小公牛的血,
来祭祀众神,
感谢他们护送努米达从遥远的西方①安全回归。
努米达慷慨地把吻献给了每一个他所爱的人,
但给他至爱的拉米亚的吻最多,
回忆起与拉米亚在同一师门一起学习的少年时代,
回忆起与拉米亚一起换上成年人的托加的美好时刻。
一定要用"克里特的标记"记住这光荣的一天,
一定要畅饮已经拿出来的美酒,
让萨利式的舞步别再停歇!
别再让巴苏斯在色雷斯式的一口气饮酒的比赛中输给好酒量的达玛利斯。
宴会上一定不能缺少玫瑰、葱郁的欧芹和昙花一现的百合!
所有人都用迷离的眼睛盯着达玛利斯,
而达玛利斯不会与她的新欢分离,
她像常春藤一样紧紧缠绕着努米达。

---

① 西班牙。——译者

三十七、克里奥帕特拉的灭亡

朋友们！开怀畅饮的时刻到了！
让我们用无拘的舞步踢踏大地！
把昔日萨利享用的盛宴摆上众神的筵席！
今日①之前，
还不能亵渎神灵，
从酒窖取出陈年的卡库班酒，
因为有个疯狂的女王正密谋毁掉神圣的朱庇特神庙，
要把帝国灭亡。
她带领一帮污秽之徒，
欲望膨胀，
怀着疯狂的野心，
陶醉于命运女神的眷顾。
但很快她就清醒过来，
因为她的舰队被烧得几乎全军覆没，
恺撒把女王用马里奥提克酒酝酿的虚幻化为让她恐惧的残酷现实，
当她火速乘船逃离意大利的时候，
恺撒紧追不放，
就像老鹰追逐娇弱的鸽子，
或像敏捷的猎手在白雪覆盖的塞萨利平原追踪野兔，

---

① 公元前30年克里奥帕特拉在亚历山大里亚自杀的那一日。——译者

执意要用铁链锁住被诅咒的魔鬼。
而女王却寻求更崇高的死亡，
面对刀尖全无女人的恐惧，
放弃坐快船逃向隐秘的海岸。
她竟有勇气冷静地面对她陷落的王宫，
勇敢地把呲着尖牙的毒蛇放在胸口，
任它把黑色的毒汁注入胸膛。
因早已下定必死的决心，
她面对这一切愈加勇敢。
她不是一个懦弱的女人，
曾经的女王岂能被押上敌人的战舰，
以成为战俘的耻辱来装点他人的胜利！

三十八、远离东方的奢华

小伙子！我憎恶波斯的奢华，
不爱戴用菩提树内皮编的花环。
别再寻找玫瑰花依然盛开的花园！
别再费力寻找它物，
除了朴素的桃金娘！
当我在葡萄藤的浓荫下畅饮的时候，
它既适合奴仆你，也适合主人我。

颂诗(第二卷)

一、致写内战史的波里奥

你写的内战史从梅特鲁斯的执政期开始，
包括战争的原因、罪恶、阶段，
还包括命运女神的游戏、致命的三头同盟，
还有被尚未得到偿还的血染红的武器——
这是一项充满危险的任务，
你踏在弥漫着背叛灰烬的战火之上。
波里奥，
请你暂时放下严肃的悲剧；
当你完成记述国家大事的编年史后，
再重拾高尚的阿提卡悲剧。
波里奥，
你是那些哀怨的被告和元老院的坚强后盾，
为被告辩护，
为元老院提供建议，
达尔马提亚的胜利为你赢得了不朽的荣誉。

即便现在，
你用慑人的号角或用尖角小号的巨响冲击着我们的耳朵，
或用闪耀的武器给怯懦的战马和骑兵带来恐惧。
我似乎已经看到了在光荣的战役中沾满尘土的将军，
整个世界蜷伏在他的脚下，

除了加图那颗顽强的心。

护佑非洲的朱诺和众神无助地撤退,
没有力量为这片土地复仇,
但现在他们又用征服者的子孙为朱古达献祭。

什么样的平原没有因拉丁人的血而肥沃,
遍地的坟墓见证了我们邪恶的战争,
意大利衰落的声音甚至能被米底人听到!
什么样的河流没有感受过战争的凄惨!
什么样的海洋没有被遭到屠杀的达乌努斯人的血染红!
什么样的海岸没有被我们的血染红!

鲁莽的缪斯!
为防止你撇开诙谐的主题,
再次唱起喀俄斯①的挽歌,
一定要和我一起在维纳斯的岩洞里寻找轻松的旋律!

---

① 喀俄斯岛是抒情诗人西摩尼得斯的出生地。——译者

二、如何正确看待金钱

啊,萨卢斯提乌斯·克里斯普斯,
你视金钱如粪土,
除非让金钱在正确使用中闪光,
贪婪地把它埋在地下,
金钱不会有任何光泽。
以慈爱对待兄弟著称的普罗库勒乌斯能活得更长久,
他的声名可以让他拥有永不坠落的羽翼。

如果你压制贪婪的欲望,
而不是妄想把利比亚和遥远的加迪斯连接起来,
使非洲和西班牙的布匿人都臣服于你,
你就会统治更大的疆土。
要不把病根从血管移除,
把水肿从苍白的肌体吸出,
可怕的水肿就会恣意变大,
你就不能抑止干渴。

尽管弗拉提斯已经重登居鲁士的王位,
美德则不同意暴民的选择,
不会护佑弗拉提斯,

美德教育人民不要使用错误的称谓,
把稳固的王国和王位,还有永恒的荣誉,
只赐予那些用冷静平常的心态正视大量财富的人。

三、享受飞逝的时光！

德琉斯，
请记住，
当生命之路坎坷崎岖之时，
务必要保持冷静的心态，
而一帆风顺之时，
千万要克制，
不要得意忘形；
你终有一死，
无论你整日悲伤，
抑或在假日躺在幽静的牧场，
享受陈年的法勒尼安酒。

高耸的青松和挺拔的白杨为何要交织成宜人的浓荫？
蜿蜒的溪流为何要汩汩地流淌？
这都是你能够享受的幽境。
趁春光大好，青春未老，命运三女神未剪断生命之线，
让奴隶快拿来美酒、香膏和昙花一现的玫瑰吧。

你终将失去你购买的牧场、豪宅和黄色的台伯河水流经的庄园，
是的，你终将失去它们，
而你的继承人会坐拥你积攒的万贯家财。

栖身于天穹之下，
无论你富甲一方，
来自古代的伊纳科斯家族，
还是家徒四壁，
出身卑微，
都将成为铁面冥王的牺牲。
我们被赶进同一个圈里，
或早或晚，
待命运之签从瓮中摇出，
就会被带上冥府渡神的小船，
遭到永久的流放。

四、与女奴相爱

啊，福西亚的赞西亚斯！
你不要因与女奴相爱而羞赧。
在你之前，
女奴布里塞伊斯用雪白的肌肤搅动了骄傲的阿喀琉斯的心弦；
俘虏泰克莫萨的美貌俘获了他的主人，特拉门之子——阿贾克斯的心；
当野蛮的特洛伊人被塞萨利人征服，
赫克托耳的被杀使特洛伊城被精疲力竭的希腊人所毁，
胜利之中的阿特柔斯的儿子[①]的爱火却被一个被俘的女仆点燃。
你可能不知道，
你的金发菲莉斯的父母可能非常富有，
这样就可以给你带来财富。
她一定具有皇室的血统，
尽管现在因家庭守护神的敌视而变得没落。
另外必须确保你爱的女奴不能出身卑微，
她必须忠诚，
并且远离贪婪，
不能有一个丑闻频出的可耻的母亲。
我会赞美她的手臂，她的脸庞，
和她美丽的腿。

---

① 阿伽门农。——译者

我光明正大地赞美她的一切，
你不要心存怀疑，
因我已年近四十，
心中并无邪念！

五、尚未成熟

她娇嫩的脖颈还承受不了轭缚，
她还不能履行母牛的职责，
她还不能承受公牛的激情。
你的小母牛还留恋青草地，
时而把自己泡在河中来缓解闷热，
时而渴望和她的同伴在潮湿的柳树林中嬉戏。
抛弃采摘尚未成熟的葡萄的欲望！
用不了多久，多彩的秋季将给这串串的青色果实染上成熟的紫色；
用不了多久，她将跟随着你。
因为岁月在无情地流逝，
把从你身上拿走的年华送给了她。
不久厚颜无耻的拉拉吉会寻找爱人，
她比羞涩的福洛更可爱，
也胜过克罗里斯——她的雪白肩膀如此闪亮，就像一轮明月照在夜晚的海面上，
还胜过克尼多斯的吉格斯——如果你把他藏在一群舞女中，就会骗过最精明的陌生人，他们惊讶地发现他竟有一头顺滑的长发和一张女人的脸。

六、提布尔和塔兰托礼赞

啊，塞普提米乌斯，
你愿意和我一起去加迪斯，
去尚未被征服的坎塔布里亚，
去荒凉的塞尔提斯——摩尔人在那里掀起的惊涛骇浪正在肆虐。
希望由阿哥斯殖民者建立的提布尔，
会成为我老年时的家！
当我厌倦大海，厌倦行军，厌倦战争的时候，
希望提布尔能成为我的最后一站！
但是如果命运女神残忍地阻止我实现这一目标，
我就会前往加雷苏斯河——身披护衣的绵羊的最爱，
或者前往曾被斯巴达的法兰苏斯统治的乡村。
世界的那个角落朝我微笑，
比其他地方更加热情。
那里的蜂蜜不输伊米托斯山的蜂蜜，
那里的橄榄堪比葱郁的维纳福鲁姆的橄榄，
朱庇特赐予那里极长的春天和温和的冬天，
多产的巴克斯喜爱的奥伦山谷的葡萄不逊色于法勒努姆的葡萄。
那块土地和它受护佑的高山召唤着你和我，
你饱含深情的眼泪会沾湿你诗人朋友的尚有余温的骨灰！

七、快乐的回归

啊，庞培①！
在布鲁图领导我们之时，
你和我在最危险之境共患难，
谁恢复了你的公民身份，
使你得以重敬家庭守护神和重见意大利的天空？
啊，庞培！
我最亲密的战友，
我们曾多次喝着醇酒消磨漫漫的时光，
头上戴着花环，
涂抹叙利亚香膏的头发光彩照人。
我们一起经历了菲利皮的溃败和迅速的逃跑，
耻辱地弃盾而逃，
在那时，勇气荡然无存，
曾经高傲的头颅不得不低下。
但墨丘利在阴云中突破敌围迅速地带恐惧的我逃走，
你却被海浪卷走，冲入波涛滚滚的大海之中，
再次陷入战争，
所幸我们都能死里逃生。

现在就举行已经承诺给朱庇特的盛宴吧，

---

① 贺拉斯的战友，同贺拉斯一样，在内战中追随布鲁图和卡西乌斯。——译者

在长期的战争之后,
放松你疲劳的四肢。
在我的月桂树下,
一定要喝光为你准备的坛坛美酒!
在闪亮的酒杯中倒满能驱散愁云的马西克酒!
慷慨地涂上香膏,不要吝惜,我们还有很多!
谁负责用潮湿的欧芹或桃金娘匆匆地编织花环?
谁将通过维纳斯的一掷成为今日宴席的监酒人?
我将陶醉在伊多尼人的狂野之中,
当朋友回归的时候,
疯狂的行为是巨大的愉悦。

八、巴里尼的鬼魅

巴里尼，
你因违背誓言受到惩罚而变丑了吗？
如果你的牙齿变黑或指甲上长出了斑点，
我就会相信你。
但你发伪誓后不久，
却变得更加妖媚，
你一出现，
就马上成为城里年轻人的迷恋对象。
你以埋藏在墓里的你母亲的骨灰的名义发誓，
你以夜空中的所有静静的星宿的名义发誓，
你以不死的众神的名义发誓，
你确实得益于这些伪誓。
为什么维纳斯、质朴的林泽仙女和在血淋淋的磨刀石上磨箭的勇猛的丘比特对此只是报以一笑？
年青一代刚刚成人，
就被你迷惑，
成为你新的情人；
而原来的情人虽一再威胁要离开你，
却从未离开过你——他们无情的情人。
母亲们会为她们年轻的儿子担心，
怕他们被你的鬼魅迷住；

勤俭的父亲们也害怕你，
担心替他们的儿子还债；
可怜的刚成为新娘的少女，
也担心你身上的体味会让她们的丈夫心旌摇荡。

九、不要再悲伤，瓦尔吉乌斯！

我亲爱的朋友，瓦尔吉乌斯，
暴雨不总是倾泻在湿淋淋的大地上，
呼啸的狂风不总是袭扰里海，
冷酷的冰不总是一年四季都在亚美尼亚的海岸驻足，
加格努斯的橡树不总是在北风中摇曳，
白蜡树的叶子不总是被一扫而光。
而你却总是用催泪的诗篇哀悼你已经失去的麦斯提斯，
从星星在夜晚升起到赶在太阳升起前落下，
你缠绵的情话不断。
然而已历三代的老人①也不时刻不停地哀悼他至爱的安提罗科斯，
特洛伊鲁斯的佛里几亚的父母和姐妹也不无休止地为英年早逝的他啜泣。
赶快停止你纤弱的哀怨，
让我们一起歌颂奥古斯都·恺撒的新胜利，
冰封的尼法提斯②和波斯的河流③不再怒吼，
因它们已加入了被征服的土地，
格洛尼的骑兵也只能在被限定的狭小平原游弋。

---

① 涅斯托耳。——译者
② 亚美尼亚的一座山，但贺拉斯可能把它误认为一条河。——译者
③ 幼发拉底河。——译者

十、"中庸之道"

李西尼乌斯，
如果你不总是在大海波涛汹涌时出海，
或在躲避暴风雨的时候离危险的海岸太近，
你将会过上一种更加正确的生活。
珍视中庸之道的人，
会明智地让自己处于安全的位置，
既会躲避陋室的污秽，
也会防止奢华的宫殿招致的嫉妒。
木秀于林，风必摧之；
高塔坍塌导致的结果更具有破坏性；
闪电经常袭击山峰。
在逆境中怀有希望，
在顺境中保持警惕，
无论面对成功与失败，
都要有一颗有准备的心。
尽管朱庇特带来了讨厌的冬天，
他也会把它带走。
如果事情现在很糟糕，
它总会有转机的时候。
阿波罗有时也会弹弹里拉琴，
来唤醒沉睡的缪斯，

他也不总是拉弓射箭。
在被巨大的困难重重包围的时候,
展现出你的坚强和勇敢;
在遇到顺风把船帆吹胀的时候,
应明智地缩短船帆!

十一、享受飞逝的时光！

啊，昆科提乌斯·希尔皮努斯，
不要再问好战的坎塔布里亚人或者与我们隔亚得里亚海相望的斯基泰人在密谋什么，
也不要为生活之需焦虑，因为生活所需甚少。
青春易逝，美貌也将很快消失，
而枯萎的暮年已享受不起欢畅的爱和轻松的睡眠。
春季之花不能永远盛开，
脸红的月神也不能总以不变的脸庞示人。
为什么总是为不确定的未来谋划，
沉浸于各种各样的事务让你的灵魂精疲力竭？

为什么不休闲地靠着高大的悬铃木或松树畅饮？
为什么不用芬芳玫瑰装饰灰白的头发？
为什么不洒上叙利亚甘松做的香水？
酒神巴克斯驱散恼人的忧愁。
哪一个奴隶会用急流中新打出的水来稀释浓烈的法勒尼安酒？
谁能把谨慎的妓女莱德从她的家里引诱出来？
现在去告诉她拿起象牙里拉琴赶快过来，
把散乱的头发扎成斯巴达少女常扎的发髻。

十二、利塞姆尼亚

不要期望和缓的里拉琴能弹奏如下的主题：
激烈的努曼提亚鏖战，
勇敢的汉尼拔，
被布匿人的血染成深红色的西西里海，
凶残的拉比泰人，
耍酒疯的半人马海勒斯，
赫拉克勒斯只手征服大地之子①——农神华美的居所因他们的威胁而摇晃。
梅塞纳斯，
你最好用叙事散文来描述恺撒的战争，
来描述曾经傲慢的国王的脖颈被绳索牵着游街。

缪斯希望我赞美利塞姆尼亚的甜歌，
她闪闪发光的眼睛，
她恋爱中忠诚的心。
她那在舞者中优美轻快的步伐，
用调侃来挡开调侃，
以及在狄安娜节她对华服少女的拥抱。

当利塞姆尼亚把她的颈贴向你急切的唇，

---

① 反抗朱庇特的巨人族。——译者

或者在戏谑的玩耍中她拒绝了你的吻（因她更喜欢你强吻她），

或者在她第一次攫取亲吻的时候，

你愿意用利塞姆尼亚的一绺长发和富裕的阿契美尼斯曾经拥有的财富来交换吗？

或者用迈格顿统治的富饶的佛里几亚来交换吗？

或者用阿拉伯人装满财富的豪宅来交换吗？

十三、惊险的逃脱

啊!树!
谁在邪恶的一天第一次种下了你,
并用亵渎神圣的手把你养大,
这会给后代带来灾难,
给这一地区带来耻辱。
在死亡之夜,
我相信他一定勒死了自己的父亲,
并把客人的血溅在了供奉家神的神龛之上;
他习惯使用科尔基斯的毒药和能想出的所有罪恶,
把你——邪恶的残株,
种在了我的土地之上,
试图倒在你无辜的主人的头上。

人不能时刻保持警惕。
布匿的水手惧怕博斯普鲁斯海峡,
却忽略了来自其他地方的看不见的死亡威胁;
战士害怕快速撤退中的帕提亚人的箭;
帕提亚人害怕意大利的锁链和地牢;
但是无法预见的死亡已经夺走并将会继续夺走所有人的生命。

我差一点儿到了昏暗的冥后的领地,

几乎看见了如下的景象：

坐在判官椅上的爱考士，

分配给虔诚者的居所，

萨福用伊奥利亚曲调来哀叹莱斯博斯的少女，

还有你，阿尔凯奥斯，

用金色的拨子奏起更响亮的曲调，

来慨叹海员悲惨的命运，被放逐者的艰辛，以及战争的残酷！

鬼魂惊异于这两位诗人的诗句，

他们安静而虔诚地聆听；

但是大多数鬼魂却更愿意聆听阿尔凯奥斯的歌，

他们肩并肩地挤在一起，

陶醉于战争和被驱逐的僭主的故事。

这是多么神奇的景象，

因痴迷于这些歌声，

百头兽低垂下它黑色的耳朵，

缠绕在复仇女神头发上的蛇也停下来歇息。

甚至普罗米修斯和珀罗普斯的父亲在他们美妙的琴声中也忘却了自己的磨难，

猎神也不再追逐狮子或机警的山猫。

十四、死亡不可避免

唉，波斯图穆斯啊，波斯图穆斯，
时光快速地溜走，
虔诚不能延迟皱纹爬上脸庞，
也不能阻止人们奔向老年，
更不能避免不可战胜的死亡。
我的朋友，
你也不能每天杀三百头牛献祭来平息残忍的冥王，
他用阴暗的溪流囚禁了三体怪物吉里昂和提堤俄斯，
这个溪流也是我们这些享受大地赏赐的人们一定要跨越的，
不管我们是国王还是贫苦的农夫。
一切都是徒劳的，
我们不能逃脱血腥的战神，
也不能逃脱咆哮的亚得里亚海的滔天巨浪，
即便我们小心防范也不能摆脱秋季的南风给身体带来的伤害。
我们一定会看见蜿蜒的科塞特斯河，
臭名昭著的达那乌斯家族，
还有风神之子西西弗斯的永不歇止的苦役。
我们注定会离开大地，离开家，离开亲爱的妻子，
你种养的那些树也不会随它短命的主人而去，除了可憎的丝柏。
你的继承人会尽情地享用你用一百把锁珍藏的卡库班酒，
把更胜过祭司长盛宴上的佳酿洒在你昂贵的地板上。

十五、奢侈的侵蚀

不久之后，
我们因建造皇宫般的别墅会留不下几犹格可耕作的农田，
我们比卢克林湖还大的鱼塘会随处可见，
孤独的悬铃木会取代榆树。
到那时，
紫罗兰、桃金娘和各种鲜花的香气会弥漫在原来种植橄榄树的地方，
而这些橄榄树曾果实累累，
是其先前主人的收获；
到那时，
月桂树的浓荫将会遮蔽灼热的阳光。
这些行为在早前是不被允许的，
无论罗慕路斯统治的时候，
或蓬头垢面的加图当政的时候，
或按我们祖先的标准。
在我们的祖先生活的时代，
私人的财产很少，
公共的财富很多。
没有可以受到北方大熊星座浓荫庇护的占地广阔的私人门廊；
法律不允许我们的祖先排斥在家里使用普通草皮，
法律规定城镇和神庙要用公共财富购买的珍稀大理石来美化。

十六、满足于真正的快乐

当暴风雨降临爱琴海，
当黑云遮蔽住月亮，
当星星不再为水手导航，
一个人向神祈祷的只有平静的生活；
作战勇猛的色雷斯人也祈祷平静的生活；
背着装饰华丽的箭袋的米底人也祈祷平静的生活。
格劳斯浦斯啊，
平静的生活不能用宝石买到，不能用黄金买到，不能用东方的紫色染料买到。
因为东方的财富和罗马的权力既无法驱散忧郁头脑的骚乱，
也无法驱散徘徊在豪门棚顶的悲伤。

幸福生活所依甚少，
节俭的餐桌上祖先的盐碟熠熠生辉，
酣睡不为恐惧和卑鄙的贪婪所剥夺。
为什么在这样短暂的生命中，
我们非要野心勃勃地致力于如此之多的宏图大志？
为什么要放弃自己的土地却非要去别的太阳[①]照耀的地方？
即便你移居国外又怎能逃避自己的忧伤？
即便你登上黄铜镶嵌的战船，

---

① 科学局限导致的罗马人的错误认识。——译者

骑上战马随骑兵队一起飞驰，
也摆脱不了病态的忧愁，
因为它比雄鹿还要快，
比驱动风暴云的东风还要快。

现在让我们的心情保持愉悦，
别再担心未来，
让我们用柔美的微笑来缓解痛苦。
没有完美的幸福。
声名满天下的阿喀琉斯被早早地夺走了生命，
提托诺斯虽长寿却逐渐衰竭，
我被赐予的时光可能正是你被剥夺的。
你的周围有一百头西西里牛哞哞叫，
你有正好用来拉战车的嘶嘶叫的母马，
你穿着用非洲的紫色染料染过两次的羊毛衣服。
对我来说，
简朴的命运女神并没有欺骗我，
赐予了我一小块农田，
也赐予了我希腊罗马诗人的灵感，
和对嫉妒的暴民的一种轻蔑。

十七、不要绝望,梅塞纳斯！
有一颗星把我们的命运相连

你为什么要用抱怨毁掉我的生活？

梅塞纳斯，

你怎能先我而去？

这既不是神的意愿，也不是我的意愿，

你的支持和友谊是我的光荣和我事业的支柱。

唉，如果过早的打击把你攫走——我灵魂的一半，

那我灵魂的另一半为什么要苟活？因为我已不像过去那样被爱，也不是一个完整的人。

我们注定要在同一天离开这个世界。

我已经庄严发誓并且绝不会违背誓言：

无论你到哪里，我都会跟你一起走，我注定是要陪你走完生命最后一程的志同道合的同伴。

即便是奇美拉的火焰和百手的古阿斯再现，

也不会把我从你身边夺走。

这是威严的正义女神和命运女神的意志。

无论是在我出生时就对我施加影响的天秤座和可怕的天蝎座，抑或是西方大海的君主摩羯座，

我们两人的星座令人惊奇地连在一起。

当剧场里的人们三次为你爆发出热烈的掌声之时，

强大的朱庇特把你从邪恶的农神手中夺走，

让高速飞翔的命运之翼降速。

至于我,
要不是诗人的保护神福纳斯用他的右手拨开了倒向我头上的大树,
我早就一命呜呼了。
你一定要记得提供牺牲,
还要建一座还愿的神庙!
我自己将要献上不成敬意的一只小羊。

十八、富人的浮华

没有象牙和黄金镶嵌的棚顶在我的家中闪耀，
也没有伊米托斯大理石建在从遥远的非洲苦心寻到的柱石之上，
我不是阿塔卢斯宫殿的不知名的继承人，
我也没有占有拖着拉科尼亚紫色长袍的出身高贵的女人。
但我有荣誉和天赋，
尽管贫穷，
富人却想与我交友。
我不祈求众神赐予我更多的东西，
也不祈求有权势的朋友的更多恩惠。
只要有我的萨宾农庄，
我就有足够的快乐。

日复一日，接踵而来，
新月很快就会变亏，
尽管处于死亡的阴影之下，
你却在削砍大理石板建造大宅，
完全想不到你自己的坟墓。
因被海岸包围让你感觉不到富有，
你把宅邸建在远离巴亚海岸的大海之上。
你不断推倒标志你和邻里田地界线的石碑，
出于贪婪，

你侵占了你佃户的财产!
男人和他的妻子被你赶走,
他们怀里还抱着家庭守护神和衣衫褴褛的孩子。
然而等待着富人的并不一定是宫殿,
却一定是贪婪冥王施加的不可避免的死亡。
为什么要费力得到更多?
公正的大地会向所有人敞开怀抱,
无论你是穷人还是富人。
冥王的下属不会被黄金贿赂,
不会给狡猾的普罗米修斯松绑。
他拘囚了傲慢的坦塔罗斯和他的后代,
在穷人的苦役结束之时,
无论你是否召唤,
他都会前来解救。

十九、致巴克斯

在遥远的峭壁之上,
我看见了巴克斯,
后代们,相信我,
他正在教赞美诗,
我看见了他的学生林泽仙女,
我也看见了长着山羊脚的森林之神竖起了他们尖尖的耳朵。
呦吼!
我的思绪充满混乱的狂喜,
因突袭而至的惊恐而颤抖,
我的灵魂完全被巴克斯占有。
呦吼!
饶恕我吧,巴克斯,
我害怕你威严的手杖!
我被允许歌颂你不知疲惫的追随者,
歌颂酒泉的故事,
歌颂丰沛的奶溪,
歌颂从中空的树干渗出的蜂蜜。
我被允许歌颂你被赐福的妻子①,
和她被放置在群星之中的花冠,
歌颂彭修斯被摧毁倒塌的宫殿,

---

① 阿里阿德涅。——译者

贺拉斯诗选

歌颂色雷斯国王莱库古的厄运。

你可以随心所欲地让河流和凶险的海逆流,
在荒凉的山顶,
沉浸在酒醉之中,
你把比斯托尼斯女人的头发和无害的蛇结在一起。
当不虔诚的巨人部落攀上山顶到达你父亲[①]的领地时,
你用狮爪和狮牙击退了洛托斯。
尽管人们都说你更擅长舞蹈、嬉乐和游戏,
而不擅长战争,
但你却举足轻重,
无论战争与和平。
当冥府守门狗看到装饰着金角的漂亮的你,
便变得异常温顺,
轻轻地摇晃着它的尾巴;
当你离开的时候,
冥府守门狗用它的三个舌头舔舐着你的大腿和脚。

---

① 朱庇特。——译者

二十、诗人预言自己的不朽

坚硬非凡的羽翼将把我带上澄澈的天空，
人鸟双形的我不再留恋大地，
再无凡人的妒嫉，
将离开尘世之城。
我深爱的梅塞纳斯，
我出身卑微，
在你的召唤之下，
成为你的门客，
我不会死去，
也不会被冥河之水囚禁。

此时，我腿上的皮肤虽还粗糙，
但我的上半身正变成雪白的天鹅，
手指和肩膀上也正生出光滑的羽毛。
不久，我会比代达路斯的儿子伊卡鲁斯更加出名，
作为一只会唱歌的鸟，
我会拜访咆哮的博斯普鲁斯，
我会拜访塞尔提斯的沙岸和酷寒的北方荒原。
科尔基斯人、假装不怕马尔西步兵的达契亚人、还有遥远的格洛尼人都将知道我；
西班牙人和喝隆河水的人将因研究我的作品而变得博学。

如误以为我已死去,
不要奏挽歌,
也不需要难看的哭丧脸,
更不需要向棺材中的空皮囊哀悼!
保持肃静,
不要徒劳地为我修墓留虚名!

颂诗(第三卷)

一、论简朴

我远离不谙诗歌之道的人。
保持虔诚的沉默!
作为缪斯的祭司,
我将把姑娘们和小伙子们从未听过的歌,
唱给他们听。
威严的帝王们虽统治他们的子民,
但他们也要被朱庇特统治,
身披战胜巨人族的荣光,
朱庇特对万物颐指气使。

有人拥有的葡萄园广袤而辽阔,
他人不可比肩。
要想在战神广场的选举中胜出,
有人凭出身高贵,
有人凭人品声望,
有人凭追随者众。
但命运会公平地对待众人,
不分贵贱,
每个人的名字都会在命运之瓮中翻转。

邪恶之人颈上定有达摩克利斯之剑高悬,

即便享用西西里的盛宴也食不甘味，
即便婉转的鸟鸣和悠扬的里拉琴声也难让他安眠。
酣然的睡眠从不嫌弃农民的寒舍，
经常光顾荫凉的河岸，
还有那徐风吹拂的滕比谷。

人若知足就不会被海上的风浪折磨，
不会遭到滑落的大角星和升起的御夫座的攻击，
也不会因雹灾侵袭、农庄欠收、果树多雨、田地干旱和冬季严寒而牢骚满腹。

巨大的石块被接连抛入大海，
鱼儿发现它们可游弋的水域越来越窄。
原来岸上来了承包商，
还有那早已厌倦陆地生活的主人，
他们正带领工匠用石块填海。
但无论主人去哪儿，
胆战心惊，还有那不祥的预感都紧紧相随。
无论在装饰华丽的战船上，或在威武雄壮的战车上，忧郁都与他同行。

既然佛里几亚的大理石、比西顿的紫衫更漂亮的华服、法勒尼安美酒和波斯甘松香都不能排解忧愁，
我又何必在门口建起流行的高大厅堂惹人嫉妒？
又何必离开我的萨宾山谷去谋取更累人的财富？

二、忍耐力和忠诚

让年轻人在军队中接受磨炼,
学会乐观地忍受贫困!
作为一名以长矛让敌人胆寒的骑兵,
让他去骚扰凶猛的帕提亚人,
在广阔的天空下过一种身处险境的军旅生活!
好战的暴君的妻子和他已成人的女儿从敌对的城墙上看到他的时候将会叹息:
"唉,我那不谙战事的爱人,你千万别去惹那头凶猛的狮子,血腥会刺激他在屠杀中愈加疯狂!"

能为祖国而死是幸福而光荣的,
死亡甚至紧追那些逃离战场的人,
不会怜悯那些惧战的年轻人的腿筋和怯懦的后背。

一个男人真正的美德,
在于不为选举中耻辱的失败所动,
因永不暗淡的光荣而散发光芒,
不随暴民的意志拿起或放下自己的权柄。
一个男人真正的美德,
在于用美德为那些不朽的人打开天堂的大门,
敢于冒险尝试别人不敢涉足的道路,

振动羽翼一飞冲天，
蔑视粗俗的众人和潮湿的大地。

忠诚的沉默肯定会有回报。
对于那些泄露谷类女神神圣而神秘的仪式的人，
我将会禁止他和我待在同一屋檐之下，
也会禁止他同我一起扬帆远航。
愤怒的朱庇特经常疏忽地将无辜者和有罪者一起摧毁，
但是步履蹒跚的报应之神却从未放过任何有罪者。

三、在正义事业中目的的坚定

正直的和目的坚定的人的决心不会被任何事物动摇,
不管是固执己见的鲁莽的公民,
或是威严暴君的威胁,
或是奥斯特①——汹涌的亚得里亚海的骄纵的统治者,
或是能霹雷的朱庇特的威严之手。
即便是天穹坍塌,
面对倒下的废墟他也无所畏惧。

正是因为有这样的美德,
波吕克斯和流浪的赫拉克勒斯经过努力上升到星光照耀的天庭;
而奥古斯都将斜卧在他们中间,
用朱唇啜饮着美酒;
正是因为有这样的美德,
酒神巴克斯才能把轭套在不驯服的脖颈上,
有资格被老虎驮着上升到天庭;
正是因为有这样的美德,
罗慕路斯才能乘着马尔斯的战车逃离阴间,
在众神的议事会上,朱诺为此致有如下欢迎词:
"特洛伊啊,特洛伊,你已经被宿命和渎神的裁判,还有一个外

---

① 南风神。——译者

国女人①化为了灰烬。你的人民和背信弃义的国王遭到了我和贞洁的密涅瓦的谴责,因拉俄墨冬并没有兑现他承诺给众神的报酬。无耻的主人②不再使他的斯巴达情妇痴迷,不诚实的普里阿姆家族即便是在赫克托耳的帮助下也不再能够抵挡希腊人的攻击。因我们的争执而久拖的战争现在终于结束了。从此刻起,我将平息我的愤怒,看在战神的分儿上,宽恕我所憎恨的孙子——特洛伊女祭司的儿子。我会让他进入光明之地,豪饮美酒,加入安详的众神之列。

"只要特洛伊和罗马之间有广阔的大海肆虐,就让流亡者快乐地统治他们所选之地,并且愈加繁荣昌盛;只要牲畜还践踏普里阿姆和帕里斯的坟墓,只要野兽能在那里安全地产崽,就让朱庇特神殿光芒四射,巍然屹立,就让好战的罗马人统治被征服的米底人!广大地区都震慑于罗马人的威名,希望她的威名传播到最遥远的海岸,传播到分割欧洲和非洲的海峡,传播到泛滥的尼罗河淹没农田的地方。

"只要她③能展现出勇气,拒绝开采未被发现的金子(最好能被大地永远埋藏),而不是用她那掠夺圣物的手使金子为人所用,那么,任何界限都束缚不住她的手脚,让她带着武器到达她急于看到的热带酷暑的地方,到达迷雾和阵雨聚集的地方。

"但是我上面所预言的尚武的罗马人的命运必须满足这样一个条件:他们一定不要过分虔诚和迷信于他们自己的力量,想要恢复祖先在特洛伊的宫殿!即便特洛伊的繁华在噩兆之下能够再生,它也难逃再次灭亡的命运,我——朱庇特的妻子和姐姐,将带领战无不胜的军队光临!即便在太阳神的帮助下,特洛伊的铜墙能第三次建起,也会被我的希腊勇士第三次摧毁并夷为平地,被俘的妻子也会第三次哀悼她的丈夫和孩子。"

---

① 斯巴达的海伦。——译者
② 指帕里斯。——译者
③ 指罗马人。——译者

但这个主题并不适合欢快的里拉琴。
缪斯,你要去哪?
不要再固执地叙述神的谈话,
用轻松的小调淡化重大的主题!

四、智慧和秩序

啊！卡利奥普女王！
你从天堂降临，
用悠扬的长笛，
奏出动听的长歌，
如果你喜欢，
可以用你那洪亮的声音清唱，
也可和着太阳神的里拉琴。
你们听见了吗，我的朋友？
还是一种美妙的幻觉迷惑了我？
我好像听到了她的歌声，
看到了她在神圣的树林徘徊，
那里流水潺潺，微风拂面。
在我的孩提时代，
在无路的阿普里亚边境的武尔图尔山，
当我玩耍到疲惫至极的时候，
我倒地睡在我奶奶的小屋前，
传说中的林鸽衔着新掉落的树叶盖在我身上。
无论是住在高耸的阿策伦提亚住屋中的人们，还是住在班提亚林中空地的人们，抑或是住在低洼的伏伦特姆肥沃土地上的人们，都对这惊奇不已——
我怎能安全地入睡，

而没有受到熊和黑蛇的攻击，
神圣的月桂和桃金娘怎能层层堆起盖住了我的身体，
感谢神保护了一个勇敢的孩子。

啊，缪斯，我属于你，
当我被你带上高高的萨宾群山，
我喜欢那里怡人的气候，
不管是凉爽的普雷尼斯特，
或是提布尔的山坡，
或是万里无云的巴亚。
因我对你的泉水和圣所的虔敬，
菲利皮的大败没有把我毁灭，
被诅咒的树也没有把我毁灭，
帕利纽拉斯岬角的西西里海浪还是没有把我毁灭。
只要有你相伴，
我愿意成为一名水手，
欣然挑战汹涌的博斯普鲁斯，
我愿意成为一名旅者，
勇敢地涉足叙利亚灼热的沙岸。
只要有你相伴，
我就不惧暴力，
敢拜访敌视外族的不列颠人，
拜访喜欢喝马血的康卡尼亚人，
拜访背着箭袋的格洛尼人，
到达斯基泰河，
而毫发无损。

当恺撒让疲劳不堪的军队在城镇安营扎寨，

想要结束行伍生活的艰辛时,
是你在皮埃里亚的岩洞里让我们高贵的恺撒容光焕发。
啊,慈祥的女神啊,
你给出了温柔的忠告,并且乐于这样做。
我们清楚地知道不虔诚的提坦诸神和大量的巨人族是如何被朱庇特用雷消灭的,
朱庇特统治着死气沉沉的大地、狂风席卷的大海和阴郁地下的鬼魂,
他以公正的权威独自统治众神和人类。

那些可怕的年轻巨人
依仗他们手臂的力量,
和想要把皮立翁山压在繁茂的奥林匹斯山上的兄弟,
给朱庇特带来了很大的恐惧。
然而百头巨怪和威力强大的米玛斯又能怎样?
高耸的波尔费里翁又能怎样?
洛托斯和把磨尖的树干当作标枪投掷的胆大妄为的恩克拉多斯又能怎样?
他们击倒了戴着闪亮胸甲的密涅瓦了吗?
她的一边站着焦急的火神武尔坎,
另一边站着女神朱诺,
还有在战争结束前从不放下弓的德洛斯和帕特拉之神阿波罗——他在纯净的卡斯塔里亚泉清洗他未束的长发,他出没于利西亚茂密的丛林和他出生岛屿的森林。

被剥夺了智慧的兽界的力量最终被自己压垮。
而众神使可控的力量更加强大,
但是众神也憎恨心怀邪恶的力量。

拥有百手的古阿斯鉴证了我的话,
臭名昭著的猎神也鉴证了我的话,
他试图强奸贞洁的狄安娜,
后被狄安娜用箭射倒。

大地堆起了她那些巨大的后代的尸体,悼念她被雷电带往阴暗的冥界的子孙。
熊熊燃烧的火焰没有吞噬压着巨人的埃特那山,
受命监视淫荡的提堤俄斯恶行的凶猛的秃鹰没有离开他的肝脏,
三百条锁链紧紧锁住好色的庇里托俄斯。

五、战斗的勇气

我们认为朱庇特是天堂的国王，
因为我们听见了他的惊雷在鸣响；
我们认为奥古斯都是人间的神，
因为他征服了不列颠人和凶残的帕提亚人。
战败的克拉苏的战士耻辱地娶了蛮族女子为妻而苟且偷生，
（唉！我们堕落的元老院和堕落的道德！）
作为马尔西人和阿普里亚人，
他们却娶了死敌的女儿，
屈从于帕提亚国王，
在异国的土地上渐渐老去，
虽然朱庇特神殿和罗马城依然屹立，
但他们早已忘记了神圣的盾、罗马人的名字、托加和永恒的维斯塔。

远见卓识的雷古鲁斯坚决反对耻辱的协议，
并且说如果被俘的罗马年轻人不英勇赴死，
这一先例将给罗马人的后代带来毁灭性的灾难。
他说道：
"我亲眼看到了布匿神庙中罗马人的军徽和从我们战士手上夺取的没有血迹的武器，
我亲眼看到了曾经自由的罗马公民的手臂被反绑在他们的背上，

迦太基的城门大开，
曾经被我们的军队毁坏的土地又开始被耕种。
用金子赎回的战士还能以极大的勇气重新爆发战斗力吗？
不要在耻辱之上再加上经济的损失。
被染成紫色的羊毛不可能再回到它原来的颜色，
真正的勇气一旦消失，就不能再被恢复，回到那些已经丧失勇气的人身上。
即便从密网中获释的雌鹿还能战斗，
我们的战士还能有足够的勇气来面对狡诈的敌人吗？
在经历驯顺地被皮带绑着手臂和死亡的恐惧之后，
我们的战士还能够在又一次的战争中打败迦太基人吗？
他们不知道以何种方式保全性命，
混淆了战争与和平。
唉！耻辱啊！
强大的迦太基人在意大利耻辱的废墟上高昂起他们的头颅。"

据说，作为一个被剥夺了公民权的人，雷古鲁斯拒绝了他贞洁的妻子和孩子的吻，坚毅地以男子汉的目光凝视着大地，直到摇摆不定的元老院采纳了他的建议——这个建议以前从没有人提过，在他悲伤的朋友的注视下，欣然地走向光荣的流放，再次作为迦太基人的战俘。他虽然清楚地知道野蛮人带着什么样的酷刑在等待着他，却还是推开了挡在道路上的亲人和想留住他的人们，就好像他在法庭上替委托人打完官司之后，终于摆脱了久拖不决的委托人的官司的缠扰，欣然前往维纳福鲁姆的乡村和拉西第梦的塔兰托度假。

贺拉斯诗选

六、宗教和纯洁

啊！罗马人！
尽管你无罪，你也要替你的祖先赎罪，
直到你重修破碎的神庙，
直到你重塑熏黑的神像。
只有虔诚地成为神的仆人，你才能统治别人，
神创造万物，神又决定结果！
因迁怒于意大利人的不敬，
神给悲惨的他们降下了无数的灾难。
摩那塞斯和帕克卢斯的大军已经两次粉碎了我们不利的进攻，
他们欣喜若狂，
在粗糙的项链上镶上了华丽的战利品。
焦灼在内战中的罗马，
险些毁于有强大舰队的黑人①和以快箭闻名的达契亚人之手。

我们的时代充满着罪恶，
首先玷污了我们的婚姻、家庭和家园，
以此为源，灾难肆虐，
吞噬了我们的祖国和人民。
少女刚到青春期就痴迷于学爱奥尼亚舞，
训练自己跳舞时的媚态，

---

① 古罗马人对克里奥帕特拉的埃及军队的蔑称。——译者

110

全身心投入有伤风化的风流韵事。
在丈夫酩酊大醉之际，
她趁机找到了更年轻的情人。
当熄灯之时，
她急于寻求非法的快乐，
才不管身体交付何人。
甚至在丈夫的默许下，
公然标价应召，
不管是小贩还是西班牙船的船长，
只要千金一掷，
她就欣然前往。

这样的母亲显然不能生出像我们祖先那样优秀的罗马人——他们曾使布匿人血染大海，曾击败皮洛士、雄武的安条克和可怕的汉尼拔。
我们的祖先都出身农家，
后来当兵走向战场，
从小就学会了用萨贝里的鹤嘴锄犁地，
当太阳把大山的影子移到另一边，
他们遵照严厉母亲的要求砍柴回家，
给疲劳的公牛卸下牛轭，
享受安歇的时刻。

岁月能毁灭一切！
我们的父辈不如我们的祖辈，
父辈又生出我们这更加逊色的一代，
我们也注定要生出更加堕落的后代。

七、保持忠诚，阿斯蒂瑞！

阿斯蒂瑞，你为什么要为吉格斯哭泣？
春天一旦到来，
暖暖的徐风会把你忠诚的爱人送还给你，
满载比提尼亚商品。
在山羊星升起之后，
猛烈的暴风雨来袭，
南风把他吹到奥里库斯，
他度过了多少个寒冷的无眠的夜晚，
为你流了多少眼泪。
然而为他痴迷的女主人科洛的信使，
告诉他可怜的科洛正为他叹息，
像你一样对他怀有深深的爱，
并用千种手段狡猾地引诱他。
信使告诉他不忠的女人①的诬告使轻信的普罗托斯仓促地试图杀死忠贞的柏勒罗丰；
还告诉他自制的珀琉斯因躲避马格尼西亚的希波吕忒而差点儿下了地狱；
信使还狡猾地列举了其他鼓励通奸的例子。
然而这一切都是徒劳的，
吉格斯比伊卡鲁斯的峭壁还要充耳不闻，

---

① 斯忒诺波亚。——译者

他有如此坚定的美德，
不为任何诱惑所动。

但是你，阿斯蒂瑞，
要当心邻居埃尼匹斯的反常的讨好，
没有人能像埃尼匹斯那样在战神广场的草坪上娴熟地驯马，
也没有人能像他那样在台伯河中游得如此迅速。
夜晚降临的时候，
一定要锁好你的房门，
当听到他哀婉的笛声，
千万不要朝街道看，
尽管他经常说你铁石心肠，
一定要不为所动。

贺拉斯诗选

八、快乐的周年纪念

啊，梅塞纳斯，
你精通希腊语和拉丁语，
想知道我这样一个单身汉在三月一日①会做什么？
鲜花、装满香的匣子和放在新剪草皮祭坛上的木炭都意味着什么？
当我惊险地逃脱大树倒下所带来的死亡时，
我已向酒神发誓，
要献上美味的盛宴和洁白的山羊。
在每年的这一天，
我都要开启在图卢斯执政时就封存的美酒。

梅塞纳斯，
为庆祝你朋友的幸免于难，
你要喝光一百杓，
让灯燃到天亮！
远离所有的喧嚣和争吵，
把有关罗马和公民的事务放在一边。
达契亚的科蒂索的军队已经被击败，
敌对的米底人正陷入内战的灾难之中，
我们在西班牙海岸的老对手——坎塔布里亚人最终也戴上了锁链，

---

① 罗马古历中纪念分娩女神的节日。——译者

成为我们的奴隶,
斯基泰人也已经拆解了他们的弓,
正准备放弃他们的平原。
不要再担心人民的疾苦,
你需要有自己的私人空间,
无须事事警觉。
现在尽情享受当下的幸福,
把严肃的国事抛在一边。

九、重温旧情

贺拉斯："想当初我是你的挚爱，还未有你更爱之人用双臂环绕你炫目的颈，我比波斯王还要幸福。"

莉迪亚："想当初你只为我着迷，科洛也比不过我，我当时美艳绝伦，胜过罗马的伊利娅。"

贺拉斯："如今色雷斯的科洛迷住了我，她擅长甜歌，精通里拉琴，如果命运女神能饶过她的性命，我不惧为她而死。"

莉迪亚："如今我和图里的奥尼图斯之子卡莱斯的爱火也正熊熊燃烧，如果命运女神能饶过他的性命，我愿意为他两次赴死。"

贺拉斯："假如能重温旧情，用青铜轭把背叛者重新套紧，假如我丢下秀发飘逸的科洛，向被抛弃的莉迪亚敞开大门？"

莉迪亚："尽管卡莱斯比星星更美，而你却比漂浮的木塞更加轻浮，比亚得里亚海的风暴更加无常，我也愿与你同生共死！"

十、情人的抱怨

啊，吕瑟，
尽管你嫁给了野蛮人，
喝上了遥远的塔纳伊斯河的水，
而拜倒在你冷酷的门前的我，
却被刺骨的北风吹打着面颊，
对此你一定心存愧疚。
当朱庇特用神奇的力量让飘洒的雪凝结的时候，
你难道没有听见你的门嘎嘎作响？
你漂亮庭院内的树在风中呼啸？

不要再表现出维纳斯不喜欢的傲慢，
否则你的人生将像失控的滑轮一样逆转！
你的伊特鲁里亚父亲生不出拒绝所有求婚者的佩内洛普。
尽管你不为情人的礼物、可怜的恳求和略带橘黄的苍白脸色所动，
也不顾你的丈夫痴情于皮埃里亚女人的事实，
你至少要可怜一下你的求爱者；
尽管你比不易弯折的橡树还要强硬，
你的心比摩尔人的毒蛇还要狠毒，
可我的身体却不能永远忍受你坚硬的门阶和天上落下的寒冷的雨。

贺拉斯诗选

十一、莱德，吸取达那乌斯女儿的教训！

墨丘利——你教会了安菲翁用琴声移动底比斯的石头——啊，龟甲①，

你熟练地与七弦共鸣，

你曾经既不发声，也不可爱，

但现在却受到了富人和众神的欢迎。

来吧，发出莱德都愿意洗耳恭听的音乐，

她现在就像一匹三岁大的小牝马，

在广阔的平原上欢快地跳跃，

不愿意被触碰，

对于婚姻还很陌生，

还没有成熟到能适应热情的配偶。

你有力量驯服老虎和森林，

能阻断湍急的溪流。

你有着难以抵挡的魅力，

塞尔伯拉斯——凶猛的冥府守门狗，

也缴械投降，

尽管一百头蛇护卫着它那可怕的头，

就像复仇女神一样，

尽管它的有三个舌头的嘴散发着恶臭，淌着血淋淋的口水。

---

① 里拉琴的琴身用龟甲制成。——译者

你甚至使伊克西翁和提堤俄斯不情愿地露出了笑容，
当你用优美的音乐安慰达那乌斯的女儿们时，
她们听得如此痴迷以至于瓮里一度没有一滴水。

让莱德听听著名的少女的罪与罚的故事吧，
她们瓮里的水永远填不满，
因为水通过漏底流得一干二净，
即便是在冥界，
宿命或早或晚也会等待着惩罚她们的罪行。
太不敬了！
这是她们可以图谋的恶中之恶，
她们竟残忍地用冰冷的剑杀死了她们的新郎。
在达那乌斯的所有女儿中，
只有一个女儿①配得上神圣的婚约，
她勇敢地违背他那诡计多端的父亲的命令，
她的美德足以彰显后世。
她对她的年轻丈夫说：
"快起来！快起来！
趁你还未被深信不疑的人谋害，
赶快逃离我的父亲和我邪恶的姐妹吧，
不然你将永远地睡去！
她们就像抓住小公牛的母狮一样，
会把小公牛撕碎！
我没有她们那样狠心，
我不会残害你也不会把你拘禁。
让我的父亲用冰冷的锁链把我锁住吧，

---

① 西拜尔米斯特拉。——译者

因为我出于怜悯放走了我可怜的丈夫!
让他用船把我流放到遥远的努米底亚吧!
快走吧!
无论你的脚和风把你带向何处,
夜晚和维纳斯会助你一臂之力!
快走吧!祝你好运!
在我的墓碑上刻上挽歌来纪念我!"

十二、拿布里的独白

可怜的少女既不能放纵地爱,
也不能借酒消愁,
因为她害怕叔叔的毒舌。
啊,拿布里,
维纳斯女神的有翼之子①偷走了你的羊毛篮,
利帕拉的赫布鲁斯在台伯河中清洗自己闪亮的肩膀,
他的美貌偷走了你的织机和你对密涅瓦技艺的兴趣。
他是比柏勒罗丰还要好的骑手,
在拳击和赛跑比赛中从来没有输给过别人,
在广阔的大草原上,
他可以精准地用标枪刺中随受惊的兽群一起奔跑的雄鹿,
也可以敏捷地截住在茂密的丛林中潜伏的野猪。

---

① 丘比特。——译者

十三、致班都西亚泉

啊,班都西亚泉,
你比水晶还要明亮,
值得拥有美酒和鲜花,
明天你将得到小羊作为献祭,
它的额头因初生的角而隆起,
预示着爱和战争。
唉!这一切都是徒劳的,
因为贪婪野兽的后代将用它们的鲜血染红这片冰冷的溪流。
有耀眼的天狼星出现的严酷之季不会降临到你的头上,
你慷慨地为疲惫于犁铧的小公牛和漫步的兽群提供凉爽。
你飞流直下的潺潺泉水在岩洞上激起飞溅的水花,
当我歌颂岩洞上的橡树时,
你也会进入名泉之列。

十四、奥古斯都回归

啊,罗马人,
恺撒以几乎死亡的代价取得了月桂树的荣誉,
再次回到家庭守护神的旁边,
像赫拉克勒斯一样,
带着胜利从西班牙海岸回归。
让为无与伦比的丈夫而自豪的妻子①,
走在游行队伍的前面,
为英明的众神献上牺牲,
与她同行的还有我们敬爱元首的姐姐②,
刚刚得到拯救的少女和少男的母亲,
戴着感恩的花环,
跟在队伍的后面。
啊!还没有结婚的姑娘和小伙子们,
不要说不吉利的话!

这一天对我来说是真正的节日,
会驱走黑色的愁云。
只要恺撒统治世界,
我就不惧任何动乱和暴力的死亡。

---

① 利维娅。——译者
② 屋大维娅。——译者

小伙子们，
快拿出香膏和花环，
还有那马尔西战争时酿造的美酒，
即便是只有一坛酒幸免于斯巴达克斯的劫掠！

让好嗓子的妮埃拉赶快束起她那散发着没药香的长发，
假如恼人的看门人耽搁了你，
要快点脱身！
我日渐灰白的头发使我的脾气变得柔和，
无力再与人争吵与斗嘴：
在普兰库斯执政时，
我还是热血方刚的少年，
根本无法容忍这样的事情。

十五、年老与年轻

啊,贫穷的伊比库斯的妻子,
能否收敛你的淫荡和可耻的伎俩!
因为你已到了离死不远的年龄,
不要再在少女中嬉戏,
不要用乌云遮蔽明亮的星星。
适合福洛的活动并不适合你——克罗里斯。
你的女儿更适合涌入年轻人的家,
像酒神女祭司那样和着鼓点似狂魔乱舞。
她对诺瑟斯的爱驱使着她像发情的母鹿那样嬉戏。
你该做的事情是纺著名的卢瑟里亚地区出产的羊毛,
里拉琴或深红色的玫瑰并不适合你,
把酒坛里的酒一饮而尽也不适合你,
你就是一个满脸皱纹的丑老太婆!

十六、知足常乐

　　铜塔、结实的橡木门和凶猛的看门狗使被囚禁的达娜厄免于受夜间情人的骚扰,
　　但朱庇特和维纳斯却嘲笑把自己的女儿囚禁起来的阿克里修斯,
　　因为他们知道,
　　当朱庇特化成金雨,
　　进入囚禁达娜厄的铜塔易如反掌。

　　金子可以穿过看守者的身体,
　　也能够穿透岩石,
　　它比雷电更有威力。
　　因为贪婪金钱,
　　希腊阿哥斯人先知的家族被毁灭;
　　马其顿国王用礼物使敌人打开了城门,
　　削弱了其他统治者的力量;
　　礼物也能使卓越的舰队司令背叛旧主。
　　随着金钱的增加,
　　烦恼和对更多财富的贪婪也随之而来。
　　梅塞纳斯,
　　光荣的骑士,
　　我真的不敢趾高气扬地昂起头颅。
　　一个人越是谦逊,

众神给予他的就越多。
尽管我很贫困,
但我想加入那些不贪婪者的行列。
我想成为一名叛徒,
强烈渴望脱离富人的阵营,
想赢得一种声誉,
即成为我所鄙视的财富的主人,
而不是成为坐拥大量财富的穷人——把勤劳的阿普里亚人所创造的财富囤积在我的谷仓。

清澈的溪流、几犹格林地和自给自足的收成,
这是最大的幸福,
这种幸福是那些坐拥非洲良田的大土地所有者们所意识不到的。
尽管卡拉布里亚的蜜蜂不为我采蜜,
尽管巴克斯不在莱斯特里戈尼斯酒坛中酿醇酒供我享用,
尽管我没有高卢牧场出产的厚厚的羊毛用来遮体,
不过,恼人的贫困也没有困扰着我。
既然我所需不多,
你又怎能拒绝给予?
节制欲望能使我微薄的收入有所增加,
这比把阿利亚特的王国和迈格顿平原连接起来更有意义。
拥有更多财富的人觊觎就更多,
对那些不知足的人,
即使得到更多财富还会不知足;
而用勤俭的手赚取生活所需的人则是快乐的。

十七、下雨的翌日

啊，埃利乌斯·拉米亚，古代拉玛斯的著名后裔——据说，自拉玛斯起，拉米亚这个名字就一直被有历史记载的整个家族谱系的后代所沿用，你继承了拉玛斯的血脉，据说他统治了广袤的土地，占领了城墙高耸的弗尔米亚，还占领了流经马里卡海岸的里里斯河——

如果下雨的预言者——古代的老乌鸦没弄错的话，

明日东风会带来一场暴风雨，

将会使林地覆满落叶，

海岸上到处是无用的海藻。

只要有可能，快储备干柴！

明日，让你的家奴别再干活，

和你一起用醇酒和一头两个月大的乳猪给你的守护神献祭。

十八、福纳斯保佑

啊，福纳斯，羞涩的林泽仙女的追求者，
你友善地来到我阳光充足的农田，
当你离开的时候，
和蔼地看着我兽群中的幼崽，
保佑着它们。
在年底的时候，
我一定给你献上娇嫩的小羊，
还有那满满一碗被维纳斯贪恋的醇酒，
古代的祭坛也为你焚香点燃，青烟袅袅。
当你的节日在十二月五日[①]到来的时候，
畜群在草场上雀跃。
乡村的节日气氛很浓，
人们在草地上度假，
公牛得以喘息，
狼在毫不恐惧的小羊中闲逛，
森林中的树木为你脱去旧叶，
农夫高兴地和着三拍子用脚踢踏着他的宿敌——土地。

---

① 纪念牧神福纳斯的节日。——译者

十九、宴饮

你详细给我们讲述了从伊纳科斯的时代到不惧为祖国而死的科德鲁斯的时代这么长时间的各种传说,

还有爱考士家族和发生在神圣特洛伊城下的那场战争。

但你没给我们讲应以什么样的价格买一坛希俄斯岛的美酒,谁应该烧水,谁提供场所,什么时候我才能摆脱帕埃利格尼的严寒。

小伙子,

赶快倒上酒,一杯献给新月,一杯献给午夜,一杯献给刚刚成为占兆官的穆雷纳!

在盛水的酒杯中兑入三勺酒或九勺酒。

喜欢缪斯的有灵感的诗人对数字"九"情有独钟,

他会喝三杯,每杯兑入三杓酒。

和她赤身裸体的两个姐妹手挽着手的美惠女神因担心争吵禁止我们喝酒超过三杯。

我喜欢狂欢作乐。

柏莱辛提斯的长笛声为什么还没响起?

为什么牧神的笛子还挂在静静的里拉琴旁边?

我讨厌小气的手,要大把地散撒玫瑰!

让嫉妒的莱库斯和与年老的他并不相配的邻家女人听见我们疯狂的喧嚣。

啊,特勒浦斯,你浓密的头发闪闪发光,

就像晴朗夜晚的繁星，
罗德已被你吸引，
她的年纪正适合你。
而我还沉浸在对格莉色拉的爱中。

二十、对手

皮拉斯,
你难道不知道触碰盖图里亚母狮的幼崽是多么危险?
当她突破敌对的年轻人的重围,
决心夺回迷人的尼阿克斯的时候,
你,懦弱的抢劫者,
不久将从一场激烈的决斗中逃走。
这是一场激烈决斗的关键时刻,
将决定迷人的尼阿克斯的归属。
当你拉起你的快箭的同时,
她也磨尖了她可怕的利齿。
而这场决斗的裁判已把象征胜利的棕榈踩在他的裸足下,
微风吹拂着他那长及肩膀涂满香膏的长发,
就像尼柔斯或被朱庇特的雄鹰从多泉的伊达山带走的加尼米德。

二十一、酒颂

我忠实的酒坛,
你在曼里乌斯执政时期被烧造,
与我同龄,
不管你带来的是情侣的抱怨,
或是快乐、疯狂的爱、争吵还是酣畅的睡眠,
不管你以什么名义封存了上等的马西克酒,
逢吉利日我们一定要把你拿出,
因为科尔维努斯命令取出更醇的酒。
沉浸在苏格拉底智慧对话中的人,
也不会举止粗俗地忽视你。
甚至拥有美德的老加图,
据说也经常饮酒驱寒气。

你用温柔的鞭策刺激僵化的智慧,
用快乐的酒神巴克斯的魔力来解放智者的思想,
揭开他们的谜团,
你使焦虑的心绪重燃希望,
你给穷人增添力量和勇气,
喝下酒浆的人,
即便面对头戴王冠的国王和手持利刃的甲兵,
也不会颤抖发慌。

你设下酒宴，
酒神成了你的座上宾，
愿维纳斯也能赏脸光临，
还有那从不分离的美惠三女神，
彻夜长明的灯火与你相伴，
直到太阳神返回将繁星驱散。

二十二、向狄安娜献祭

啊，圣洁的女神，

山林的守护神，

在被呼唤了三次之后，

你终于出现了，

把分娩的年轻母亲从濒临死亡中拯救。

啊，圣洁的三形女神，

我把长在我居所前的松树献给你，

在每年年底的时候，

我会欢喜地用刚刚学会使用獠牙从侧面攻击的小野猪的血向你献祭。

二十三、众神喜欢虔诚者胜过供品

乡村少女斐戴勒，
如果你在每次新月升起的时候，
都高举双手，手掌向天；
如果你用香、今年收获的谷物和肥猪向家庭守护神献祭，
你的葡萄藤就会硕果累累，
不会遭受致病的南风的破坏，
你的庄稼就不会因霉病而枯萎，
你畜群中的幼崽在丰收的秋季的危险天气下也不会染病。

那些被视为神圣的牺牲被放牧在白雪皑皑的阿尔基德斯的橡树和冬青之间，
或在阿尔班的牧场日渐肥壮，
它们的颈血将会染红祭司长的斧头。
你不必杀大量的绵羊做供品去强求小神像——这些小神像头上戴着你用迷迭香和桃金娘的脆枝编织的花环。
即便空着双手触碰祭坛，
即便没有贵重的牺牲，
只要虔诚地献上谷物和盐，
也能安抚疏远的家神。

二十四、金钱是罪恶之源

尽管你比阿拉伯人和印度人还要富有,
你的宫殿占据托斯卡纳和阿普里亚海岸的所有土地,
如果可怕的必然女神在你的房顶钉上坚固的钉子,
你的心中就会充满恐惧,
你的头就一定会被套上死神的套索。

大草原上的斯基泰人却过着更好的生活,
尽管马车拖着他们的家四处漂泊,
对此他们已习以为常;
粗鲁的盖塔人也过着更好的生活,
他们公有的土地上出产的水果和谷物归全体共有。
他们不喜欢在农田上耕作超过一年,
当一个人完成了他耕作的份额,
另一个须耕作相同份额的人就会代替他继续耕作,
而让前一个人得到休息。

在那里,
主妇会和蔼地对待失去母亲的继子,
不会伤害他们;
妻子也不靠嫁妆的力量欺凌她的丈夫,
或者移情于圆滑的情夫。

她们唯一的嫁妆，
也是最大的嫁妆，
是从父母那里继承的美德和对婚姻的忠诚，
恐惧地躲避别人的丈夫，
通奸是完全被禁止的，
如果有人违反了禁令，
惩罚就是死亡。

如果谁想制止残忍的流血和内战的疯狂，
如果谁追求在自己的塑像上刻上"罗马之父"，
就让他敢于制止无法无天的放纵。
后人会记住他的英名。
唉，真是我们的耻辱！
存在美德的时候我们憎恨它，
失去美德的时候我们又因嫉妒而渴望再次得到它。
如果惩罚不能制止罪行，
悲伤的控诉又有何用？
如果我们缺乏道德，
空洞的法律又有何用？
如果酷热之地和严寒之地都无法阻挡我们的商人，
如果我们熟练的水手能征服惊涛骇浪，
如果被认为是最大的耻辱的贫穷让我们敢于尝试一切，敢于忍受一切，并且放弃高尚的美德之路，
那么我们的法律又能起到什么作用呢？

如果我们真正忏悔我们的罪行，
让我们在公民拥护的呐喊声中，
给朱庇特神殿献上宝石、珍珠和无用的黄金——最大的罪恶

之源，
　　或把它们倒入最近的大海。
　　导致我们罪恶和贪婪的根源必须被根除，
　　我们脆弱的心智必须接受更艰苦的磨炼。
　　出身自由的小伙子毫无军事经验，
　　不会骑马，不敢狩猎，
　　却是游戏老手，
　　不管是古希腊的投环游戏，还是法律明令禁止的掷骰游戏，他都擅长。
　　而他那谎话连篇的父亲，
　　却用伪誓诈骗朋友、生意伙伴和客人，
　　忙于为不成器的后代积累大把的金钱。
　　毫无疑问：
　　他的不义之财迅速增加，
　　然而总是缺少点儿什么，
　　使他的财富并不完满。

二十五、酒神赞美诗

啊,巴克斯,

你的神性已经把我控制,

你要把我带往何处?

我被一种奇怪的精神状态驱使,

被快速带往什么样的树林和岩洞?

在什么样的岩洞我练习歌颂无与伦比的恺撒的不朽功绩并把他置于群星和朱庇特率领的众神之列?

我要唱一首有关重要主题的新歌,

其他人还没有唱过这首歌。

就像山顶之上不眠的酒神女祭司,

惊奇地看着赫布鲁斯河和白雪皑皑的色雷斯,

还有被野蛮人跨越的罗多彼山;

我在这人迹罕至的地方,

欣喜地惊叹于岩石和荒野的树林。

啊,巴克斯,你是水中仙女的主人,

也是酒神信徒的主人,

你有力量徒手连根拔起高大的白蜡树,

我不会歌颂渺小、平凡和世俗的主题。

啊,巴克斯,

我头上戴着用绿色葡萄藤叶编织的花环，
紧紧跟随着你，
这既是甜蜜的，也是危险的。

二十六、爱的胜利结束了

最近我一直为爱而战斗,
并且取得了一些光荣的胜利。
现在我要把武器包括结束战斗的里拉琴挂在城墙之上,
这座城墙护卫着大海中出生的维纳斯的神庙的左侧。
快把明亮的火把、撬杠和能打开紧闭的门的斧子放在城墙上。

统治神圣的塞浦路斯和免于受希索尼亚雪滋扰的孟菲斯的女神①啊,
举起你的皮鞭,
轻打一次傲慢的科洛!

---

① 维纳斯。——译者

二十七、一路平安

愿尖叫的猫头鹰、怀孕的母狗、从拉努维乌姆来的黄褐色的母狼和即将产仔的狐狸这些不祥的征兆伴随不虔诚的人；
愿毒蛇中断他们已经开始的旅程，
像箭一样在他们的路上蹿出，
使他们的马受惊！
作为一名有远见的占卜师，
我为我亲爱的远行者担心，
我要用祷告呼唤有预言能力的大乌鸦从东方飞来，
要不然它就要飞回水流不畅的沼泽，
而这是暴风雨即将到来的预兆。

加拉提亚，
无论你到哪里，
我都希望你能快乐，
不要忘记我。
希望没有不吉利的啄木鸟或流浪的乌鸦阻止你远行！
但你确实看到了即将落下的不安的猎户座会带来多大的狂乱，
我吃尽苦头才知道亚得里亚海的黑色海湾的凶险和晴朗天气的西北风的恶作剧。
愿我们死敌的妻儿能感受到正在肆虐的南风、咆哮的怒海和海浪拍打的颤抖的海岸！

欧罗巴也是这样把雪白的身体托付给了狡猾的公牛，

尽管她非常勇敢，

在看到到处都是怪兽的大海和未曾预料的危险时，

她还是吓得脸色苍白。

不久以前，

她还快乐地在草原上生活，

热切地寻找花朵，

编织她已经承诺给林泽仙女的花环，

而现在她却只能在微亮的黑暗中面对星星和海浪。

一到达以百城著称的克里特，

她就说道："父亲①啊！唉！我已经丧失了做女儿的资格，尽孝的职责已经被疯狂征服！我从哪里来，又向何处去？对于女儿所犯下的罪过，一死了之的惩罚实在是太轻了。我是清醒着忏悔可耻的罪过，还是根本无罪，被懒散地从象牙门②逃出的幻觉引起的梦所欺骗？横渡辽阔的大洋更好，还是在家乡采摘鲜花更好？如果现在谁把那头可恨的小公牛交给我，我会愤怒地尽全力用剑朝它猛砍，把我刚才还爱得死去活来的这只怪物的角打碎！我是多么无耻地离开了自己的家园，又是多么无耻地苟活于世。哦，如果哪位神灵听到了这些忏悔，就让我裸身漫步于狮群中吧！在可怕的皱纹爬上我秀丽的脸颊之前，在新鲜的血液从我柔嫩的躯体消失之前，趁我依然美丽，就让我成为老虎的美食吧。

"'无用的欧罗巴，'我远方的父亲斥责道，'你为什么还不死？去死吧！幸好你少女的腰带还在，你可以用它在这棵白蜡树上吊死。或者你更愿意死在尖锐的岩石和峭壁的棱角之上，快去死吧！在疾风中跳崖！——你也可免于一死，虽有皇室的血统，却必须每日为女主人

---

① 腓尼基国王阿革诺耳。——译者
② 在《荷马史诗》中，象牙门是假梦之门。——译者

纺毛，甘愿受一个外国王后的奴役，成为她丈夫的情妇！'"

当欧罗巴还在痛哭的时候，

维纳斯带着狡黠的微笑站在了她的旁边，

丘比特背着解去弦线的弓紧跟着他的母亲。

当女神已经笑够了，说道："当可恶的公牛让你打碎它的角，不要发怒和歇斯底里地喊叫！你还没有意识到你是不可战胜的朱庇特的妻子。不要再哭泣！学会接受你伟大的命运！世界的某个地区将用你的名字来命名。"

贺拉斯诗选

二十八、庆祝海神节

在海神的节日我该做什么呢？
莱德！
赶快拿出贮藏已久的卡库班酒，
向清醒的堡垒发起攻击。
你能看到午后的太阳正在西下，
但你仍然不紧不慢，
还没有拿出比布卢斯执政期贮存的一坛美酒，
好像飞逝的时光已经静止了一样。
我们将轮流唱起狂欢的歌，
我将歌颂海神，
而你将歌颂绿头发的海精；
你将用弯曲的里拉琴歌颂拉托那和敏捷的月亮女神①的箭；
最后我们要一起歌颂统治克尼多斯和闪耀的基克拉迪群岛的女神②，
她驾着天鹅车拜访了帕福斯；
我们还要给黑夜女神唱一首适合的歌。

---

① 狄安娜。——译者
② 维纳斯。——译者

二十九、问心无愧

梅塞纳斯,
伊特鲁里亚国王的后裔,
在我家里有一坛贮存多年的醇酒正等着你,
我还为你准备了玫瑰和香膏。
不要再耽搁!
不要再从远方眺望提布尔的湿地,
或是埃福拉的山坡,
或是弑父的忒勒戈诺斯的山脊!
离开繁冗的奢华和高耸入云的大厦!
不要再留恋繁华罗马的烟火、富裕和喧嚣!
到穷人的寒舍来一顿便饭,
虽没有名贵的紫色挂毯,
权当是对富庶生活的一种调剂,
你焦虑的前额会变得舒缓。

当太阳又把炙烤干旱的日子带临人间,
安德洛墨达的父亲①又露了面,
散发着以前隐匿的火焰,
天狼星和疯狂的狮子座又开始肆虐。

---

① 克甫斯,一个星座的名称。——译者

现在疲倦的牧羊人和他那无精打采的畜群正在寻找阴凉、溪流、毛发蓬松的希尔瓦努斯的浓荫和不被迷路的微风打扰的静静的河岸。

你在思考什么样的政策适合这个国家，
替罗马城忧心忡忡，
担心赛里斯人在谋划什么，
或曾被居鲁士统治的巴克特拉人和内部不和的塔纳伊斯河边的部落在谋划什么。
神智慧地把未来的结果藏在隐晦的黑暗中，
并且嘲笑凡人为不可掌控的事物烦恼。
记住冷静地解决当下的问题。
所有的事物就像一条河一样，
时而平静地在河道中流淌，
注入伊特鲁里亚海，
时而泛滥成灾，在两岸的大山和森林的助威下，裹挟着被腐蚀的巨石，咆哮着连根拔起大树，冲走畜群和房屋。

人是自己的主人，
应该快乐地生活，
在每天结束的时候都能对自己说：
"今天我已经活过了。"
不管明天朱庇特用阴晦的云来遮蔽天空或用灿烂的阳光普照大地，他不会夺走已经过去的事物，也不会赐予飞逝的时光已经带走的事物。命运女神在她残忍的事业中狂欢，固执地进行她嘲弄的游戏，不断地改变着她的偏好，时而善待我，时而又善待别人。当她眷顾我的时候，我就赞美她，如果她振动翅膀飞走了，我就归还她给我的礼物，用美德把自己包起，追求诚实的贫困，尽管没有任何礼物。

如果船桅在非洲的烈风中摇曳，我不会求助于虔诚的祈祷，也不会与众神订立誓约，从贪婪的大海中挽救我的塞浦路斯和推罗的商品。在这样危险的时刻，微风和波吕克斯兄弟会保佑我安全地躲过爱琴海的风暴，我的双桨小舟必定会顺利地抵达港湾。

三十、诗人不朽的声名

我建成一座纪念碑,
它比青铜更持久,
比金字塔更雄伟,
腐蚀的雨和狂暴的风都不能把它摧毁,
无穷的年轮和时间的流逝也不能把它磨损半分。

我不会完全死去,
我的大部分会躲过死神。
只要大祭司和沉默的维斯塔尔贞女还登卡庇托尔山,
我的名声随着后代的颂扬就会越来越大。
在这奥菲德斯河咆哮的地方,
在这达乌努斯统治过的干旱土地上,
我虽出身卑微,却取得显赫功绩,
我率先运用伊奥利亚的韵律创作意大利的诗篇。

墨尔波墨涅,
请接受你当之无愧的殊荣,
在我的头上庄严地戴上阿波罗的桂冠。

颂诗(第四卷)

一、维纳斯，要克制！

久未开战的维纳斯又挑起了战火。
求求你放过我！
我已不是当年那个痴迷于甜美的希娜拉的我。
啊，可爱的丘比特的残忍母亲，
别再逼迫我，
我现已年近五旬，
对你拥抱爱情的命令早已麻木！
快点去找正用甜言蜜语向你祈祷的年轻人。
假如你想寻找能让爱火燃烧的合适的心灵，
就驾着你闪耀的天鹅，
快点儿去找保卢斯，
他正在家纵酒狂欢。
他出身贵族，英俊倜傥，
替被恼人的官司缠身的人激情辩护，
这名多才多艺的年轻人会扛起你的大旗，
把你战场上的荣耀发扬光大。
当献礼胜过富有的竞争者的时候，
他会在胜利中笑逐颜开，
会在阿尔班湖畔的香橼树下为你塑造大理石像。
在那里你可尽情享受香火，
还可陶醉在里拉琴和柏莱辛提斯长笛合奏的美妙音乐中，

当然芦笛也必不可少。
在那里，少男少女会每天两次为你唱赞歌，
雪白的脚以萨利式的三节拍踢踏地面。
现在的我已难欢娱，
无论是对少男还是少女，
爱的希望已渺茫，
对酒宴上的竞饮早已失去兴趣，
戴上齐眉的插满鲜花的花环也不能使我欢颜。
啊，利古里努斯，
为何我的脸颊有时会有泪珠滑落？
为何健谈的我有时会陷入难堪的沉默？
在夜晚的美梦中，
我紧紧抱着你，
可铁石心肠的你啊，
又离我而去，
我不得不追逐你飞过长满青草的战神广场，
追逐你飞过波大海上的巨浪和旋涡！

二、是你安东尼，而不是我，应该歌颂伟大恺撒的功绩

安东尼·伊乌鲁斯，
谁要想和品达竞争，
妄图依靠代达路斯用蜂蜡固定的翅膀飞越大海，
谁就必然会葬身海底，
那片海域将以他的名字命名。
暴风雨已使河流泛滥，
从山上疾驰而下的激流冲垮了堤岸，
品达的声音就像翻滚而下的激流一样轰隆作响，
他理应赢得阿波罗的桂冠。
不管他用大胆的新词或不规则的节奏写酒神赞美诗；
或是歌颂神和具有众神血统的国王，
在他们面前，
半人马族遭到了罪有应得的灭亡，
可怕的奇美拉之火也被熄灭；
或是歌颂拳击手和战车的驾驭者，
他们赢得了奥林匹克的荣誉，
由埃利斯的棕榈树指引荣归故里，
品达给予他们的称赞不下于一百座雕像带来的荣誉；
或是哀悼被从泪光盈盈的新娘旁攫走的年轻人，
歌颂他的勇敢、勇气和金子般的美德，
诅咒黑暗的地府。

贺拉斯诗选

安东尼啊,当一股强风把德尔丝的天鹅①吹得扶摇直上,品达在歌声中被带入了高耸的云端;

而我却像马提尼的蜜蜂一样,

辛苦地在树林里和雨水充沛的提布尔河岸边采集怡人的百里香。

我,天赋不足,

只能辛勤地锻造我的诗篇。

你是大笔如椽的诗人,

当恺撒戴着受之无愧的花冠,

走在神圣大道最前面,

拖曳着野蛮的塞格姆布里人时,

你应该歌颂他的功绩;

恺撒是最伟大、最优秀的元首,

命运女神和优雅的众神把他赐予了这个世界,

这样的人物,纵使时光倒转到古代的黄金时代也不曾出现过。

你应该歌颂盛大的节日,

歌颂为庆祝奥古斯都的凯旋而举行的公众竞技,

歌颂不再有慷慨陈词辩论的广场②。

如果我的声音能被听见,

我将声嘶力竭地随众人奋力喝彩:

"啊,明亮的太阳!你配得上一切赞美!"

我用这种方式喊出恺撒归来带给我的喜悦。

当恺撒率领众人沿路而走的时候,

我们会不断地高呼:"啊!胜利!"

全城都回荡着激昂的声音:"啊!胜利!"

我们将献上虔诚的香火给和蔼的众神,

---

① 德尔丝是底比斯西北的一眼泉水,文学界经常把品达比作德尔丝的天鹅。——译者
② 罗马人通常在广场进行审判,但在公共假期,这些活动都要停止。——译者

你承诺献上十头公牛和十头母牛,
而我只能献上一只刚断奶的小牛,
它正在肥美的草地上吃草,
将帮我完成许下的心愿。
小牛的前额有一处雪白的标记,
周身的黄褐色让这处标记格外显眼,
就像第三天升起的弯弯的新月。

贺拉斯诗选

三、啊，缪斯，我的荣誉是你的礼物

在他降生之时，
墨尔波墨涅，你曾深情凝视，
他将不会作为一名拳击手在伊斯姆斯赛会赢得荣誉；
也不会驾驭烈马，在希腊战车上取得胜利；
他也没有粉碎国王们日益膨胀的威胁的战绩，
使他有资格戴着德洛斯岛的花冠走在朱庇特神殿前游行队伍的最前面。
但是流经肥沃的提布尔的水和树林里的浓荫将会塑造他用伊奥利亚的诗篇声名永驻。
罗马之子，城市的女王，认为我有资格进入著名诗人之列，
现在我已经很少被嫉妒的人攻击。
啊！来自皮埃里亚的缪斯①啊，
你能用金壳②调奏出美妙的音乐，
如果你愿意，
甚至能让不能说话的鱼像天鹅一样鸣唱。
我被那些路人指定为罗马诗歌的吟唱者，
这完全归功于你。
我呼出的音乐气息，
如能给人带来欢乐，
这都得你所赐。

---

① 墨尔波墨涅。——译者
② 用来制作里拉琴的龟壳。——译者

四、德鲁苏斯和克劳狄家族

像有翼的雷电掌管者一样——众神之王朱庇特让他①统治群鸟，因为他把金发的加尼美德带到了奥林匹亚就足以证明了他的忠诚——最初，年轻和与生俱来的勇气让他离开鹰巢，对前路的艰辛全然不知；随着春风已经吹起，风暴散去，他开始了新的尝试，尽管还有些胆怯；不久，一股勇气让他俯冲，向羊群发起了凶猛的攻击；现在，出于对胜利和战斗的酷爱使他敢于向挑衅的蛇发起攻击；或者像一头刚刚断奶的幼狮，突然看见一只低头专心吃草的獐鹿，这只獐鹿注定要被幼狮的新牙撕碎。

文德里奇人一看见德鲁苏斯率领军队在雷蒂阿尔卑斯山麓发起攻击，就像上面的羊群和獐鹿一样充满恐惧。

我不知道也不想知道从什么时候开始文德里奇的勇士养成了总在右手拿着亚马逊战斧的习俗。

但是远近闻名的文德里奇勇士很快就被年轻的将军所征服，领略了他无与伦比的智慧，付出代价之后才知道他心智的力量，而这力量源自帝国神圣的血系和奥古斯都对小尼禄们的父爱。

坚强勇敢的年轻人必然有坚强勇敢的父辈，
他们的果敢只有在牛背或马背上才能展现，
凶猛的鹰生不出怯懦的鸽子。
但磨炼会让与生俱来的力量更加强大，
正义的教诲也会使内心更加坚忍。

---

① 朱庇特的鹰。——译者

当道德沦丧之时，

罪过也会玷污原本高尚的心灵。

啊，罗马，尼禄们为你立下了汗马功劳，

梅陶鲁斯河见证了一切，

你击败了哈斯朱拔，

在光荣之日把拉丁姆的阴霾一扫而光，

罗马因振奋人心的胜利第一次绽放笑容，

而在此之前，可怕的迦太基人在意大利的城镇横冲直撞，就像熊熊烈火燃遍松林，或者像东风狂卷西西里的海浪。

在那之后，罗马的年轻人通过不断成功的奋斗变得日益强大，

被不虔诚的迦太基人毁坏的神庙得以重新修缮。

最后，背信弃义的汉尼拔发出感叹：

"我们就像鹿一样，天生就是凶猛恶狼的猎物，但却愚蠢地跟踪会吃掉我们的动物，对我们来说，逃跑和迷惑它们才是胜利。

那个种族①，

在特洛伊毁灭之后，

开始了流亡之路，

当横渡湍急的托斯卡纳海时，仍面无惧色，紧抱他们的神像，扶老携幼不辞辛劳地到达意大利的城镇。

就像阿尔基德斯山上的橡树，

在被锋利的双头斧砍掉枝杈后，

却愈加枝繁叶茂。

尽管遭遇巨大的损失，

尽管面临血淋淋的死亡，

却总能在刀光剑雨中汲取勇气和力量。

就像九头蛇一样，尽管被大力神砍斫，却愈加坚强，不愿意屈服；

---

① 指罗马人。——译者

即便在科尔基斯和卡德摩斯的故乡底比斯也生不出这样的奇异之物。

把罗马人溺在水中,他们出水之后却愈加坚强;要是和他们摔跤,在排山倒海的呼唤声中,他们就会战胜不可一世的冠军;他们发起的战争会让他们的妻子津津乐道。

我不能再向迦太基发出胜利的喜讯,
自从哈斯朱拔被击败后,我们希望破灭,名声扫地。"
没有克劳狄家族不能取得的胜利,
因为朱庇特用他强大的力量护佑着他们,
明智的执政官的策略让他们化险为夷。

贺拉斯诗选

五、保佑奥古斯都

　　奥古斯都，你是神的后代，罗慕路斯家族的最佳守护者，你已经离开罗马太久了。
　　你既已向神圣的元老院承诺会很快返回，
　　就快点儿回来吧。
　　亲爱的元首，
　　给你的国家带回光明吧！
　　你脸上的光春天般地照耀着人民，
　　人民的生活更加幸福，
　　阳光更加明媚。
　　就像一位母亲期盼被狂暴的南风滞留在喀尔巴阡海彼岸的儿子归来一样，
　　航行季已过，
　　他不能回到爱意融融的家，
　　母亲用誓言、占卜和祈祷来呼唤儿子归来，
　　眼神片刻也不离弯曲的海岸。
　　对你充满忡忡之爱的祖国就像这位母亲一样，
　　翘首以盼你的归来。
　　只要奥古斯都在，牛儿就能安全地在草场徜徉，谷类女神和丰收女神就能提高庄稼的产量，水手在海上的航行就能一帆风顺，夫妻就能保持忠诚以免受到责罚，我们的家园就能免于被淫荡玷污而保持纯洁，风俗和法律就能阻止邪恶的蔓延，母亲们就能因孩子酷似父辈而赢得赞誉，犯罪者必将受到惩罚。

只要奥古斯都在，谁还会惧怕帕提亚人，谁还会惧怕冷若冰霜的斯基泰人，谁还会惧怕留着胡须的野蛮的日耳曼部落？谁还会在乎伊比利亚的战争？每个人都一整天待在自家的山坡上，把藤蔓缠在孤零零的树上，在太阳落山的时候，高兴地回家喝酒，在奠酒时把奥古斯都列为神灵。

在如潮的祈祷中，给你献祭的酒已经倒上，人们把你和他们的家神一起供奉，就像希腊人供奉卡斯托尔和伟大的大力神一样。

"希望元首赐予意大利漫长的假日！"

为此，一天伊始，我们清醒时就开始祈祷；当太阳下山之后，我们酒后醉醺醺时还在祈祷。

六、阿波罗赞歌

啊，阿波罗神，
尼俄伯家族因自夸遭到了你的惩罚，
强奸者提堤俄斯领略了你强大的力量，
差点征服雄伟的特洛伊的阿喀琉斯也不是你的对手，
尽管他比其他的勇士要强大，
尽管他是海神西蒂斯的儿子，
尽管他的威武的长矛震动了特洛伊的堡垒，
他就像被利刃砍倒的松树或像被东风吹翻的柏树，
卧倒在大地上，
脖颈紧贴着特洛伊的尘土。
他不该隐藏在假装献给密涅瓦的木马中，
也不该欺骗特洛伊人和普里阿姆的王公在错误的时间饮酒作乐，莺歌燕舞。
但是最残忍之处莫过于他公然虐待战俘！唉！真是罪大恶极！
他竟用希腊的大火烧死了还在咿呀学语的孩子，
甚至烧死那些尚在襁褓中的婴儿，
在你和善良的维纳斯一再请求下，
宙斯才使埃涅阿斯建立的城墙得到了吉兆的护佑。
啊，无须的太阳神，你是善唱的塔利亚的老师，你在赞塔斯的溪流中洗涤你的长发，保护着达乌努斯缪斯的光荣！
太阳神啊！你赐予了我灵感，赐予了我作诗的技艺，赐予了我诗人的名义。

啊,高贵的少女和出身名门的小伙子,

在用弓可以使逃跑的山猫和雄鹿止步的德洛斯女神①的监护下,

你们歌唱拉托那的儿子②和用新月照亮夜空的月亮女神③——她使庄稼更快成熟,使岁时加速轮转!

一定要注意观察我弹琴的莱斯博斯手法和我拇指的动作。

不久,在结婚之时,你会骄傲地说:

"在百年节上,我在诗神的祭司贺拉斯的指导下,吟唱了让众神愉悦的诗歌。"

---

① 狄安娜。——译者
② 阿波罗。——译者
③ 狄安娜。——译者

七、春天回来了

雪已经消逝，

绿草重回大地，

绿叶重回枝头，

大地正在换季，

和缓的溪流静静地流过河岸。

美惠三女神和林泽仙女大胆地带头跳起裸舞。

带走美好之日的岁月车轮向我们发出警告：天下没有不散的宴席。

寒冬被春风驱逐，

春又被夏踩在脚下，

待硕果累累的秋献出它的收获时，

夏注定会被秋所取代，

不久之后，了无生气的冬再次光临人间。

月亮缺损，很快就能复圆。

而我们一旦踏入虔诚的埃涅阿斯、富有的图卢斯和安库斯的长眠之地，

就只剩下尘土和魅影。

谁知道众神会不会在今天之后再赐予我们明天？

只有灵魂享用的东西，才能避免继承人的贪婪争夺。

托尔夸图斯啊，

一旦你死去，

米诺斯向你宣布了他威严的判决，

无论高贵的出身、雄辩的口才和正直的品德都不能使你复活。

即便狄安娜也不能把忠贞的希波吕特斯从地下的黑暗中解救，

即便忒修斯也无力打碎桎梏他挚爱的庇里托俄斯的遗忘河的枷锁。

八、诗赞

　　山索里努斯，我会慷慨地把酒杯和奖牌给我的朋友，
　　还有三足鼎，那可是对勇敢的希腊人的奖赏。
　　如果我足够富有，
　　你会收到下列礼物——
　　帕哈希乌斯的画作，
　　或者斯科帕斯的雕刻，
　　他们时而刻画出英雄，
　　时而又刻画出神。
　　但是我没有这些珍宝，
　　况且你不缺这些宝物，
　　更不喜欢这种奢华。
　　你喜欢诗，
　　这也是我能给予你的，
　　我可以告诉你诗的价值。
　　在西庇阿征服非洲后归乡的时刻，
　　刻着铭文的石像，
　　汉尼拔的迅速溃败，
　　邪恶的迦太基被烈焰点燃，
　　都不能胜过恩尼乌斯的诗作带来的荣光。
　　如果没有诗篇来歌颂你的光辉业绩，
　　你将无法声名远播。

如果嫉妒的沉默忽略了罗慕路斯的价值，

伊利娅和马尔斯之子哪能有今天的显赫声名？

正是威力无比的诗人的勇敢、青睐和雄辩从冥河的暗流中挽救了爱考士，

并在幸福岛上为他赢得了一个神圣之位，

缪斯不会让值得赞誉的英雄死掉，

缪斯也能赐予天堂的幸福。

因此不知疲倦的大力神能参加他期盼已久的朱庇特的盛宴，

耀眼的廷达瑞俄斯的儿子们①在大海的深渊挽救了破碎的船只，

酒神的头上戴着翠绿的藤蔓，

给他忠诚的信徒带来幸福的圆满。

---

① 卡斯托尔和波吕克斯，航海者的保护神。——译者

九、洛里乌斯颂

我出生在声响悠远的奥菲德斯河附近,
为了防止我的诗句被忘记,
我用至今未被透露的技法来演唱,
用里拉琴来伴奏。
尽管迈奥尼亚的荷马声名远播;
品达和西摩尼得斯的诗歌也非常著名;
咄咄逼人的阿尔凯奥斯的诗和威严的斯泰西科拉斯的诗也享有盛誉;
时间并没有毁灭阿那克里翁嬉乐的诗篇;
伊奥利亚少女①向里拉琴吐露心扉,
爱的激情犹在。
当斯巴达的海伦惊异于情人整洁的头发、黄金装饰的服饰、盛大的排场和众多的随从,
她并不是唯一一个燃起爱火的人;
透克洛斯不是第一个用克里特的弓来射箭的人;
特洛伊不是仅仅被包围了一次;
伟大的伊多梅纽斯和斯忒涅路斯不是唯一打出诗人值得用诗歌去歌颂的战役的人;
凶猛的赫克托耳和勇敢的德伊福玻斯不是第一个在保护贞洁的妻子和孩子的过程中遭受重创的人。

---

① 萨福。——译者

在阿伽门农之前,

出现过很多英雄,

但他们都淹没在漫漫长夜中,

无人悼念,无人知晓,

因为没有神圣的吟游诗人为他们吟唱。

他们被埋在墓中,

所具有的价值和胆小的懦夫没什么区别。

啊,洛里乌斯,

我要用我的诗来歌颂你,来赞美你,

我不会让嫉妒的忘却腐蚀你数不清的功绩。

你处理事情的经验丰富,

对待好运和噩运泰然自若,

惩罚欺诈的贪婪,

远离吸引万物的金钱;

你不只是在出任执政官的一年内如此,

而是一直存有此念,

就像正直的可以信赖的法官,

珍视诚实胜过权宜,

用鄙视的表情拒绝有罪的贿赂,

把武器挥向反对者,

取得辉煌的胜利。

并不是拥有越多的人才是幸福的人,

真正配得上这个称谓的是那些有智慧利用好神的礼物的人,

是那些耐得住贫困之艰辛的人,

是那些惧怕耻辱甚过死亡的人,

是那些不惧为值得珍惜的朋友和祖国献身的人。

十、美貌是短暂的

啊，利古里努斯，
尽管你仍旧铁石心肠，
尽管你仍能享受维纳斯礼物的力量，
但在意想不到之时，
严冬会突然来袭，
你的傲慢会荡然无存，
你披肩的长发终将会掉落，
你比盛开的玫瑰还要深红的肤色终将会暗淡，
你的脸颊终将会长满胡须，
当你在镜中看到青春已逝的你，
你会感叹："唉！当我年轻的时候，为什么没有我现在这样的思想？我为什么不能同时拥有青春的面颊和成熟的情感？"

十一、快乐的生日

我有一满坛储藏了九年多的阿尔班酒,
菲莉斯,我花园中的欧芹是为编花环准备的,
我还储藏了好多常春藤,
用来束扎你的头发,
这可使你容光焕发。
银具让房间蓬荜生辉,
藤蔓缠绕的祭坛正期盼着被洒上用来献祭的羔羊的血。
家里所有的人都在忙碌,
一大群男女奴隶匆忙地进进出出,
火焰在闪烁,
浓烟翻滚着旋涡袅袅升起。
你应该知道你被邀请到这儿来是为了庆祝什么,
这是为了庆祝四月十三日,
它把四月一分为二,
这是属于海上出生的维纳斯的月份,
对我来说,有非常好的理由来庆祝这一天,
甚至比我自己的生日还要重要,
因为从这天黎明开始,
我亲爱的梅塞纳斯就要计算他自己的流年。
特勒浦斯——你所追求的年轻人,
他的地位在你之上,

一个富有而撩人的少女已俘获了他的心，
并且已用温柔的枷锁把他缠绕。
被火焰吞噬的法厄同会让贪婪的梦醒来，
有翼的飞马珀加苏斯轻蔑地摔下他的凡间骑手——柏勒罗丰，
这为你提供了重要的教训：
你应该争取适合你自己的事物，
远离不匹配的伴侣，
奢望不属于你的事物是错误的。
快来吧，就趁现在，
你是我最后的爱，
从此之后，我不会为别的女人再燃起激情，
学一些我的诗歌，
再用你曼妙的嗓音把它唱出来！
黑色的忧虑在欢快的旋律下会逐渐散去。

十二、春天的快乐

色雷斯的风,春天的常客,
它使海面平静,正在鼓起船帆。
大地不再封冻,
河流不再咆哮,
融化的雪使水面升高。
苦命的燕子正忙于筑巢,
为她亲手杀死的伊堤斯哀叹流泪,
因憎恶国王野蛮的欲望,
她凶狠地以这种方式向他复仇,
成为刻克洛普斯家族永远的耻辱。
在松软的草坪上,
牧羊人在照看着他的肥羊,
吹笛弹唱,
这让神灵欢喜异常,
这神灵喜欢羊群和阿卡迪亚的黑黝黝的山。
啊,维吉尔,
这个季节让人口渴,
但是你,
年轻贵族的被保护人,
如想痛饮在卡雷斯压榨的美酒,
就必须带来一些甘松香,

以换取这样的美酒。
一小盒甘松香能换取一坛苏尔皮西乌斯酒窖中的美酒,
这种酒能给人以希望,
能排解令人痛苦的忧虑。
如果你渴望这样的快乐,
就带着你的甘松香快点儿来吧!
如果你空手而来,
我是不会款待你的,
因为我不是腰缠万贯的富人。
不要再耽搁,
把赚钱的渴望抛在脑后,
想起黑暗的死亡之火,
你就该在严肃的关切中犯一点儿傻,
偶尔愚蠢一回是甜蜜的。

十三、报应

啊，吕瑟，
神已经听到了我的祈祷。
你已年老色衰，
却渴望美丽，毫无羞耻地欢歌畅饮，
酩酊大醉之时，
你试图用颤抖的歌声打动冷漠的丘比特的心。
而他却盯着齐亚的美丽脸颊，
这位妙龄少女擅长弹奏竖琴。
丘比特不屑一顾地飞过枯萎的橡树，
避你唯恐不及，
因为发黑的牙齿、深深的皱纹和雪白的头发让你丑陋无比。
科斯的紫色薄纱和名贵珠宝也不能让你恢复往日的魅力，
飞逝的岁月早已被尘封，
成为人人可读的历史。

唉！你的性感哪里去了？你花儿一般的容貌哪里去了？你的优雅动作哪里去了？那个散发着爱的气息，曾偷走我的心的你哪里去了？在希娜拉死后，能用绝伦美貌和出众才艺让我倾心的你哪里去了？

命运女神让希娜拉死于青春年华，却让吕瑟活得更长久，堪比古代的老乌鸦。

血气方刚的年轻人嬉笑地看着明亮的火炬熄灭后化成灰烬。

十四、德鲁苏斯和提比略

啊，奥古斯都，

不管元老院和罗马人民多么热切地在铭文和史书上记载你的功绩和美德以使你名垂青史，

都不足以道尽你伟大的功绩和美德，

你是阳光可以照耀的人类居住的地方最伟大的元首，

即便是自诩不知罗马的法律为何物的文德里奇人，

也在战争中领略了你强大的力量。

勇猛的德鲁苏斯率领你强大的军队，

征服了桀骜不驯的格纳乌尼人和动作迅捷的布列乌尼人，

摧毁了他们在阿尔卑斯山上的堡垒。

不久以后，提比略与雷蒂人进行了一场血战，

在你吉兆的护佑下提比略把他们一举击败。

强大的提比略通过英勇的战斗，

屠戮那些决心为自由而死的蛮族勇士，

这是多么惨烈的景象啊！

就像昴星团穿透云层之时，

南风卷起狂野的海浪，

提比略不知疲倦地袭扰着敌人的骑兵，

驱策着疲劳的战马穿梭于炽烈的战火之中。

就像公牛形状的奥菲德斯河咆哮翻滚着流经阿普里亚的达乌努斯的王国，

当它狂怒泛滥之时,
淹没了处于低地的肥沃农田。
提比略砍杀了一排又一排穿着铁甲的蛮族勇士,
他们的尸体横七竖八地倒在大地上,
而提比略却毫发无损地取得完全的胜利——
伟大的奥古斯都,这都归功于你的军队、策略和神助。
十五年前的今天,
你征服了亚历山大里亚,
它的港口和空旷的宫殿向你敞开;
十五年后,
护佑的命运女神再次用胜利把战争画上了一个圆满的句号,
用期待已久的赞美和荣誉装点你所取得的胜利。
从未臣服过的坎塔布里亚人、米底人、印度人和逃亡的斯基泰人都充满恐惧地注视着你,
你曾经是意大利和罗马的坚强守护者,
现在已成为威严的世界之主。
隐藏着万河之源的尼罗河、多瑙河、湍急的底格里斯河、环绕着遥远的不列颠的充满怪兽的咆哮大海、不惧死亡的高卢人的土地和顽固不化的伊比利亚人的土地都听命于你。
嗜杀的塞格姆布里人也放下了武器,
俯首臣服。

十五、奥古斯都

当我想要歌颂奥古斯都赢得的战争和征服的城市的时候,
太阳神阻止了我,
他大声弹奏着里拉琴,
以防我的小帆船式的颂歌来歌颂托斯卡纳海般宏大的奥古斯都的功绩。
啊,恺撒,
在你的时代,
农田恢复了丰收的产量;
我们的朱庇特又重新拥有了军徽,
这军徽是从帕提亚人骄傲的门柱上剥得;
因长年无战事,
亚努斯神庙的大门已经关闭;
对不道德的行为有了严格的限制;
纠正了错误,
恢复了古老的美德。
这使得拉丁姆的名声和意大利的力量与日俱增;罗马帝国的名望和威严已遍布于从太阳升起的地方到太阳落下的地方。
因恺撒掌管国事,
和平没有被内战和愤怒所驱散,
铸剑的冲动也没有让不幸的城市再次卷入内战和纷争。
喝多瑙河水的人、盖塔人、赛里斯人、无信的帕提亚人和在塔纳伊斯河边出生的人都没有违反奥古斯都的法令。

在工作日或节假日，
我们应该像我们的祖先那样，
携妻儿祈祷神灵保佑，
拿出美酒佳酿，
伴着吕底亚的长笛，
放声歌唱，
歌颂逝去的英雄、特洛伊、安喀塞斯和仁慈的维纳斯的子孙①。

---

① 指奥古斯都，埃涅阿斯是维纳斯和安喀塞斯所生，埃涅阿斯是罗马人的祖先，奥古斯都承袭了埃涅阿斯的血统。——译者

长短句

一、友谊赞

我的朋友,梅塞纳斯,
你即将率领轻型的利波尼亚战船扬帆远征,
穿梭于舷墙高耸的战船,
你准备和恺撒一起涉身险境。
我该怎么办?
如果你能幸存下来,
我一定欣喜若狂;
但你若不能幸存,
我将如磐石压顶。
我还能像你说的那样继续过一种平静的生活吗?
没有与你一起分享的生活注定索然无味。
如果困难艰巨无比,
我还能面对这些困难吗?
还能下定决心用男人的意志来承受这些困难吗?
无论你是去阿尔卑斯山的山峰,
还是去荒凉的高加索,
或是西方最偏远之地,
我都会以最坚定的心紧紧跟随着你。
你会问我能以什么样的方式来帮助你——我既不强壮也不善战,
答案是在你身边我就会无忧无虑。
恐惧的力量在那些远离挚爱的人面前会倍加强大,

就像雌鸟一旦离巢，就愈加害怕她羽翼尚未丰满的幼崽遭到蛇的偷袭，尽管她在也无能为力。

如果能给你带来快乐，

我就愿意参加这场战争和其他任何战争，

绝不是为了获取更多的耕地——使成群的耕牛在我的田地上劳作，

也不是为了在炫目的天狼星升起之前把我的兽群从卡拉布里亚的牧场赶到卢卡尼亚的牧场，

更不是为了在高耸的图斯库鲁姆的锡西城墙边有豪华的别墅。

你的慷慨奖赏已经让我生活富足，

甚至是无比富裕。

我不会像守财奴克雷米斯一样，

积累财富就是为了把它们深埋于地下，

也不会像一个败家子那样挥霍无度。

二、乡村的快乐

"多么快乐的人啊！
他远离经商的烦恼，
像淳朴的古人一样，
赶着公牛耕种着祖先留下的土地，
没有任何借贷之虞；
他不必像战士一样，
被野外嘹亮的号角惊醒，
也不用担心惊涛骇浪；
他远离城市的中心，
也避开了强权人物的高宅大院；
他把长势很好的藤蔓嫁接在高大的白杨树上，
或在隐秘的山谷凝望着哞哞叫的牛群，
或用剪刀割去枯萎的枝杈，
嫁接果实更多的枝杈，
或把压榨的蜂蜜用干净的坛子储藏起来，
或给驯顺的绵羊剪毛。
当秋季到来，果实成熟的时候，
他高兴地采摘嫁接的梨子，或者一串串紫色的葡萄——这果实的紫色足以和染匠的紫色染料媲美。
他用这些果实来给你们献祭——生殖之神和森林田野之神，
因为你们护佑了这片土地。

躺在古老的冬青树下，

身体紧贴着草皮，

是多么愉悦的事情。

快听！

小河在高岸间流过，

鸟儿在树林中啁啾，

山泉的激流溅起了水花，

这些天籁之音足以让人惬意入睡。

冬天来到的时候，

朱庇特会带来大量的雨雪，

他带着一群猎狗四处捕猎凶猛的野猪，

把它们赶入早已设好的圈套，

或用光滑的长杆撑起大网，

来诱捕贪婪的画眉，

或用陷阱来捕获胆小的野兔，

或捕捉迁徙至此的鹤——来自远方的甜蜜奖赏！

在这些快乐之中，

谁还记得那些因爱而带来的可怜的忧伤呢？

如果端庄的妻子在家操持家事，

照顾可爱的孩子，

像萨宾妇女或者强健的阿普里亚人的被晒得黝黑的妻子那样，

把晒干的柴火高高堆在神圣的炉边，

等待她们疲劳的丈夫归来，

把嬉戏的兽群关在编条做成的围栏里，

给母牛挤奶，

从坛子里打出今年刚酿的甜美葡萄酒，

那么卢克林牡蛎和比目鱼也不再吸引我——

在冬季，东部的海浪会把它们卷到我们的海域，

即便是非洲几内亚的禽肉和爱奥尼亚的鹨鸲也不及家乡树上的橄榄可口，
也比不上爱在草地上生长的酸模类植物，
或对缓解疲劳有奇效的锦葵，
或特米诺斯盛宴上现杀的羔羊，
或刚刚从狼口夺下的山羊。
在这样的宴会中，
你会体验到无尽的快乐——看到绵羊从牧场匆匆归圈，疲倦的公牛无精打采地用颈拖着向上翻着的犁铧，家养的奴隶，富裕大户的家丁，整齐地围着光彩照人的家庭守护神准备就餐！"

当放高利贷的阿尔费乌斯说完这些话的时候，他即将开始农民的生活，决心不再放贷，要求借债的人在月中归还他的本金——但他本性难移，在初一就又把钱用于放高利贷！

贺拉斯诗选

三、邪恶的大蒜！

如果有人用邪恶的手勒死了年老的父亲，
就让他去吃大蒜，
这比毒芹还要致命！
唉！大蒜的收割者具有多么强大的胃啊！
什么样的毒液在我的身体中翻滚？
难道是我孤陋寡闻，
毒蛇的血液被放入了这道菜肴？
或卡尼迪亚在这道菜中做了手脚？
当美狄亚爱上了所有冒险者中最帅气的英雄伊阿宋，
在伊阿宋尝试着给牛套上新轭的时候，
她用大蒜涂抹了他。
在乘坐飞龙飞走之前，
她用沾满大蒜的礼物，
向他的情人①复仇。
天狼星从没有像这样炙烤着阿普里亚的大地，
涅苏斯带火的礼物也没有像这样烧灼着有这么多功绩的大力神的肩膀。
但是我可爱的梅塞纳斯，
如果你足够贪婪吃这种东西，
我希望你的心上人会阻止你亲吻她的手，
并且在床上尽量离你远些。

---

① 指克瑞乌萨，科林斯国王克瑞翁的女儿，被美狄亚用毒衣谋杀。——译者

四、新贵

就像狼和羊是一对天敌一样，
你和我也是天敌——
你的身上有西班牙绳索勒过的疤痕，
你的大腿因脚镣的禁锢而变得麻木。
尽管你因拥有大量财富而骄傲得趾高气扬，
但命运女神不会改变你的血统。
当你穿着足有三个臂展宽的托加从神圣大道的一端走向另一端的时候，
你难道没有看见路人脸上那难以压抑的愤怒表情？
"这个家伙曾遭到过执政官的鞭打，
直到行刑的小官吏都已精疲力竭，
现在他却拥有上千犹格法勒努姆的土地，
骑着马在阿庇安大道得意忘形。
他公然藐视奥托法案，
像显贵的骑士那样坐在了剧场的前排！
当我们派遣这么多可用来撞击的巨大战舰去对付庞培的由海盗和奴隶组成的舰队的时候，
让这样的家伙当军队的指挥官究竟是什么用意？"

五、卡尼迪亚的巫术

"以天上统治大地和人类的众神的名义，请告诉我这些乱糟糟的咒语是什么意思？你们所有人投向我的凶狠目光意味着什么？我以你孩子的名义恳求你——如果被召唤到人间来助产的生育女神也在场，以这件紫色长袍的无用装饰的名义恳求你，以会谴责你的恶行的朱庇特的名义恳求你，你为什么像继母或者像中了标枪的野兽一样怒视着我？"

当用颤抖的嘴唇说出这些抱怨之后，小伙子静静地站在那儿，被除去了能认出年龄和身份的所有标志，但他童真未脱，这种童真足以软化不虔诚的色雷斯人的心。卡尼迪亚——她凌乱的头发和毒蛇缠绕在一起，正在发号施令：把野生的无花果树从坟墓中连根拔起；把葬礼上的柏树、涂抹了丑陋的蟾蜍的血的蛋、夜游的发出刺耳尖叫声的猫头鹰的羽毛、有剧毒的从爱奥科斯和伊比利亚进口的药草及从母狗口中夺下来的骨头统统烧掉——让它们在科尔基斯的火焰中付之一炬。裙子已经撩起的萨格娜也跃跃欲试，把取自地狱湖的水喷洒在房间的每个角落。她钉子般的长发竖起，就像海胆的棘和被激怒的野猪的毛。毫无负罪感的维亚，正用鹤嘴锄在地上挖坑，累得气喘吁吁，小伙子将要被埋在坑里，只露出他的脸——就像游泳者身体在水中，下巴颏露出水面一样，他在这漫长的一天中，凝视着旁边换了两三次的食物，将会被慢慢地折磨死。这些巫师的目的是：当他的眼球不再盯着这些得不到的食物的时候，就切下他干瘪的内脏，把它做成爱情魔咒。来自阿里米努姆的福利亚，对阳刚具有强烈的欲望，这种场合她不可能缺席——这是那不勒斯和与它相邻城镇的传言。福利亚用塞萨利的咒语蛊惑了星星和月亮,能把它们从天上拉下来。这时,卡尼迪亚正用已变色的牙齿咬着她未修剪的大拇指的指甲——她说了什么,或者她根本什么都没说!

"啊!暗夜女神!我事迹的可靠见证者!狄安娜女神!当举行神秘仪式的时候,你是那段安静时间的主宰者!现在我祈求你们快来帮我!把你们的愤怒和威力指向我的敌人!在野兽出没的阴森可怖的森林中,野兽都在酣睡,苏布拉的狗朝我的老情人狂吠,这是所有人都忍俊不禁的一幕,在他的身上涂上我精心调制的魔药!出什么问题了?为什么凶狠的美狄亚的可怕的魔药失效了?这可是她飞走之前向傲慢的克瑞翁的女儿复仇的魔药,美狄亚把涂抹了魔药的外衣作为礼物送给了克瑞乌萨,在熊熊烈火中夺走了这位年轻新娘的生命。没有任何药草是我找不到的,不管它们隐藏在多么偏远的地方。我已经在瓦卢斯的床上涂抹了能让他忘掉其余情人的魔药。啊哈!就是它!可怜的瓦卢斯,你会在聪明巫师的咒语下漫游,你将后悔你所做过的一切。瓦卢斯,这具有强大力量的魔药将会使你迫不及待地回到我的身边;你的爱会回来,但不是因为马尔西咒语的召唤。我会准备一些奇怪的东西,我会酿造一些奇怪的东西来对付你的轻蔑。在你逃脱之前,天空会沉入海底,大地会升到天空之上,你对我的爱火就会像正在燃烧冒着浓烟的树脂那样炽烈。"

听到这些,小伙子不再像先前那样用能博得同情的话来感化这些不虔诚的女巫,而是不知道如何能打破这种沉静,最后用著名的梯厄斯忒斯的咒语大骂:"魔药没有力量改变对和错,也不能改变突然来袭的报复。我的魔咒会紧跟着你,没有任何献祭的牺牲能把你从可怕的魔咒中解脱出来。当我被你迫害致死,即将咽气的时刻,我将作为复仇女神在夜晚来临的时候缠绕着你;我的魂魄将用钩形的爪子撕碎你的脸——这是属于死者灵魂的力量;我会盘踞在你饱受煎熬的心灵深处,让你无法入眠,充满恐惧。卑鄙的女巫,在每条街道的每个角落，都会有人向你投掷石块，直到把你打死。不久，出没于埃斯奎琳山的狼和秃鹰会把你未被掩埋的肢体叼到四处，比我活得更长的父母一定会解恨地看到你凄惨的下场！"

六、诽谤者

你为什么攻击并无冒犯的陌生人,而面对群狼却非常怯懦?
如果你有胆量,
为什么不把你毫无缘由的威胁朝向我,
攻击一个会反咬你的人?
就像牧羊人坚定的朋友——莫洛西安猎犬和黄褐色的斯巴达猎犬一样,
我会竖起耳朵在深雪中追捕逃跑的猎物,
森林中回荡着你凶猛的叫声,
你嗅了嗅扔在你脚边的食物。
要当心!要当心!
因为我对待恶棍是残忍无情的,
已经把牛角对准了你,
就像被背信弃义的吕卡贝斯拒绝的女婿[①],
或者像布帕卢斯凶残的死敌[②]。
如果有人用邪恶的牙齿攻击我,
我又怎能放弃复仇,
像无助的孩子那样啜泣?

[①] 指古希腊诗人阿尔基洛科斯,本来吕卡贝斯已把女儿拿布里许配给阿尔基洛科斯,后来却又反悔,以致被诗人谩骂逼死。——译者

[②] 指古希腊讽刺诗人希波纳克斯。——译者

七、内战

冲向何方？被这种邪恶的疯狂驱使，你们要冲向何方？
你们为何又拔出刚刚入鞘的剑？
罗马人流的血难道还少吗？
他们血洒大地和海洋，
不是为了把嫉妒的迦太基人的雄伟塔楼烧为焦土，
也不是为了把远方的不列颠人套上枷锁游行于神圣大道，
而是为了验证帕提亚人的祷告——
罗马城将毁于罗马人之手！
狼和狮子不会同类相残，
它们的凶猛只针对异类。
是什么驱使着你们？
盲目的狂乱？某种更强大的力量？罪孽？
请给我答案！
他们不言片语，脸色惨白，神情迷离，让人毛骨悚然。
这是因为：
罗马人永远摆脱不了残酷的宿命，
皆因屠戮兄弟的罪恶，
自从无辜的勒莫斯血染大地，
他的血便化成了对后代的诅咒。

长短句

九、亚克兴海战之后*

快乐的梅塞纳斯，
在你的豪华宅邸里，
当用里拉琴弹奏的多利安曲调和用佛里几亚长笛吹出的音符交替回响的时候，
我是否应该与你畅饮为节日盛宴储存的卡库班酒，
为恺撒的胜利而狂欢，
以此来表达对朱庇特的感激？
不久之前，我们曾经庆祝过胜利，
当时海神的将军②的战船被付之一炬，
他被从海上赶走，逃之夭夭——
他把叛逆的奴隶当作朋友，
打开了锁住他们的铁链，
威胁要用这铁链封锁罗马城。
真是奇耻大辱！
当太阳升起的时候，
埃及腐朽的帐篷周围，罗马的军徽在摇荡，
一个罗马人③甘愿做一个女人④的奴隶（后人简直都难以相信），
为了她拿起了武器，

---

* 第八篇略。
② 塞克斯都·庞培。——英译者
③ 马克·安东尼。——译者
④ 克里奥帕特拉。——译者

197

虽然是一名战士，
却成了干瘪太监的下属。
看到这一幕，
两千名高卢骑兵拨转气喘吁吁的马头，
高喊着恺撒的名字；
死敌的舰队在得到命令加速向左翼迂回的时候，
却掉头向港内逃跑，避战不出！
欢呼吧！胜利女神！
你能阻挡胜利者的金色战车和初生的牛犊吗？
欢呼吧！胜利女神！
还没人能取得这样的荣光，
不管是朱古达战争中的马里乌斯，
还是毁灭迦太基人的阿非利加努斯。
安东尼在海上和陆上都一败涂地，
他脱下猩红的帅袍，换上黑色的丧服。
他会逆风而上，奔向以百城著称的克里特，
还是奔向正遭受风暴肆虐的塞尔提斯，
或是漫无目的，飘摇海上？
小伙子们，
快给我们换上大碗，
倒满希俄斯酒或莱斯博斯酒，
或卡库班酒，
来缓解我们紧张的神经。
用酒神醇美的礼物来驱散对恺撒命运的担忧，
这是多么畅快的事啊！

长短句

十、祝梅维乌斯厄运

在噩兆之下,
载着讨厌的梅维乌斯的船起航了。
奥斯特①！你一定要携手汹涌的巨浪，拍打船的两侧！
低悬的欧洛斯②！你要掀起巨浪，击碎缆绳和桨橹！
阿奎罗③！你要狂怒地卷起摇曳的橡木，
在高高的山顶上把它们击得粉碎！
希望在冷酷的猎户座落下的时候,
没有任何友好的星座出现在这阴晦的夜晚！
希望他的船行驶在凶险的海域,
就像获胜的希腊舰队行驶的海域一样,
雅典娜把愤怒从特洛伊的废墟转向了不虔诚的阿贾克斯的舰队！
哦！什么样的艰辛在等待着你的水手！
当爱奥尼亚海面上呼啸着夹着瓢泼大雨的南风,
随时都可能毁灭你的小船时,
你面色苍白，像女人一样哭泣,
向冷漠的朱庇特祈祷！
蜿蜒的海岸线上,

---

① 南风神。——译者
② 东风神。——译者
③ 北风神。——译者

躺着你已变成腐肉的尸体，
这会让海鸥享受口福之乐，
为了感谢风暴诸神，
我将杀掉山羊羔和绵羊羔给他们献祭。

长短句

十一、丘比特的力量

啊，亲爱的佩提乌斯，
我不能像以前那样从写诗中得到快乐了，
因为我被爱的重箭所伤，
爱的力量使我无暇他顾，
点燃了我对少男少女的所有激情。
自从我不再迷恋伊纳齐亚，
第三个十二月①正在树林中摇动着光荣。
我对这样的耻辱感到痛苦，
我成了全城人茶余饭后的谈资！
我憎恨回忆以往的盛宴，
盛宴上的我无精打采，沉默寡言，唉声叹气，
把我的失恋从内心深处暴露。
"一个贫穷男人的诚实的心并不能抵抗金钱的力量！"

这使我泪流满面，把我的忧伤向你倾诉，炽烈的酒让我丧失理智，无耻的神趁机抖落出了我所有的秘密。

"但是，渴望自由的愤怒在我内心沸腾，使我把这些不知感恩的酒浆抛洒在风中，它们对我的心病无效，我将抛弃耻辱，不再和不是我对手的人竞争！"

我在你面前坚定地赞美这种行为，
你却敦促我快点儿回家。

---

① 指贺拉斯已和伊纳齐亚分手两年多。——译者

然而，蹒跚的脚步却把我带向了她的房门，

哎呀！

无情而坚硬的门槛，

擦伤了我的屁股和骨盆，

而她却无动于衷，

整晚将我拒之门外。

现在，对利西斯库斯的爱折磨着我，

他自诩温柔，胜过任何女人。

朋友的坦白劝告和严厉责备都不能使我回心转意，

只有另一场激情的热恋才能把我解救，

或是漂亮的姑娘，

或是纤细的小伙儿——飘逸的长发束起发髻。

十三、蔑视暴风雨——照样作乐*

可怕的暴风雨让天际变得狭小,
雨和雪把朱庇特带临人间。
大海和森林现在正伴随着色雷斯的北风咆哮。
朋友们,让我们抓住机会,
趁我们四肢强壮,时间适宜,
把脸上的愁容一扫而光!
快点拿出托尔夸图斯执政时压榨的葡萄酒,
不要再说任何事情!
神或许在用温柔的改变来治疗我们现在的疾病。
现在是用波斯的甘松香涂抹头部的欢乐时刻,
是用墨丘利的琴声来缓解焦虑心情的美好时刻,
就像高贵的人马兽教导他的高徒②所唱的歌:"啊,不可战胜的孩子,你是女神西蒂斯所生,阿萨拉库斯的土地在等待着你,冰冷的斯卡曼德河和波光粼粼的希莫伊斯河从那里流过,命运女神用一根不可改变的线阻断了你的归途,你海蓝色的母亲也不能带你回家。一旦你到了那儿,要用酒和歌排解忧愁,这些甜蜜的武器可以纾缓可怕的绝望!"

---

* 第十二篇略。
② 阿喀琉斯。——译者

十四、没有履行的诺言

尊敬的梅塞纳斯,

你不断问这样的问题几乎让我崩溃——为什么懈怠可以把遗忘传播到我的心灵深处?就像当我口干舌燥的时候,一饮而尽遗忘河里的水,让我酣然入睡。

因为爱神阻止我完成向你承诺的诗篇,

尽管很早以前我就已经开始写这些诗篇。

据说抒情诗人提俄斯的阿那克里翁和我的情况类似,

他迷上了萨莫斯岛的巴塞路斯,

用空空的贝壳吹出简单的节奏来悲叹他的爱情。

你自己也被爱情之火灼烧,

如果你的爱没能引来能把被围的特洛伊烧为平地的一场大火,

你就是幸运的人!

我深深地爱着一个叫弗里尼的女人,

一个被释奴,

但她却不满足只有我一个爱人,

这让我痛苦不堪。

长短句

十五、无信

曾几何时,
万里无云的夜空月朗星稀,
你用双臂把我紧抱,
胜过常春藤对高大冬青树的缠绕,
不惧威严的众神,
你发誓说只要狼还祸害牲畜,
只要敌视水手的猎户座还在冬天的海面上兴风作浪,
只要微风还在吹拂着阿波罗的长发,
我们的爱就会持续。
哦,妮埃拉!我的男子气注定要让你后悔!
弗拉库斯①若有男人的自尊,
就不会容你夜夜寻新欢,
一怒之下我也要找一位志趣相投的人。
我决心不再向美貌低头,
一旦愤怒已经进入我的灵魂,
你的美对我来说已经化为仇恨。
至于你,妮埃拉洋洋得意的新情人,
幸灾乐祸地看着我的不幸。
但不管你是谁,

---

① 贺拉斯。——译者

不管你有多么成功——牲畜多、财产多，帕克托卢斯河为你而流；即便毕达哥拉斯重生，他的深奥学问也难不倒你；你的美貌可以超过尼柔斯。

哎！你也注定要为妮埃拉的移情别恋而悲痛欲绝，

而到那时该轮到我笑你。

十六、内战的痛苦　一种解药

第二代人正被内战碾碎，
使罗马摇摇欲坠的是自己的力量！
其他力量都没有毁灭罗马——
邻近的马尔西人，波塞纳率领的伊特鲁里亚人，强硬的加普亚人，凶残的斯巴达克斯，叛乱的高卢人，野蛮的蓝眼睛的日耳曼青年，罗马人的父母恨之入骨的汉尼拔——我们，不虔诚的一代，被诅咒的世系，将自己毁灭自己的城市，这片土地将再次被野兽栖息。
野蛮的征服者将站在我们城市的废墟之上，
他们骑兵的铁蹄也将踏上我们的土地。
真是残忍的亵渎啊！在庙宇中安息的罗慕路斯的骸骨，将被蛮族放纵地抛向四方，遭受风吹日晒。
也许你们，至少你们中的大多数人正寻求躲过这场悲惨的浩劫。
我们要效仿福西亚人——
在庄严发誓后，
离开自己的土地和自祖辈就已信仰的神，
走上流亡之路，
任凭神庙成为野猪和饿狼的巢穴，
这是我们最好的计划：
任凭双脚把我们带到何处，
不管海风多么猖獗。
你们接受这个提议吗？

或者有人还有更好的提议？
趁吉兆快登船！
但是让我们先立下誓约：
我们义无反顾，要想让我们调帆返航，
除非岩石从海底升起，漂在海面，
除非波河把马提尼山脉和高耸的亚平宁山脉冲进大海，
除非违背自然繁衍的畸恋导致骇人的欲望——
老虎喜欢和鹿交配，
鸽子和鸢配对成双，
畜群不再惧怕黄褐色的狮子，
山羊全身变得光滑，爱上咸咸的海水。
既已庄严立誓，
就断绝了甜蜜的归程，
让我们举国前行，
至少那些胜过愚众的智者！
让弱者和绝望者永远躺在他们已遭诅咒的床上！
凡是有男子汉气概的，
要抛弃妇人才有的伤感，
加快越过伊特鲁里亚的海岸！
周围的海洋在等待着我们，
让我们去寻找快乐的土地，
去寻找幸福岛——
那里土地年年长谷物而无需耕作，
葡萄藤终年开花而无需修剪，
那里的橄榄长出嫩枝而从不枯萎，
暗色的无花果为树木增色，
蜂蜜在橡树上自然流淌，
飞溅的清泉从高山轻盈地跃下。

在那里,
山羊主动来到奶桶边,
驯顺的牛群带着丰满的乳房归圈。
在那里,
日暮之时,熊不会围绕羊圈咆哮,
大地也不因蛇穴隆起。
更多的好运使我们吃惊:
擅长下雨的欧洛斯不会用大雨淹没农田,
肥沃的种子也不会在炙烤的大地上烧焦,
这全仗众神之王调和了冷热。
阿尔戈号的桨手从未把松木船划到那里,
无耻的科尔基斯公主①也从未涉足;
那里没有西顿人的船只,
也没有尤利西斯辛劳的水手。
那里没有危害畜群的瘟疫,
也没有炙烤牲畜的星宿。
当朱庇特用青铜时代遮蔽了黄金时代的光泽,
他把这些海岸留给了虔诚的人们,
从青铜再到黑铁,
时代愈加艰难,
虔诚的人们,
你们如果听到了我的预言,
就坚决地奔向幸福岛!

---

① 美狄亚。——译者

贺拉斯诗选

十七、贺拉斯和卡尼迪亚的对话

贺拉斯——
"现在我终于屈服于你魔法的力量,
我屈膝请求,
以统治冥界的普洛塞尔皮娜的名义,
以狄安娜不可侵犯的尊严的名义,
以能够移动星宿并把它们从天空唤下的咒语的名义——卡尼迪亚,不要再念你可怕的咒语,我乞求你,让快速旋转的命运之轮倒转。

尽管特勒浦斯率领迈西亚军队杀奔阿喀琉斯,
尽管他用尖尖的长矛攻击阿喀琉斯,
涅柔斯的孙子①还是对他动了恻隐之心。
普里阿姆奔出特洛伊城,
拜倒在固执的阿喀琉斯脚下,
要回了他被杀的儿子赫克托耳的尸体,
使特洛伊的女人能够埋葬他,
以免他尸体的腐肉成为野狗和飞鸟的美味。
得到女妖锡西的允许,
不知疲倦的尤利西斯的水手脱掉了穿在身上的带着坚硬猪毛的兽皮,
又恢复了理智和声音,

---
① 阿喀琉斯。——译者

脸上再次展现出原来的尊严。
你虽被水手和小贩所深爱，
但你对我的惩罚却非常严厉，
甚至已经过度。
我的青春和羞涩已经逝去，
紧紧包裹着我骨头的皮肤已经变黄，
我的头发也已经被你的香膏变白。
我无时无刻不在遭受折磨，
夜以继日，日以继夜，
气喘吁吁的症状无法缓解。
我这个可怜的家伙不得不相信我曾极力否认的：
萨贝里人的咒语能够迷惑人的心旌，
马尔西人的歌声能够把人的大脑撕成碎片。
你还想得到什么？
啊！海洋和大地！
我身上的火比因涅苏斯用血迹涂抹而燃起的赫拉克勒斯身上的火和在西西里埃特那火山中燃烧的火还要炽烈，
你拥有科尔基斯公主的魔药库，
不把我烧为灰烬决不罢休，
直到我的骨灰随风飘逝。
我会有怎样的结局？
我会得到什么样的补偿？
快点说出来！
我愿意诚心接受你对我的惩罚，
如果你同意，
我愿意用一百头小公牛来赎罪，
如果你喜欢，
我愿意用虚伪的竖琴声来赞美你：

'啊！贞洁而高尚的女人，

你是如此耀眼，

以至可以在金光闪闪的星宿中占有一席之地。'

卡斯托尔和卡斯托尔威严的兄弟[①]，

激怒于海伦带来的耻辱，

通过虔诚的祈祷和让吟游诗人恢复视力的方式，

替海伦洗刷了耻辱。

如果你愿意，

你也能让我从疯狂中解脱出来。

你没有被祖先的劣迹玷污，

你也不是那个狡猾地在穷人的墓地把死者刚刚埋葬九天的骨灰就撒掉的丑老太婆。

你的心是善良的，你的手是纯洁的，

帕克图梅乌斯是你的后代，

你的血染红了接生婆洗的衣服，

你生产之后活力四射地从床上跃起。"

卡尼迪亚——

"你为什么要请求？我已经充耳不闻。

当冷漠的海神掀起白色的巨浪淹没一丝不挂的水手时，

他能听到水手的呼救吗？

在你嘲笑和泄露了对爱放纵恣意的科提托密仪后能不受到惩罚吗？

在你担任埃斯奎琳山的大祭司，

并使我的名声在全城受损之后，

能毫发无损地全身而退吗？

我用法术让帕埃利格尼的女巫师更富有，或者调配一种更剧烈的

[①] 波吕克斯，卡斯托尔和波吕克斯都是海伦的兄弟。——译者

毒药有什么用?
　　你并不期待的一种慢慢被折磨而死正等待着你,
　　你的痛苦生活将被延长,
　　不断承受新的折磨。
　　坦塔罗斯,背信弃义的珀罗普斯的父亲,
　　曾经期待丰盛的宴会,
　　现在却渴望休息;
　　普罗米修斯被锁在岩石上供秃鹰啄食,
　　也渴望休息;
　　西西普弗想要把巨石放在山峰之上,
　　但朱庇特的禁令让他无法得逞。
　　你一会儿渴望从高塔上一跃而下,
　　一会儿又渴望被诺里克的剑锋刺穿你的胸膛;
　　心生憎恨,难忍痛苦,
　　你徒劳地把套索套在颈上。
　　这时,我会骑在你可憎的肩膀之上,
　　大地也会承认我无与伦比的威力。
　　我会赋予蜡像玩偶生命,
　　正如你的好奇心让你意识到的;
　　我用咒语可以从天空摘下月亮,
　　能够让已经被火化的人起死回生,
　　也能够酿造让人产生欲望的药剂。
　　如果你不受到惩罚,
　　岂不是让我哀悼我的这些魔力对你没有效力吗?"

讽刺诗(第一卷)

一、对财富和地位的追逐
——致梅塞纳斯

梅塞纳斯,怎么会这样——没有人满足于他自己选择的生活或偶遇的生活,反而都去羡慕别人的生活?当士兵体会到岁月的艰辛,身体在艰苦的服役中疲惫不堪之时,他会喊道:"啊,多么幸福的商人啊!"另一方面,当南风蹂躏着商船,商人会喊道:"士兵的生活更好一些。你要问为什么?当战斗打响的时候,几乎一瞬间便可降临迅速的死亡或雀跃的胜利。"当天一亮就有打官司的人敲门拜访时,通晓法律的人会羡慕农民。替人担保的农民被人从乡村拖到城里打官司,他会感叹只有住在城里的人是幸福的。① 类似的例子不胜枚举,足以使滔滔不绝的费边精疲力竭。就不让你去想原因了,听听我得出的结论。如果某个神说②:"我来了!我会马上赐予你们祈祷想要得到的东西。你,现在的战士,将会成为一名商人;而你,现在的律师,将会成为一名农夫。从你现在的角色交换成你想要的角色!可是!为什么站着不动呢?"他们会拒绝交换角色,尽管他们被给予了可以改变命运获得快乐的机会。这就是为什么朱庇特会非常愤怒,并且说他再也不会轻信人们的祈祷了。

另外,不要像读俏皮话一样笑着浏览这个主题——当一个人笑的时候,就会妨碍他说真话,就像老师有时候会用饼干哄骗学生学字

---

① 通晓法律的人并非指职业律师,而是指有影响力的公民,他们通常受过很好的法律训练,身处社会底层的打官司的人天一亮就来登门咨询;与此对照的是农民成为被告后被迫到城里打官司。——英译者

② 贺拉斯在此联想到了戏剧中经常出现的一幕——神出现了。——英译者

母。让我们别再开玩笑，进入严肃的思考：用犁辛苦犁地的农夫，寄生的主人，战士和勇渡大海的水手都说自己辛苦劳累，当年老之时，一旦他们积累了足够的财富，就可退休过上安稳的生活；就像弱小勤奋的蚂蚁（上述那些人的楷模）用嘴去拉拽一切它们能拉动的，把它们堆在一起，因为它们意识到也注意到了未来。不久，宝瓶座让来年严酷，蚂蚁便不再外出，而是享用它们先前所积，真是聪明的动物啊！至于你，炎热、寒冬、大火、海洋和剑都不能阻止你去获取利益——没有什么能阻止你，直到你成为最富有的人。

　　如果你总是在恐惧中偷偷把金银埋进地洞，金银再多对你来说又有什么益处呢？"如果你开始花这些金银，它们将逐渐减少，最后只剩下微不足道的硬币。"①如果你不花这些金银，只是把它们堆在一起，你要这些金银又有什么用处呢？即便你的打谷场堆积了大量的谷物，你的胃里也装得和我一样多。这就好比在一帮奴隶中你背着沉重的面包袋，但你却和没背面包袋的奴隶分得同样多的面包。②

　　告诉我，生活在自然之囿的人，无论他犁一百犹格土地还是犁一千犹格土地又有什么区别？"但是从大谷仓取粮是多么让人高兴啊！"既然我们从小谷仓中取出和大谷仓相等的粮食，为什么还要鼓吹你的谷仓比我们的大呢？这就好比你只不过需要一罐水或一杯水，而你却说："我更愿意从大河中取这杯水，而不愿意从小溪中取这杯水。"当一个人在不当的奢侈中享乐，愤怒的奥菲德斯河就会冲走一切，连河岸都不复存在；而若一个人只渴望所需，他就不会舀到带泥的水，也不会在洪水中丢掉性命。

　　但是许多人被盲目的欲望所误导，他们会说："永远也不能满足，因为一个人所拥有的财富决定了他的价值。"你对说这样话的人怎么办

---

① 守财奴所说的话。——英译者
② 一帮奴隶被带到市场出售，一个奴隶背着所有奴隶的给养。——英译者

呢？就让他去守财吧，既然这是他喜欢做的事情。他就像雅典的一个富有的守财奴，据说用这样的话来嘲笑人们的议论："人们鄙视我，但在家里我凝视着我金库的钱，就会为自己鼓掌。"

干渴的坦塔罗斯只要一从溪流中喝水，水立即就从他的唇边流走。为什么要笑呢？改变一下寓言的名字，故事中描述的就是你。你张着嘴，睡在高高堆起的钱袋上，因为在你看来它们是神圣的，你必然不会用手去触碰它们，或者像欣赏油画一样。难道你不知道钱是做什么用的吗？你可以买面包、蔬菜、一塞克斯塔里乌斯酒或者其他一些必需的东西，如果缺少了这些东西，人们的生活就会很艰辛。当你存有大量金钱的时候，躺着睡不着觉，吓得半死，整日整夜地担心邪恶的盗贼、火灾和奴隶——他们可能会抢劫你，然后逃之夭夭。这些事情会让你高兴吗？面对这些不安，我宁愿放弃有钱所带来的好处，而宁可成为穷人中的最穷者。

"但是如果你偶感风寒，不得不忍受疾病之苦，或者其他的一些灾祸使你卧床不起，是否有人来陪伴你，为你拿药，去叫医生，以使你能重新站起，回到你的孩子和家人之中？"没有这样的人，你的妻子和儿子都不希望你康复；每个人都恨你，邻居和熟人，不分长幼，不论男女。你想知道为什么吗？当你把钱看得高于一切之时，没有人会为你付出你不应得之爱。如果你没有付出，却一味想寻求和保有老天所赐予的亲情，这就是一种徒劳的努力，就像一个人怎能把一头驯顺的驴子训练成战神广场的赛马。

简单来说，要节制地追求财富，当你的财富有所增加的时候，就别再害怕贫穷，当你满足了内心的欲望，就别再辛苦赚钱，以免你得到乌米狄乌斯那样的结局——这是一个小典故——乌米狄乌斯非常富有，他的钱多得数不过来，只能用秤来称，但他却非常吝啬，穿得像个奴隶一样，在他生命的最后一刻，竟然担心会被饿死。然而，他却被一个被释女奴用斧头劈成两半，这个被释女奴真不愧为廷达瑞俄斯家族中的最勇敢者。①

"那你让我怎么做？过纳埃维乌斯或诺曼塔努斯那样的生活？"②你要把两个在本质上互相矛盾的事物调和一致。当我号召你不要成为守财奴的时候，也不想让你成为可鄙的挥霍者。在塔奈斯和维斯里乌斯的岳父之间肯定会有某种均衡。③ 万事皆有尺度。简单点儿说，万事都有一个标准，超出了标准和达不到标准，都不是正确的做法。

这又回到了开始的话题。因为贪婪，所有人都不能自我满足，做自己事情的人总是羡慕别人在做的事情，因嫉妒邻人的母羊有更大的乳房而愁眉不展，而不是和一大群更穷的人去比较，竭力想富过一个又一个人。在这样一种竞争中，总有一个人比你富有。这就好像在战车竞赛中，拉着战车的赛马前的栅栏一旦被打开，这些赛马就会撩开蹄子拉着战车奋勇向前：每一名驭者都极力催马超过前面的战车，而对被他超过落在后面的战车不屑一顾。这就是为什么我们很少听到有人说他过着一种快乐的生活，能带着满足离开这个世界，就像一个吃饱喝足的客人一样。

好了，我写得已经足够多了。我不会再增加一个字了，不然你会说我抢劫了眼睛模糊的克里斯皮努斯的卷稿箱。④

---

① 廷达瑞俄斯的女儿克吕泰涅斯特拉用一把斧头杀死了她的丈夫阿伽门农，与此被释女奴用斧头杀死主人的行为相似，所以此被释女奴被归于廷达瑞俄斯家族。——译者

② 这两个人物都出自卢希里乌斯的作品，都是挥霍无度的人。——英译者

③ 塔奈斯据说是梅塞纳斯的一个阉奴，后成为被释奴；维斯里乌斯的岳父据说是一个因纵欲过度而疝气的人。——译者

④ 斯多葛学派哲学家克里斯皮努斯的卷稿箱指代学问造诣很高，此处表明贺拉斯不想滔滔不绝。——译者

三、关于相互容忍*
——致梅塞纳斯

所有的歌手都有这样的缺点：如果让他们为朋友唱歌，他们从来都不愿意；如果没人邀请他们唱歌，他们却唱个不停。撒丁歌手泰格里乌斯就是这样的人。本来可以动用权力使泰格里乌斯顺从的恺撒如果想用自己或父亲的友情打动他，则根本不会达到目的；但是如果泰格里乌斯喜欢，他则在晚宴的时候从上鸡蛋到上水果，② 一直在反复唱酒歌的歌词："酒神的追随者，快来吧！"伴随着四弦琴的节奏，他也时而是最高音，时而又是最低音。这个家伙从来都没有一致的行为，总是反复无常。他有时会像逃离死敌一样地跑，有时也像朱诺的神圣供品的提篮者一样阔步慢走。③ 他有时会带二百个奴隶，有时仅带十个奴隶。他有时会谈论国王和王子这样的重大主题，有时又会说："给我一个三条腿的桌子，一贝壳精盐和一件上衣，不管多么粗糙，只要能够御寒就可以。"假如你给这位节俭的绅士一百万塞斯退斯，他也不会满足；一周之内，他的口袋就会身无分文。整个晚上，一直到黎明，他都不会睡觉；整个白天他却在打呼噜。从来没见过这么反复无常的人。

现在有些人会对我说："你自己怎么样？你没有缺点吗？"当然有，但是不一样，可能是更小的缺点。一次梅尼乌斯在背后吹毛求疵地说诺维乌斯的缺点，有个人说道："当心啊，先生，你不了解你自己吗？

---

* 第二篇略。
② 鸡蛋是晚宴开始时的第一道菜，作为开胃菜；水果是餐后甜点。——英译者
③ 在罗马的宗教游行中，献给神的供品装在篮子里，由阔步慢走的提篮者拿着。——英译者

还是你认为我们不了解你而想说服我们相信你?"梅尼乌斯说道:"我不介意我自己的缺点。"这种自恋是愚蠢的和无耻的,理应遭到谴责。

当你审视自己的缺点的时候,你的眼睛是模糊的,涂抹上了药膏;为什么当你观察你朋友的缺点时,你的眼睛就敏锐得像鹰或者像埃皮达鲁斯①的蛇一样?但是另一方面,你的朋友反过来也像你观察他们的缺点一样观察你的缺点。

"他的脾气太急了,不符合现在那些挑剔的人的标准。他会被人嘲笑的,因为他的头发剪成了乡村的发式,托加太长了,脚上拖拉着松垮的鞋。"但他是一个好人,没有人比他更好;他是你的朋友;在他粗俗的外表下隐藏的却是伟大的才华。简言之,好好审视一下自己,以防本性或者某种坏习惯在你身上种下邪恶的种子;在被忽视的地方,欧洲蕨经常会生根发芽,而你必须把它们烧掉。

让我们首先面对这个事实——恋爱中的小伙子注意不到女友容貌上的缺点,不但如此,还认为这些缺点很迷人,就像巴尔宾乌斯看待哈格娜的瘤子一样。我希望我们在友谊中能犯同样的错误,对于这样一个错误,我们的伦理已经给出了光荣的名字。无论如何,我们对待朋友要像父亲对待孩子一样,不要对朋友的缺点厌恶至极。当一个男孩斜视,他的父亲会叫他"眨眨眼";如果他的儿子不幸很瘦小,就像早产的西西弗斯一样,他会调侃地把儿子称为"乖宝宝";如果一个孩子腿不直,他会高兴地叫他"罗圈腿";对于因脚踝扭曲而站不起来的孩子,父亲会叫他"蜷腿"。假如一个朋友很不舍得花钱,我们可以说他很节俭。另一个朋友不机智,并且有点儿炫耀,他希望他的朋友说他很和蔼。或者一个朋友很直率和直言不讳,我们可以说他坦率和无畏。如果一个朋友总是急躁鲁莽,我们可以把他看作是有激情的人。这就是我认为的交友之道,或者是交到朋友后如何保持友谊之道。但是我们会把美德颠倒,总想弄脏一个干净的容器。如果我们中有人具

---

① 埃皮达鲁斯以崇拜医神(Aesculapius)闻名,医神的象征是一条蛇。——英译者

有诚实的灵魂，是真正谦逊的人，我们会调侃他为反应慢和愚蠢。如果有人躲避陷阱，躲避恶意的攻击，好像他生活在一个充满极端嫉妒和恶意中伤盛行的世界，我们不会说他具有良好的判断力和行事谨慎，而会说他狡猾和不诚实。如果有人有点儿简单，狂放不羁——梅塞纳斯，我非常想给你留下这样的印象——经常在朋友阅读或思考的时候用烦人的喋喋不休来打扰朋友，我们会说："他很缺乏社会经验。"我们多么愚蠢地制定了不公平的社会准则来伤害自己，因为每个人都有缺点：最好的人是有最少缺点的人。我亲爱的朋友必须公正地把我的美德和缺点一起考量，如果他想得到我的爱，就必须看到我的美德多于我的缺点——假如我的美德真的多于缺点的话。如果他用这样的原则来衡量我，我也会用同样的原则来衡量他。一个希望朋友宽容自己缺点的人，会宽容朋友的缺点。一个因犯错而得到宽恕的人应该同样宽恕别人的错误才是公平的。

　　总之，既然愤怒和其他所有的缺点都和蠢人[①]紧密相连，不能彻底根除，为什么理智不能用它自己的天平针对不同的罪过用相应的手段来惩罚它们呢？如果一个奴隶在撤走一道菜的时候，贪婪地舔食了吃了一半儿的鱼和酱汁，主人就对他动刑，明智的人就会认为这个主人比疯狂的拉比奥更加疯狂。还有更疯狂和严重的罪过：一个朋友犯了一个小错误，你就不能原谅他，毫无宽容之心，你痛恨他，并且躲着他，就像借债人躲避鲁索一样，这些可怜的家伙，如果在无情的初一到来的时候，不能从某个地方凑集利息或本金，就必须像战俘接受指控一样，忍受鲁索唠叨他沉闷的故事！如果我的朋友喝醉了，弄湿了长椅或者碰掉了桌子上放着的曾经是伊万德用过的碗[②]，或者他在饥饿的时候，抓起了放在我这边的小母鸡，我就因此把他视为不友好的朋友吗？如果他偷窃，背叛信任，违背契约，我该怎么办？那些认

[①] 斯多葛学派认为只有智者才能摆脱愚蠢，贺拉斯把自己归于愚蠢的大多数人。——英译者

[②] 珍贵的古董，价值连城。——英译者

为所有的罪过都是同等①的人在面对这样的事实时就会不知所措。感情和风俗对此并不认同，即便是被称为公正和公平之母的功利主义对此也不屑一顾。②

当人类爬行在远古的大地上的时候，他们是不会说话的不修边幅的野兽，用指甲和拳头为争夺果实和巢穴而斗，然后用棍棒，后来才开始用必然女神锻造的武器，直到他们发现了可承载喊叫和情感的动词和名词。从那时起，他们停止了战争，建造了城镇，制定了法律——禁止人们偷盗、抢劫和通奸。因为在海伦的时代之前，女人是导致战争的最可怕的原因，但是不为人知的死亡会降临在以野兽的方式掠夺善变爱情的强者身上，他会被更强者所杀，就像兽群中的公牛一样。如果你想改变历史和记录，就必须承认——公正来源于对不公正的恐惧。③自然不能像区分事情有益还是有害，什么是应该渴望的什么是应该躲避的那样来区分正误；理智也没有证明这一点——到邻居的菜园去砍一棵卷心菜的人和趁着夜晚去偷众神神圣酒杯的人犯有同样的罪过。让我们制定一些规则来决定何种罪过该受何种惩罚，以免对一些小的罪过给予严惩；而本应受更严厉惩罚的人，你却用束棒打他。这样，即便是你被授予了国王的权力，我都不再担心你说偷窃和拦路抢劫的罪罚相等，还是你威胁用相同的刑罚来惩治所有的罪过——无论大小。

如果智者是富有的，是一个好鞋匠，是帅气的，是一个国王，④为什么还要渴求你已经拥有的东西？他回答道："你没明白克吕西普斯⑤的意思。智者从来不自己做鞋，然而智者却是鞋匠。"这是怎么回

---

① 这是斯多葛学派的学说。——英译者
② 伊壁鸠鲁的道德哲学具有很强的功利主义。——英译者
③ 根据功利主义理论，对和错并不是固有的。——英译者
④ 斯多葛学派认为真正的智者或哲学家是完美的：因此他是富有的、俊美的、有才华的，还是国王。贺拉斯在此讽刺这一点。——英译者
⑤ 克吕西普斯是斯多葛主义的第二奠基人，第一奠基人是芝诺。——英译者

事？"就像赫莫杰尼斯一样，尽管沉默不语，却是最好的歌手和音乐家；精明的阿尔费努斯，扔掉他所有的手艺和工具而关门之后，仍是最好的理发师；因此，智者是每门手艺最好的工匠，国王也一样。"调皮的孩子拽你的胡须，如果你不用拐杖把他们制服，你就会被周围的暴民攻击，而你这个可怜的家伙却只能咆哮愤怒，伟大国王中的最伟大者！简言之，如果你去洗澡，除了疯狂的克里斯皮努斯外，没有人愿意陪同你，而我这个愚蠢的人如果犯了一些错误，我善良的朋友会原谅我，反过来我也会高兴地容忍他们的缺点，在我的陋室，我会活得比你这个国王更加快乐。

贺拉斯诗选

四、为讽刺诗辩护

真正的诗人欧波利斯、克拉提诺斯和阿里斯托芬，还有其他古老喜剧的优秀作家，如果有人因耍无赖、偷窃、通奸、杀人或是其他可耻的行为而该受到口诛笔伐，这些作家就会毫不留情地用天马行空的方式对他们进行讽刺。卢希里乌斯完全继承了他们的传统，只改变了韵律和节奏。尽管卢希里乌斯非常机智，有敏锐的嗅觉，但在诗篇的架构上却很粗糙。他的缺点在于：据说，他经常单腿站立，在一个小时之内就能口述两百行诗，并把这视为一件了不起的事情。但他的诗就像浊流一样，很多东西你都想删去。他的诗是冗长的，他太懒了，以至于不能忍受写作的艰辛，我的意思是，正确的写作——要不厌其烦地精雕细琢；而对于诗歌的数量，我没有兴趣。克里斯皮努斯曾经用悬殊比数的打赌向我挑战："你拿着你的蜡板①，我拿着我的蜡板，找一个合适的地点、一个合适的时间和一些合适的裁判，看一看我们谁写得更多。"我非常感谢神塑造了我贫瘠的智慧和谦卑的灵魂，很少表达，即便表达，用词也很少。但你的口味就像山羊皮风箱中的空气一样，不停地吹风直到火焰熔化了钢铁。

自负的家伙——法尼乌斯，在没有得到邀请的情况下，把他的书和半身像带到了图书馆！没有人读我的作品，我害怕在公众面前朗读它们，事实上，有人认为这种讽刺诗非常讨厌，因为他们中的大多数人都应该受到谴责。在人群中任意选择一个人：他或者贪婪或者有卑鄙的抱负；有人疯狂地爱上别人的妻子，有人对男孩情有独钟；有人

---

① 古罗马书写工具。——译者

被银子的光泽所诱惑,阿尔比乌斯溺爱铜像;有人用太阳升起的地方的商品来交换傍晚太阳的余晖温暖的地方的商品,甚至轻率地奔赴险境,像被旋风刮起的尘土,担心失去任何财产,或者没能使财富增加。所有这些人都对讽刺诗充满恐惧,并且憎恶诗人:他的角上有干草①,要离他远点儿。假如能让他取乐,他就不会放过任何一位朋友,无论他的诗抨击了什么,他都乐于让所有人知道,包括从面包店和池塘返回的奴隶和老妇人。

现在来听一听我的辩护吧。首先,我会把我的名字从能够被称为诗人的名单中划掉。因为完成一首诗不足以被称为诗人,或者和我一样写的东西更类似散文的人也不能被称为诗人。如果一个人有天赋,有神圣的灵魂和高尚的表达,他才配得上诗人的称号。因此,有些人质疑喜剧是否是诗,因为无论从措辞还是叙事上,喜剧都没有崇高的激情和力量,事实上,它区别于纯散文的地方只在于它有固定的有规律的节拍。你会说:"听一听那位父亲大发雷霆时的训斥,因为他的儿子挥霍无度,疯狂地爱上了一个荡妇,拒绝了一位有大笔嫁妆的妻子,在夜幕降临之前就点燃了火把,烂醉如泥地走在街上——真是可耻的丑闻啊。"在现实生活中,波姆波尼乌斯一定听过他父亲这样严厉的训斥。因此,仅仅用平常的语言写出几行简单的诗是不够的,如果重新安排,像剧中父亲一样的任何愤怒的父亲都会讲出这样的话。以我现在正写的诗或较早前卢希里乌斯写的诗为例,如果去掉有规律的节拍和韵律——改变词的顺序,把最前面的和最后面的调换——就和平白的散文无异。这和被拆解的恩尼乌斯的诗不同:"当可恶的不和谐撞开了战争的铁门。"在此,尽管诗人被肢解了,你还会发现诗人的肢体。

对此,说这些就足够了,我们再另找时间来研究这种讽刺诗是不是真正的诗。今天,我要问的唯一问题是——你是否应该用怀疑的眼光来看待讽刺诗。敏锐的舒尔希乌斯和卡普里乌斯踱着方步,声音沙

---

① 人们给危险的牛做出的标志。——英译者

哑，拿着起诉书，抢劫者都非常害怕他们，但如果一个人诚实地生活，双手干净，他就可以蔑视这两个人。尽管你们像强盗恺里乌斯和比里乌斯，我却不像卡普里乌斯和舒尔希乌斯：你们为什么怕我？我不想把我的作品在书摊和柱廊中展示，沾满了公众和赫莫杰尼斯·泰格里乌斯之流手上的汗水。除了我的朋友之外，我不会把我的诗读给任何人听——只有在我的朋友强烈要求听我的诗的时候，我才读给他们听——而不是在任何地点，面对任何听众都读我的诗。许多人在讲坛或者公共浴室朗读他们的诗。他们朗读的声音在拱形建筑中的回声是多么让人愉悦啊！这会让没有头脑的人高兴，他们从不在意这些诗口味很差或不合时宜。

　　有人会说："你喜欢制造痛苦，你这么做怀有恶意。"你在哪儿找的这样一个飞弹扔向了我？我身边的朋友能证明这一点吗？在背后说不在场朋友坏话的人；当别人指控他的时候，不能为自己辩护的人；想赢得别人大笑和智者声誉的人；能编造出他没有亲眼所见的事情的人；不能保守秘密的人——这些人都是邪恶的人，善良的罗马人，你们可要当心这些人啊！在晚宴上，三人长椅中的每一个经常都会坐着四个人，他们中有人喜欢诋毁出席宴会的每一个人——主人除外，过些时候，即便是主人也难幸免，成为他嘲讽的对象，当他酩酊大醉之时，让人说实话的酒神会让他说出所有的秘密。而你这样一个对邪恶恨之入骨的人，却会认为这样的人是友好的、智慧的和坦率的。至于我，如果我笑了，那是因为"愚蠢的鲁菲卢斯的气味像香料盒，而哥尔高尼乌斯的气味像山羊"。你会认为我是怀有恶意的爱咬人的恶犬吗？如果你在场的时候，有人暗示佩提里乌斯·卡皮托里努斯的偷窃，你会按照你一贯的方式替他辩护："自童年时代，卡皮托里努斯就一直是我的同伴和朋友，在我向他求助的时候，他为我做了很多事情，我很高兴他能安全健康地生活在罗马——但我确实想知道他该如何摆脱这场官司。"这里有乌贼的墨汁和不掺杂质的毒液。我的诗会远离这些邪恶，因为我的心灵已经远离了这些邪恶，我发誓——如果我能代表我自己发誓的话。

　　如果我所说的过于坦率，或者有点儿滑稽，我希望你能够宽容地给我这点儿自由。这是我优秀的父亲教给我的一个习惯，为了让我避免错误，他会用各种例子来指出不同的恶习。当他要鼓励我过勤俭的生活，并且满足于他为我攒下的家业，他会说："你难道没看见吗？小阿尔比乌斯的生活是多么艰辛，巴伊乌斯是多么贫穷。一个不要挥霍遗产的多么著名的教训啊！"当他要阻止我和妓女发生可耻的恋情的时候会说："不要学塞塔努斯。"当我可以享受合法的性爱时，为了防止我追求有夫之妇，他会说："乱情的特雷波尼乌斯因被当场抓住而声名狼藉。哲学家会给你提供做这事或躲避那事的理论。你能够遵守祖训就足够了，在你的监护期，这些祖训可以使你的健康和名誉不受损害。当年轮给身体和智力都带来力量的时候，你不需要软木塞就能游泳了。"他用像这样的话塑造了我的童年。如果他建议我去做某件事，他会指着一个特别法官说："有这样做的先例"。如果他禁止我去做某件事，他会说："当这种行为或那种行为正在坏名声的火焰中燃烧的时候，你怎么还不确定你想做的是有损荣誉的或是不利的呢？"邻居的葬礼会吓坏身体不好的贪吃者，使他们因恐惧死亡而注意自己的身体，别人耻辱的例子会阻止易受影响的人犯错。

　　多亏这些教育使我能够远离能带来灾难的恶行，尽管有时也犯一些能够得到宽恕的不严重的小错误。随着时间的流逝，坦诚的朋友和自我劝告有可能使我连这些小错误也不会犯。因我躺在长椅上或漫步在柱廊中的时候，并没有松懈而停止反省："这是一件光荣的事，如果我做这件事，就会过上更快乐的生活；这件事会让我的朋友们很高兴；这种行为不是很好，将来有一天，我是否会不经深思熟虑地做这样的事？"这些都是我紧闭嘴唇和自己辩论的事情。当我一有闲暇的时候，就舞文弄墨。这就是我所说的那些小错误中的一个，如果你不允许，有一大帮诗人会来帮我——因为我们是大多数——我们像犹太人一样，会强迫你成为我们中的一员。

五、布林迪西之旅

　　离开强大的罗马，我在阿里西亚找了一个简陋的小旅馆住宿，全希腊最博学的修辞学家赫利奥多罗斯陪伴着我。之后，我们到了阿庇乌斯市集，那里挤满了船夫和吝啬的酒馆老板。我们懒散地用两天才走完这段路程，而精力充沛的旅行者只要一天就可以走完。如果慢慢走阿庇安大道的话，身体不会感觉很累。因为阿庇乌斯市集的水太可怕了，我宣布禁食，在我的旅伴用餐的时候，我不耐烦地等候着他们。

　　夜晚已开始降下帷幕，繁星满天。奴隶和船夫大声地互相责骂："把它放在这儿！""你要塞进三百箱吗！""行了，够多了！"收船费，给骡子束辔，一个小时就这样过去了。该死的蚊子和沼泽里的蛙叫让人无法入睡，船夫喝饱了酸腐的酒，开始歌唱他远方的情人，一个乘客试图和他比歌。最后，这个乘客终于累得睡着了，偷懒的船夫就让骡子开始吃草，把缰绳系在石头上，躺下就开始打鼾。天色逐渐放亮，我们发现船并没有向前行驶，这时一个急脾气的家伙跳了出来，用柳条抽打骡子和船夫的头和背。

　　最后，直到十点钟，我们才上岸，在费罗尼亚的溪流中洗了脸和手。然后我们吃了早餐，爬了三千步才登上了山城安克苏尔，在它陡峭的悬崖上休息，这些悬崖在远处看若隐若现。在这儿，梅塞纳斯和高贵的科齐乌斯将与我们会合，他们都是肩负重要使命的特使，擅长处理朋友间的纠纷。我往酸疼的眼睛里上了黑色的药膏。这时候，梅塞纳斯和科齐乌斯到了，和他们一起来的还有完美的方提伊乌斯·卡皮托——安东尼的挚友。

　　我们很高兴能离开芳迪和它的"裁判官"奥菲迪乌斯·卢斯库斯——这个疯狂小官吏的官阶标志、带边的托加、宽大条纹的短上衣和炭盘让我们忍俊不禁。接下来，精疲力竭的我们在马姆雷的城市休息，穆雷纳提供了住宿的地方，卡皮托提供了食物。最高兴的是第二天一早，在希努埃萨，我们遇见了普罗提乌斯、瓦里乌斯和维吉尔——他们是这个世界上最纯洁的灵魂，没有人比我更珍视与他们的友谊。我们拥抱雀跃，只要我神志清醒，就没有什么事情能比得上友谊带来的快乐。

　　坎帕尼亚桥附近的小房子为我们遮风避雨，驿站的服务官员在责任范围之内为我们提供了燃料和盐。在加普亚，我们很早就给骡子卸下了鞍囊。梅塞纳斯出去打球，我和维吉尔去睡觉，因为玩这种球对眼睛酸疼和消化不良的人是非常困难的。接下来我们住进了科齐乌斯储备充足的别墅，能鸟瞰到卡乌迪乌姆的旅店。

　　啊，缪斯神！现在帮我简述一下两个小丑萨尔门托斯和梅西乌斯·西西茹斯的争斗，这两人的家系以及他们争斗的原因。梅西乌斯有著名的欧斯干家族的血统；萨尔门托斯的女主人现在还活着：因有这样的家系，他们卷入了争斗。萨尔门托斯首先发难："我说你就像野马一样。"我们笑了，梅西乌斯自己也笑了，把头一仰，说道："你说得对。"萨尔门托斯又说道："当你头上那让人畏惧的角被切掉了，你该怎么办？要是没有了角，你还会有威胁吗？"事实上，一个丑陋的疤痕已经让他长满眉毛的左前额丑陋不堪。在拿坎帕尼亚病①和梅西乌斯的脸开了很多玩笑之后，萨尔门托斯恳求梅西乌斯跳独眼巨人的牧羊人舞蹈，声称他既不需要面具也不需要演悲剧穿的高筒靴。梅西乌斯对此说了一大堆话加以反驳，多次问他是否还愿，并把锁链交给家庭守护神。小官吏的身份并没有使女主人对他的所有权发生丝毫改

---

① 有学者认为这是一种疣，切除之后会留下疤痕。——英译者

变。最后，梅西乌斯问萨尔门托斯为什么要逃走，难道一罗马磅食物还不能让他瘦弱的身体得到满足吗。晚餐一直到深夜，我们都意犹未尽。

离开科齐乌斯的别墅，我们径直去了柏尼温图姆，在那儿，忙碌的主人在把画眉放到火上烤的时候，差点儿把房子引燃。火神从老厨房溜出，无拘无束的火焰肆虐燃烧，很快就燃上了屋顶。然后，你会看到饥饿的客人和惊慌失措的奴隶抓起晚餐，全都试图扑灭火焰。

从这里开始，阿普里亚地区为我所熟悉的山峦开始映入了我的眼帘，这是阿尔迪诺风肆虐的地区，要不是找到了特里维库姆附近的别墅休息，我们很难翻越这些山，但这个别墅炉子中的烟熏得我们直掉眼泪，因为他们用潮湿的树枝和树叶来烧炉子。在这儿，我像一个十足的白痴一样等一位食言的女孩出现，然而一直到半夜她也没有来。尽管我对爱想入非非，但还是睡着了，淫梦袭扰了我。

从这里出发，我们的马车疾驰颠簸了二万四千步①，最后到达了一个小镇，我们在那里过夜。我在诗中不能说出这个小镇的名字，尽管通过特征来确定它很容易。在这儿，最普通的日用品——水要用钱来买，这里的面包是最好的，明智的旅行者通常都背一袋为后面的旅行做准备。因为在卡努希乌姆——很久以前由勇敢的狄俄墨得斯建立的城镇，面包是有沙砾的，至于水，这个城镇也很缺乏。在这儿，瓦里乌斯离开了我们，让他的朋友们很伤心。

我们又从那儿到了鲁比，在雨中走完一段较长的被雨水破坏的道路后，我们精疲力竭。第二天天气很好，但路不好走，一直到以鱼闻名的巴里乌姆的城墙。然后，我们到了格娜提亚——水中女仙一怒之下建造的城市，那里的人们试图使我们相信即便是没有寺庙的火，乳香也会熔化，这给我们带来了欢声笑语。犹太人②阿佩拉会相信它，

---

① 古罗马长度单位。——译者
② 犹太人在奥古斯都统治时期数量很多，罗马人认为他们特别迷信。——英译者

我不会相信,因为我已经得知,神过着无忧无虑的生活,① 如果自然能创造奇迹,众神不会在情绪不好的时候让奇迹从天庭降临人间!布林迪西是一个故事的结束,也是一场漫长旅行的终点。

---

① 贺拉斯引用卢克莱修的话。——英译者

六、关于政治抱负
——致梅塞纳斯

尽管在托斯卡纳定居的所有吕底亚人的出身都没有你高贵，尽管你父亲和你母亲的祖辈曾在古代率领强大的军团，你却不像其他人那样鄙视出身卑微的人，包括我这个被释奴的儿子。

你说一个人的父母是谁无关紧要，只要他自己是自由的出身，你意识到这样的事实——在出身卑微的图里乌斯执政之前，就有很多出身卑微的人过着正直的生活，被委以重任；而与此相反，尽管拉埃维努斯是把高傲者塔克文赶下王位并驱逐的瓦勒里乌斯的后代，人民对他的评价并不高：你很了解这个执政官，他经常把职位给那些无能的人，愚蠢地趋炎附势，被各种荣誉的头衔和祖先的蜡像①弄得晕头转向。那么我们该怎样做才能远离粗俗的众人呢？

你必须承认人们更愿意把职位给拉埃维努斯这样的人，而不是不为人知的德塞乌斯这样的人，如果我不是自由民的儿子，监察官阿庇乌斯会划掉我的名字，可能他这样做并没错，因为我不能在外皮的伪装下一直保持沉默。事实上，我们都被虚荣绑在了它华丽的战车后拖行，不管你出身卑微还是出身显赫。提里乌斯，你重新穿上作为元老标志的紫色条纹的托加，而且还成了保民官，这对你有什么好处呢？在你不当官时已经减弱的嫉妒会重燃，因为一旦有人不明智地把黑色的腿带绑在腿上，让托加上的宽大的紫色条纹在胸前摇摆，就会马上有人说："这个家伙是谁？他的父亲是干什么的？"就好像一个和巴鲁斯得了同样的病的人，渴望被人认为英俊，不管他去哪里，都会激起

---

① 带有铭文的祖先蜡像代表一个家族的贵族出身。——英译者

女孩的好奇心，她们急切地打探他的细节——他的脸是什么样的，他的脚踝、他的脚、他的牙齿和他的头发又是什么样的。因此，承诺要承担起管理公民、城市、帝国、意大利和神庙职责的人会不可避免地引起所有人对他的出身感兴趣，问他的父亲是谁，问他是否因出身卑微的母亲而感到羞耻。"你们——赛勒斯的儿子，达玛的儿子，狄奥尼修斯的儿子，你们敢把罗马公民从岩石上扔下吗？你们敢把罗马公民交给卡德姆斯吗？"①你说："为什么不敢？诺维乌斯，我的同事，就坐在我的后一排，他和我的父亲一样，就是个被释奴。""因此，你想成为保卢斯或者美塞拉，至少成为诺维乌斯吗？正是这个诺维乌斯，如果广场上有二百辆运货马车和三场大的葬礼，他的大声喊叫会盖过所有号声和喇叭声，这正是他能取悦我们的地方。"

现在说我自己，一个被释奴的儿子，所有人都对"被释奴的儿子"吹毛求疵，仅仅是因为现在我和你梅塞纳斯结交；在我原来担任军团指挥的时候，他们就曾经对我这个"被释奴的儿子"吹毛求疵。但这两个例子完全不同，或许有人会妒忌我的职位，然而他不该嫉妒你和我的友谊——特别是你只谨慎选择值得的人交朋友，从底层通过自己的努力而崛起的人。幸运的是，我并不是偶然赢得了你的友谊，因为不可能有那么幸运你被扔在了我经过的路上。先有最好的人维吉尔，后有瓦里乌斯，都告诉过你我的品行。在你面前，我说了一些支支吾吾的话，不善言辞的害羞让我不能说更多的话。我没有假装我是一个有名父亲的儿子，或者谎称我在塔兰托的地产大到可以跑马，而是告诉你我的真实情况。像你习惯的那样，你说得很少，然后我就离开了，九个月后，你又来请我，让我加入你的朋友圈子。能得到你的认可，我把它看成一项伟大的荣誉，因为你能区分诚实的人和虚伪的人，结交朋友不是看这个人是否有个显赫的父亲，而是看他人品是否正直，

---

① 处决罪犯的时候，经常在长官的命令下，把罪犯从塔尔皮亚岩（Tarpeian rock）上扔下，卡德姆斯是行刑官的名字。——英译者

心灵是否纯洁。

即便是我优良的本性染上了一些缺点，这些缺点也是微不足道的并且是很少的，就像你在漂亮的人身上也可以发现痣一样。没有人能指责我贪婪、卑鄙和放荡，我可以自夸地说，我的生活远离污点和罪过，我被我的朋友深深地爱着。我把这归功于我的父亲，尽管他在贫瘠的土地上耕作，非常贫困，但并没有因为贫穷就把我送到许多高傲的百人队队长的高傲的儿子们一般都就读的弗拉维学校，他们每个人的左臂上都挎着石板和书包，到月中的时候都带着他们的八阿斯学费。而我的父亲却非常有勇气地把我带到罗马，学习骑士或元老们希望自己的后代学习的技艺。任何看到我穿的衣服和我的随从奴隶和大城市的学生一样的人都会联想到我的祖辈非常有钱。我的父亲是一个真正的监护人，经受了无数磨难，陪我修读所有的课程。我需要说更多吗？他让我保持纯洁，这是美德的第一要务，不仅要远离耻辱的行为，还要远离所有丑闻。他不担心将来有一天，因我成了一名沿街叫卖的做小买卖的小贩，或者像他自己一样成了一名收税员，会有人批评他。我不仅不会抱怨，相反我要大力赞扬和感谢他。

只要我神志清醒，就不会因有这样的父亲而羞耻，也不会像许多人那样找借口，认为不成功不是因为他们自己的缺点，而是因为没有一位贵族出身的显赫的父亲。我不同意这些人的观点，我所说的和我所想的和这些人完全不一样。如果过了一些年，老天可以让我们再次穿越到过去的生活，可以自由选择一些人期盼已久的能对他们的政治抱负有帮助的声名显赫的父母，我也不会重新选择，因为我对自己的父母很满意，不愿意选择那些有权势的父母。尽管整个世界会认为我疯了，我希望你能看到我明智地躲过了我根本就不适应的麻烦。因为一旦有了权势，我就不得不寻求更多的收入，迎候更多的拜访者，不再自己出国或下乡，而必须带一两个随从；我将不得不养更多的侍从和马匹，还要有更多的四轮马车。现在，如果我愿意，我就可以骑着短尾巴的骡子去塔兰托，鞍袋和骑手的重量让它精疲力竭。裁判官提里乌斯，没有人像辱骂你那样卑鄙地辱骂我，当你走在提布尔大道上的时候，五个奴隶跟随着你，拿着便桶和酒具。著名的元老，在这一点和其他上千点上，我比你要生活得舒适。

我想去哪儿就去哪儿。我可以问蔬菜和面粉的价格。在晚上，我还可以逛逛骗子云集的马戏场和广场。在听完算命者算命后，回家享受我的韭葱、豌豆和油炸馅饼。我的晚餐是由三个男孩服侍的，在一个白色的石桌上放着两个酒杯和一个长柄勺，旁边还有一个便宜盐瓶、一个罐子和一个碟子，都是坎帕尼亚器皿。吃完晚餐后，我就酣然入睡，不必想着明天必须早起和别人在马尔塞阿斯像前约会，马尔塞阿斯说他不能忍受小诺维乌斯的脸。① 我在床上一直睡到十点，然后出去闲逛，或者静静地读点儿和写点儿自己喜欢的东西后，给自己涂油，不是那种肮脏的纳塔用的从油灯中偷出来的油。当我精疲力竭的时候，毒热的太阳会警告我要去洗澡，我就会停止球类游戏，离开广场。简单的午餐就足以使我度过一天的时光，午餐后，我在家里享受休闲的时光。

这就是从郁闷的政治抱负中解脱出来的人的生活。在想到即便我的祖父或者父亲或者叔叔是个财务官，我也不能生活得像现在这样快乐，我就会感到很欣慰。

---

① 森林之神马尔塞阿斯的像坐落在裁判官法庭附近的广场上，放高利贷者诺维乌斯也在附近放贷，这就给了诗人把二者联系在一起的机会，马尔塞阿斯因在与阿波罗的音乐比赛中被打败，被活活剥皮，表情非常痛苦，这座雕像反映的就是这种痛苦的表情，贺拉斯把它戏谑为厌恶诺维乌斯的表情。——英译者

七、写给弑君者

混血儿柏修斯向邪恶歹毒的违法者鲁皮里乌斯·雷克斯①复仇的故事是众所周知的,这早已成为眼病诊所和理发店里津津乐道的话题。富商柏修斯在克拉左梅内有很大的产业,因事与雷克斯陷入一场麻烦的官司。柏修斯在粗暴这一点上甚至胜过雷克斯,他大胆残暴,说话刻薄,胜过希斯埃纳和巴鲁斯。

再说雷克斯,当他和柏修斯达不成和解的时候——因为争吵的双方都想争取诸如战争对垒中英雄所应获得的权利:特洛伊末代王的儿子赫克托耳和愤怒的阿喀琉斯之间的决斗是致命的,只有一方战死才能结束决斗,唯一的原因就是两人都英勇无比;如果两个懦夫碰巧争吵,或者不匹敌的一对在战争中相遇,就像狄俄墨得斯和利西亚的格劳库斯一样,不太勇敢的人就会臣服纳贡——当时布鲁图正好任富庶的小亚细亚的裁判官,柏修斯和鲁皮里乌斯发生了冲突,就像巴齐乌斯和比苏斯那样针锋相对,甚至对簿公堂,两人都各执己见,真是一个壮观的场面。

柏修斯陈述论点的时候,法庭上的所有人都笑了。他称颂布鲁图和他的幕僚,他称布鲁图为"亚细亚的太阳",称他的幕僚为"有益的星宿"——只有雷克斯除外,柏修斯称他为农夫所憎恨的天狼星。柏修斯的演讲就像冬天的激流一样,流淌在砍伐者不能进入的山谷。对于柏修斯的刻薄挖苦,普雷内斯蒂的鲁皮里乌斯也以同样恶毒的话予以还击,这些话就像意大利的醋一样尖酸,像暴躁的和桀骜不驯的葡

---

① 布鲁图的部下,因其名字(Rex)而得绰号"国王"。——译者

萄藤修剪师对于朝他呼喊"咕咕!"的旅行者回骂的话一样——这些话会让旅行者逃之夭夭。

但是,希腊人柏修斯就像被意大利的醋浸泡过一样,大声喊道:"啊!布鲁图!以伟大的神的名义,我请求你,既然你的家族有铲除'国王'的传统①,为什么不把雷克斯杀头呢?相信我,这正是你义不容辞的责任。"

---

① 布鲁图的祖先曾驱逐塔克文国王,布鲁图自己刺杀了恺撒,而鲁皮里乌斯昵称"国王",所以柏修斯以此来说明布鲁图应该除掉鲁皮里乌斯。——英译者

八、生殖神如何把女巫击败

当我是无花果的树干,一种无用的原木时,木匠考虑把我做成凳子还是做成生殖神像,后来他决定把我做成生殖神像。这样,我就成了神,窃贼和飞鸟都极度恐惧我:我的右手和不雅的裆部凸起的红色木桩阻止了窃贼;对于调皮的鸟类,我头上的芦苇可以让它们恐惧,使它们不能在新花园落脚。在较早前,一旦奴隶的尸体被从他蜂巢般的蜗居之所扔出,他的伙伴就会出钱把他的尸体装在一口便宜的棺材里运到这里。这是一个专门安葬穷人的墓地,食客潘托拉布斯和挥霍无度的诺曼塔努斯也安葬在这里。这儿有一个柱子,标定一块儿空地,正面有一千足①,深度有三百足,"这个墓地不能够被继承"②。今天,埃斯奎琳山干净整洁,人们在这里生活,在阳光照耀的城墙上闲逛,而在不久以前,这里还是未开垦的荒野,人们在此会吃惊地看到嶙峋的白骨。在那些日子里,盗贼和野兽的袭扰虽然也给我带来了很多困扰,但远不及用咒语和毒药侵蚀人的灵魂的女巫所带来的困扰严重:当月亮抬起她美丽的脸庞之时,我没有足够的能力来摧毁或阻止收集尸骨和毒草的女巫。

我亲眼看见了卡尼迪亚掀起了黑色长袍走路,光着脚,头发凌乱不堪,和年长的萨格娜一起尖叫。她们的脸因死一般的苍白而变得阴森恐怖。然后,她们开始用指甲挖地,用她们的牙齿将黑色的羊羔撕

---

① 古罗马长度单位。——译者
② 贺拉斯在此引用了墓地上的铭文,铭文的目的是防止有人出售此墓地。——英译者

成碎片，把血洒进壕沟，以召唤冥府的鬼魂来回答她们的问题。她们有两个玩偶，一个由羊毛制成，一个由蜂蜡制成，羊毛的比较大，它的任务是控制和惩罚小的玩偶；蜂蜡玩偶哀恳地站在那里，就像等待死亡的奴隶一样。一个女巫召唤赫卡特，另一个女巫召唤凶残的底西福涅。你可以看见毒蛇和地狱猎犬四处游荡，而月亮为了不看见这样的行径，羞愧地把脸藏到了高大的坟墓后。如果我撒谎，就让我的头被大乌鸦的白色粪便弄脏，就让尤里乌斯、柔弱的佩迪亚提亚和窃贼沃拉努斯在我头上撒尿拉屎！为什么要说出每一个细节——在回答萨格娜的问题时，这些鬼魂的声音听起来是怎样的惊悚和恐怖；这两个女巫如何把狼的胡须和斑点蛇的牙齿偷偷地埋在这里；当蜡像燃烧的时候，火苗蹿起了多高；作为目击者，我是怎样被这两个女巫的言行吓得瑟瑟发抖——但我并非不能反抗。就在这时，我那无花果木的两瓣屁股砰地裂开了，就像气球爆裂的声音那样响。两个女巫吓得撒腿就跑，向城里飞奔而去。仓皇之中，卡尼迪亚掉了假牙，萨格娜掉了长长的假发，而毒草和施咒的相思结也从她们手中纷纷坠地。要是你看到这一幕，也一定会兴高采烈。

九、不受欢迎的同伴

碰巧有一次我正在神圣大道闲逛，按照我一贯的习惯思考着一些琐事，完全专注于我所思考的事情，突然一个我只知道名字的人蹿了出来，抓住了我的手说道："亲爱的朋友，你好吗？"我回答道："目前还不错，我祝你一切顺利。"

在他不断纠缠我的时候，我打断了他的话，说道："你还有事吗？"他说道："你一定认识我，我是一名学者。"对此我说道："那我应该更加尊重你。"我非常急切地想摆脱他，于是加快了脚步，时而短暂驻足，贴在我奴隶的耳边说上一句，汗水流到了脚踝。当这个家伙喋喋不休地赞美街道和城市时，我不断地对自己说："啊，波拉努斯，我要是有你那样的坏脾气该多好啊！"

当我不再理他的时候，他说道："我早就看出来了，你急着要走，但这无济于事，我会跟着你的，我会一直陪你到你要去的地方。"我说："你没必要不顺路陪我一起走，我要去拜访一个你不认识的病倒在床的人，他住在台伯河右岸的恺撒花园附近，离这儿还很远。"他说："我没事可做，也很擅长走路，我会陪你走到那里。"我就像负重的驴生气时那样耷拉下耳朵。他继续说道："如果我没看错的话，你不认为维斯库斯或瓦里乌斯更比我适合做朋友，谁能写比我更多的诗？谁能比我写得更快？谁的舞姿比我更优美？甚至赫莫杰尼斯都羡慕我的歌声。"

我好不容易才插嘴说道："你盼着你回家的母亲或亲属吗？"他说："没有，我已经把他们全都安葬了。"我说："他们是多么幸运啊，而好运却离我而去，干掉我吧，在我童年时代，一个萨宾妇女曾预言我会有这样的悲惨命运，现在这种命运正向我走来，当时那个萨宾妇女摇着预言瓮唱道：

没有毒药能使他死亡，
没有敌人的剑能把他刺穿，
咳嗽、胸膜炎或者痛风也拿他无可奈何——
只有话匣子的喋喋不休能让他毁灭，
当他长大的时候，如果他还明智，
就应远离那些无礼的话匣子。"

我们已经来到了维斯塔神庙，一天的四分之一已经过去，这时碰巧到了他应该去法庭答复原告的时间，如果他不去的话，将会输掉官司。

他说："如果你爱我，就一定要帮我！"我说："如果我能出现在法庭或者了解这个国家的法律，就让我去死！况且，我有急事要做，你知道的。"他说："我想知道我应该怎么做，是离开我的官司还是离开你。""离开我吧，求你了。""我是不会离开你的。"说完之后，他又开始继续往前走。对我来说，既然斗不过他，就只好跟着他走。

他又重新开始了话题："你是怎么和梅塞纳斯交上朋友的？他是一个具有敏锐判断力的人，交友也很慎重。没有人能把运气利用得这样好。如果你能把我介绍给他的话，你就有了一个能干的助手。在我的辅助下，要是你不能把他身边的其他人都排挤掉，就绞死我！"

"我们不是以如你所想的那种关系来相处的。没有其他地方比梅塞纳斯的家更加纯洁，更加远离阴谋。在梅塞纳斯的圈子中，即便有人比我更加富有、更加博学，我也不会受到丝毫伤害。我们每个人都有自己的位置。"

"这太奇怪了，我很难相信它。"

"然而，事实就是这样。"

"你点燃了我想要接近他的欲望。"

243

"你有这样的愿望就足够了,你的优点会让他喜欢上你。他是一个可以被争取的人,这就是首次接近他这样困难的原因。"

"我会锲而不舍,我会贿赂他的奴隶。如果今天被拒之门外,我不会放弃。我会再找合适的时机,我可能在大街上遇到他,我会陪他回家。"

"生活不会赐予那些不经历磨难的人恩惠。"

当他还这样喋喋不休的时候,我的一个好朋友——阿里斯提乌斯·福斯库斯和我们不期而遇,他非常了解这个家伙。我们停下了。他问我去哪儿,也告诉我他去哪儿。我开始扯他的外衣并抓他的手臂——没有得到任何回应——我又向他点头,并使劲向他眨眼,让他来救我。这个家伙笑了,开了一个残忍的玩笑,假装没懂我的意思。我气得火冒三丈。

"你肯定说过你有什么事情要私下里告诉我。"

"我想着它呢,但我会在一个合适的时候告诉你,今天是三十号,是安息日,你会去冒犯割包皮的犹太人吗?"

我说:"我没有禁忌。"

他说:"但是我有,我有点儿意志薄弱,是众多意志薄弱者中的一位。你要原谅我,改天我再和你说。"

对我来说,这是多么黑暗的一天啊!这个坏蛋跑掉了,把我留在刀口之下。

这时,正好原告和他的对手不期而遇。他大声喊道:"你这个无赖,到哪里去?"并且对我说道:"你可以做证人吗?"我让他碰我的耳朵表示同意。[①] 他催促着这个烦人的家伙上法庭。到处都是喊叫声,人们从四处跑来。就这样我被阿波罗解救了。[②]

[①] 如果旁观者同意做证人,就让当事人碰他的耳尖。这是一个古老的习俗,在普劳图斯的戏剧中出现过。——英译者

[②] 阿波罗把诗人视为朋友。——英译者

十、关于讽刺诗

卢希里乌斯，我会在加图的鉴证下来清楚地证明你是多么地错误，他是你的拥趸，正致力于把错误从你粗制滥造的诗中移除。这项工作由他来做再好不过了，因为他是一个好人，比别人的口味要好，当他还是孩子的时候，遭到的鞭打最温柔，因此当他后来成为最博学的教学法骑士之后，就很愿意帮助那些与现在的潮流格格不入的古代诗人。现在让我们回到正题：①

我确实说过卢希里乌斯的诗缺少打磨。有没有卢希里乌斯的支持者如此缺乏鉴赏能力而拒绝承认这一点？但是同样的诗，同一位诗人却因用他诗中刻薄的智慧来清洗这座城市而得到赞誉。

然而，除了这个优点之外，我不会再承认他有其他的优点，否则，我就不得不承认拉比里乌斯的仿剧也是很好的诗。因此仅仅让你的听众露齿一笑是远远不够的——尽管这也是一个优点。你需要简洁，思想要连贯，不能用冗长的废话来向疲惫的耳朵灌输。你也需要时而严肃，时而欢快，这就需要你有时候是演说家，有时候是诗人，有时候又是智者，能控制住自己的力量，用智慧来驾驭它。在抨击棘手的问题时，滑稽经常比严肃更有力量也更有效。因此，那些写古喜剧的人赢得了成功，在这一点上，我们应该模仿他们——漂亮的赫莫杰尼斯从没有读过他们的作品，其他模仿者也没有读过他们的作品，这些模仿者唯一的艺术成就就是吟唱卡尔乌斯和卡图卢斯的作品。

你说："卢希里乌斯的作品把希腊语和拉丁语糅合在一起，那是

---

① 此段被认为是伪作。——英译者

一项了不起的成就。"

啊，你们这些后学者们！你们还真以为这是一项伟大而困难的工作！即便是罗德岛的皮托利昂也能做到这一点！

"但是糅合两种语言的风格才更有魅力，就像法勒尼安酒和希俄斯酒混在一起一样。"

我要问你：你是在写诗的时候这样，还是在替被告佩提里乌斯又长又艰难的官司做辩护时也这样？当佩迪乌斯·普布里科拉和科尔维努斯在法庭上用拉丁语挥汗如雨地辩护的时候，你却喜欢把你的母语和外来语相融合，像讲两种语言的卡努希乌姆人一样，我可以认为你已经忘记了你的祖国和父亲吗？

我尽管在海这边出生，但也曾经用希腊语写诗。在午夜之后，当梦境成真，奎里纳斯就会出现，用这样的话阻止我："总是想涌入摩肩接踵的希腊诗人的行列就像往森林里扛木材一样愚蠢。"

因此当夸大其词的阿尔卑斯山诗人谋杀了门农，并且描写莱茵河泥泞的源头时，我却在写一些讽刺诗自娱自乐，这些诗你在塔尔巴作为裁判的神庙竞诗会不会听到，也不可能被搬上戏剧的舞台，一遍又一遍地上演。

方达尼乌斯，你是还在世的诗人中唯一一位能用闲聊的喜剧让我们着迷的诗人，在你的喜剧中，狡猾的女主人和达乌斯欺骗了年迈的克雷米斯。用三节拍的节奏，波里奥歌颂了国王们的功绩。瓦里乌斯以无与伦比的精神塑造了英雄的史诗。喜欢乡村生活的缪斯让维吉尔的田园诗虽然简朴，但却魅力无穷。至于讽刺诗，阿塔克斯的瓦罗和其他的一些诗人都试着写过，但都没有成功，而我却成功地写成了，尽管水平不如它的发明者，我不敢从他的头上夺取满是荣誉的王冠。

但我确实说过卢希里乌斯诗歌的溪流中满是泥浆，裹挟着一些你想把它们除去，而不是留下的一些东西。但是，学者——优秀的批评家，一定要告诉我：你难道没有在伟大的荷马的作品中发现任何错误吗？卢希里乌斯难道没有礼貌地指出阿西乌斯悲剧中需要改动的东西吗？尽管他声称自己不如他所批评的这些诗人伟大，他不还是嘲笑恩尼乌斯的诗作缺乏崇高的主题吗？当我们读卢希里乌斯的作品时，我们为什么不问一问是他自己的天赋所赋予的粗糙还是那个时代的粗糙使他作诗不精湛，表达不流畅？就好像一个唯一的目的就是把词汇填充进六步格诗的结构中去的人一样，因在晚饭前写两百行，晚饭后又写两百行而高兴。而这恰恰是托斯卡纳的卡西乌斯的天赋，他的创造力比疾驰的河流还要狂热，据说他的书和书箱在他的葬礼上堆成了一堆。

我同意卢希里乌斯是友善的和机智的，同意他的作品比你所期待的能创作一种未被希腊人触及的新诗的作者所写的诗更加优美，也同意他的作品比较早时代的罗马诗人所创作的作品更加优美。然而，如果命运让他降临在我们这个时代，他就会删除他作品中的许多东西，剪去作品中所有游离于正确界限之外的东西，当他锤炼诗作的时候，经常会抓耳挠腮试图找到作诗的精髓。

如果你想写出值得再次阅读的作品，你就必须经常反复修改，你不必总是努力抓住大多数读者的好奇心，而是满足少数读者就可以了。你为什么总是愚蠢地想让你的诗作在大众学校诵读呢？我就不是这样。用勇敢的阿布斯库拉充满嘲讽的话来说，就是当所有观众都嘘他的时候，"如果骑士为我鼓掌就足够了"。

我还会因那个卑鄙的潘提里乌斯烦恼吗？还会因德米特里乌斯在背后对我百般挑剔而备受煎熬吗？还会因依赖赫莫杰尼斯·泰格里乌斯生活的傻瓜法尼乌斯的嘲弄而闷闷不乐吗？只要普罗提乌斯和瓦里乌斯对这些作品满意；只要梅塞纳斯、维吉尔和瓦尔吉乌斯对这些作品满意；只要屋大维和最好的人福斯库斯对这些作品满意；只要维斯库斯兄弟称赞这些作品！还有波里奥，你满意就行，我并不是有意要取悦你！还有你们——美塞拉和你的兄弟；还有你们——比布卢斯和塞尔维乌斯；还有你——诚实的福尔尼乌斯；还有许多其他学者和朋友；虽然我没有提到你们的名字，但我并没有忘记你们。我会因你们喜欢这些诗而高兴，这些诗也确实能让你们高兴，如果我的作品让你们失望，我就会非常难过。但是你们——德米特里乌斯和泰格里乌斯，你们去抱怨吧，穿衬裙的女学生们在她们舒适的椅子上正等着你们上歌唱课！

小伙子，快点儿把这些诗加在我的小书中吧。

讽刺诗(第二卷)

一、致批评者

贺拉斯——有些批评者认为我的讽刺诗过于刻薄，说我已经非常过分并超出了法律允许的界限。还有一半人认为我所写的东西没有力度，他们一天可以写出一千篇像我这样的诗作。特雷巴提乌斯①，给我点儿建议吧，我该怎么做？

特雷巴提乌斯——休息一下吧。

贺拉斯——你的意思是完全不写讽刺诗了？

特雷巴提乌斯——是的。

贺拉斯——你说得对，这是最好的解决办法，但我要失眠怎么办？

特雷巴提乌斯——让那些需要酣睡的人用橄榄油按摩，在台伯河中游三个来回，当夜晚来临的时候，再让他们沉浸在酒中。如果写作的冲动一直困扰着你，就鼓足勇气写一写战无不胜的恺撒的功绩。我保证你会获益良多。

贺拉斯——我尊敬的朋友，我是有心无力啊。不是每个人都能描写布满长矛的方阵，或者被粉碎的矛头击中而倒下的垂死的高卢人，或者从战马上坠落的受伤的帕提亚人。

特雷巴提乌斯——但你可以歌颂公正勇敢的恺撒，就像聪明的卢希里乌斯歌颂小西庇阿一样。

贺拉斯——如果机会合适，我就会写诗赞颂恺撒。除非机会合

---

① 西塞罗时期的著名律师，在本诗中是贺拉斯假想的一个对话人物，他用法律的语言就贺拉斯讽刺诗的合法性问题给出建议。——英译者

适，否则弗拉库斯的诗就不可能吸引恺撒的注意力。如果你拍错了马屁，它就会扬蹄反击。

特雷巴提乌斯——写这种颂扬的诗总比尖刻的诗更好，因为尖酸刻薄既会伤害"食客潘托拉布斯"，也会伤害"挥霍无度的诺曼塔努斯"。尽管现在并未卷入其中，每个人都害怕自己成为下一个被你的讽刺诗攻击的对象而憎恨你。

贺拉斯——我该怎么做呢？米洛尼乌斯醉酒上头的时候就开始跳舞，在他看来，灯都是重影的。卡斯托尔喜欢骑马，而他的孪生兄弟则喜欢拳击。有一千个人，就有一千种爱好。我的爱好是把我的话写在诗里，就像卢希里乌斯一样，他是最好的诗人。在那个时代，他会把心里的秘密写进他的书里，就像告诉忠诚的朋友一样，而不会诉诸其他的方式，不管是好事或是坏事。这样，这位古代诗人的整个生活完全呈现在他的作品中，就像写在还愿表上一样。

我将会仿效他，尽管我是卢卡尼亚人或阿普里亚人，我自己都不知道我到底属于哪个地区，事实上，维努西亚的农民在这两个地区的边境上耕耘。根据古老的传说，当萨姆尼特人被赶走之后，维努西亚人被有意迁往那个地区，这样，当这两个罗马人的死敌想发动战争的时候，发现自己被隔离了，不能通过敞开的边界攻击罗马人了，不管是阿普里亚人或是好斗的卢卡尼亚人。

而我的这支铁笔——既是我的匕首，也是我的书写工具——都不可能首先攻击任何人，而只是保护我，就像剑鞘里的剑一样。当我没有受到攻击者的威胁时，为什么要拔剑出鞘？啊，朱庇特——父亲和国王，让剑在我的剑鞘中生锈吧，不要让任何人伤害我——一个热爱和平的人！但如果有人激怒了我（我警告你！最好不要碰我！），他会为此而遗憾，就会出名，成为全城人的笑柄。

如果你激怒塞尔维乌斯，他会用法律和法官的票瓮来威胁你；卡尼迪亚用阿尔布西乌斯的毒药来威胁她的敌人；如果你去图里乌斯法官的法庭打官司，他会用一大笔罚款来威胁你。所以，我的朋友，你一定会同意，每个人都会用自己最强大的武器来恫吓潜在的敌人，这是强大的本能使然。狼用尖牙攻击，而公牛用角攻击。如果不是出于本能，是谁教给它们的？假如挥霍无度的斯佳瓦是长寿的母亲的继承人，他不会选择用手扼死这个老太婆。多么神奇啊！狼不会用它的蹄子去攻击人，牛不会用牙齿来攻击人，斯佳瓦在蜂蜜中加入致死的毒芹，老太婆很快就一命呜呼。简单说来——不管是平静的老年等待着我，还是死神扑打着黑色翅膀盘旋在我的必经之路；不管富有还是贫穷；不管是在罗马，还是被流放；不管命运女神眷顾我，还是离我而去，我都要写讽刺诗。

特雷巴提乌斯——小伙子，我担心你将不久于人世。你的一位伟大的朋友会用一场致命的霜冻来袭击你。

贺拉斯——什么！当卢希里乌斯第一次敢于写这样的诗的时候，撕掉了那些把自己打扮得很美丽的人的面具——他们都是金玉其外，败絮其中。拉埃里乌斯被他的智慧冒犯了吗？因征服迦太基而闻名的小西庇阿被冒犯了吗？他们因梅特鲁斯受到攻击而表示同情了吗？或者为被瓢泼般的讽刺诗埋葬的卢普斯哭泣了吗？卢希里乌斯攻击公民的领袖，攻击各个部落的公民，仅对美德和他具有美德的朋友友善。不但如此，当品德高尚的西庇阿和聪明儒雅的拉埃里乌斯远离人群和政治生活的时候，他们经常和卢希里乌斯一起玩乐，脱掉正式的官服，和卢希里乌斯纵情嬉戏，直到煨在火上的蔬菜被煮熟。我的地位和天赋都远低于卢希里乌斯，然而，即便是妒忌女神也承认我有一些声名显赫的朋友，她本以为我比较脆弱，但后来发现我其实坚硬无比。但是你，博学的特雷巴提乌斯或许不会同意我的观点？

特雷巴提乌斯——确实，在这一点上，我没有新的观点。但对这一切，我警告你要清醒，以防你对神圣法律的忽视会给你带来麻烦。如果一个人写坏诗①来攻击另一个人，就要接受法律的惩罚。

---

① 双关，既可指诽谤的诗，也可指低劣之作。——英译者

贺拉斯——当然,那是在写坏诗的前提下。但假如一个人写了得到恺撒赞赏的好诗呢?如果一个完全没有恶意的人攻击了罪有应得的人呢?

特雷巴提乌斯——这个案子会被撤诉,你会被宣布无罪。

二、关于朴素生活的阐释

　　我的朋友，我想让你们听听朴素生活的美德是多么伟大！——这不是我说的，这是奥菲卢斯的教诲，他是一个农民，一个没上过学的哲学家，这种教诲完全来自天资。——让我解释一下，但不是在盛宴的精美菜肴中间，因为让人失去知觉的华丽会迷花了人眼，心绪会变得浮华而虚荣，从而拒绝接受更美好的事物；而是就在这里，让我们在吃饭之前一起讨论这个话题。"为什么要这样做？"如果我能回答，我会给你答案。

　　法官一旦受贿，就不能明断是非。在你出外猎捕完野兔之后，或者疲惫地从一匹烈马上下来之后——如果一个人习惯了希腊的训练方式，那么罗马的军事训练对他来说是非常劳累的：这可能是你非常喜欢的球类游戏，这种让人非常愉悦的激情使人忘记了劳累；也可能是吸引你的铁饼，你要尽全力把它投向远方的天空——简言之，当劳累使你挑剔的味觉变得迟钝的时候，当你喉咙干渴的时候，当你饥肠辘辘的时候，你还能蔑视简单的食物吗？你还能拒绝饮用普通的蜂蜜酒，因蜂蜜不产自伊米托斯山，酒不产自法勒努姆吗？男管家出去了，大海、黑暗和暴风雨保护着鱼类，那么面包和盐就足以抚平你饿得咕咕叫的肚子。你知道原因在哪，为什么会发生这样的事情吗？真正的快乐不在于昂贵的美味，而在于你自己。因此，通过艰辛的劳动获取享受食物的乐趣吧；如果一个人因养尊处优而过度肥胖和苍白无力，那么即便是牡蛎、鳟鱼和进口的松鸡都不能调起他的胃口。

　　然而，如果一只孔雀被端上餐桌，我很难根除你垂涎欲滴的食欲，因为它毕竟不是小母鸡。你被它华丽的外表所诱惑，因为这种珍贵的鸟价值不菲，开屏的时候非常美丽——但这和它的味道有什么关系！你会吃掉你大力赞赏的羽毛吗？当它被烤熟的时候，看上去还会那么美丽吗？尽管餐桌上所有肉类的味道的差别微乎其微，但因你被它们外形的不同所欺骗，才会有一些偏好！很好。但是你从哪里获得的直觉来判断这条喘气的狗鱼是从台伯河抓的还是从海里抓的，是在两桥之间的涡流中抓的，还是在托斯卡纳河的河口抓的？愚蠢的家伙，你赞誉一条三罗磅重的鲻鱼，但你却必须要把它切成小块。我清楚就是外形迷惑了你。但你为什么厌恶一条非常长的狗鱼呢？那当然是因为自然赋予了狗鱼庞大体格，而却让鲻鱼形体较小。只有肚子没挨过饿的人才轻蔑普通的食物。

　　"但是我愿意看到一条大鱼在一个大盘子里完全展开！"一个具有贪婪的哈比的声音的人喊道。威力无比的南风啊！快刮起来吧，使这些贪吃者的美食变质！然而野猪和新鲜的比目鱼已经变质了，因为过量的油腻食物已经让胃疲惫不堪，在吃腻了山珍海味之后，它转而喜欢上了萝卜和酸泡菜。穷人的食物不能完全从国王的盛宴中排除，因为便宜的鸡蛋和黑色的橄榄仍有一席之地。不久以前，拍卖人加洛尼乌斯因用鲟鱼款待来宾而赢得了坏名声。可能在那个时候，海里的比目鱼不多，比目鱼是安全的。鹳的巢也是安全的，直到一名裁判官鼓励人们吃这种美味。现在如有人断定烤海鸥是佳肴，喜欢追随奇风异俗的罗马年轻人马上会认同。

　　奥菲卢斯认为吝啬的生活和朴素的生活区别很大，没有必要为了避免一个错误，而极端地走入另一个错误。阿维迪埃努斯，绰号叫"狗"①，这个绰号非常准确，他吃五年前采摘的橄榄和森林里采来的山茱萸，喝酒非常节省，以至于剩下的酒都发酸了，用油也很节省，剩下的油散发着让人难以忍受的气味。他一直穿着一件洗得发白的托

---

① 形容阿维迪埃努斯不开化，可能是犬儒主义者。——译者

加，即便参加婚礼宴会、生日宴会和节日宴会时也不例外。他手里拿一个两罗磅重的角把油滴在菜上，即便是已经发酸的酒，他也舍不得给人，要独自享用。聪明的人会选择哪种生活方式，会效仿上面哪个人？正如谚语所说，在这儿狼会咬你，在那儿狗会咬你。聪明的人不会用吝啬让我们感到吃惊，也不会转入另一个极端用奢侈让我们不适。他不会像老阿尔布西乌斯那样，在给奴隶分配任务时，残忍地虐待他们；也不会像粗心的纳埃维乌斯那样，给客人喝油腻的水，这也是一个不可饶恕的错误。

现在我告诉你简朴生活所带来的益处和这些益处的重要性。首先：健康。如果你回想起以前的简朴食物多么适合你，你就会意识到那些不同种类的菜肴会给人带来多大损害。一旦你把煮的食物和烤的食物混在一起，把贝类海鲜和画眉混在一起，那些甜美的食物也会变得苦涩，蜜汁会变成黏稠的浓汁，在你的胃内翻江倒海，使你难受不堪。你没看见参加"迷宫盛宴"的客人们的脸色多么苍白吗？前一日的饕餮大餐让你疲惫不堪，身体和精神都会被拖垮，你神性的一部分也会被钉入凡间。另外一个人，在吃完简朴一餐后，放松四肢睡了一觉，醒来之后就可以有精力去完成指定的工作。然而，他时而还会去参加一些庆祝宴会享受美食，不管是时光的轮转带来的假期到来之时，还是想让瘦下来的身体变胖之时，抑或是随着时间的流逝，在虚弱的老年要寻求放纵之时。但对你来说，如果身体不再健康，或是到了虚弱的老年，你拿什么来放纵呢？当年轻健壮的时候，你已放纵过度，过早地透支了这种放纵。

我们的祖先常夸赞变质的野猪，不是因为他们嗅觉不灵敏，我认为是为了方便迟到的客人能吃到野猪，尽管有一点儿变质，也比贪婪的主人在客人没到来之前就把新鲜的野猪吃光要好。哦，我要是出生在早前的英雄世界该有多好啊！

你珍视好名声，它比赞歌还要甜蜜，让人非常受用。大比目鱼和豪华大餐会带来耻辱，造成巨大的花销。还会让你严厉的叔叔愤怒，让你的邻居愤怒，连你都恨你自己，当你想寻死的时候，甚至都没有买绞索的钱。① 有人会说："当特劳希乌斯被人用这样的话训斥的时候，这是完全正确的，但我有大笔的收入和巨大的财富，足够三个国王消费。"难道你就没有使用你多余财富的更好方式了吗？为什么那些值得尊敬的人贫穷窘迫，而你却富有呢？为什么古代的神庙破败不堪？无耻的人啊，你为什么不能从你那成堆的财富中拿出一些献给你可爱的国家？当然，只有你才感觉到一切事情都一直那么如意。总有一天，你会成为你的敌人的一个大笑柄！在面对改变和机遇的时候，下面两种人中的哪种人会有更多的自信？第一种人：身体和思想都已习惯于奢侈的生活；第二种人：满足于简朴的生活，担心未来，像智者那样居安思危。

　　为使你更相信我所说的话，我还是举前面提到的奥菲卢斯的例子。当我还是一个小男孩的时候，就非常了解这个奥菲卢斯，尽管在那时候，他的土地还没有被没收充公，但他却和现在一样生活简朴。你会在一块小农田里看见他和他的儿子们赶着牛干活——这块农田现在被分配给了别人，他是一个强壮的佃农，下面是他所说的话："在平常的日子，如果没有好的理由，我一般只吃蔬菜和腌火腿，如果很长时间没见面的一个朋友拜访我，或者下雨天，我不去田间劳作，一个邻居来串门——一个受欢迎的朋友，我们会好好地吃一顿，不是从城里买来的鱼，而是小母鸡或是小山羊；不久餐后甜点上来了，它们是葡萄干、坚果和裂开的无花果。然后我们开始了喝酒游戏，输的人要被处以罚金，我们还向谷类女神祈祷——'让谷物节节长高吧！'——展开紧皱的额头，用酒来驱散忧愁。让命运女神愤怒并搅起新的混乱吧，她怎能夺走我们的快乐？当这块土地的新的占有者到来的时候，我和我儿子们的给养怎能减少？我说他是'占有者'，因为事实上，自然女神并没有使他或者我或者任何人成为这块土地的绝对的主人。他把我们赶走，他也同样会被剥夺这块土地，或因无能，或因

---

① 普劳图斯喜剧中的一幕。——英译者

法律的改变，或因他死在了活得更长的继承人的前面。现在，这块土地在乌姆布雷努斯名下，不久前它却在奥菲卢斯名下，它不会永远属于某一个人，而只是转移它的使用权，时而属于我，时而属于别人。因此要勇敢地生活，用勇敢的心面对命运的打击。"

三、人类的精神疾病

达玛西普斯——你完成的作品很少,全年只需要四次羊皮纸①,当你划掉你已写的文字时,都对自己生气,你沉浸在酒和睡眠之中,导致你根本写不出值得一提的诗。结果发生了什么事情?你说为了保持头脑清醒,在农神节你跑到这儿来躲避城市的喧嚣。那么好吧,不要让我们失望,写几首你承诺过的诗篇吧,开始吧,写不出来?你徒劳地责备笔,责备无辜的墙,当神和诗人发怒时,墙成了他们发泄的对象。然而,一旦你无忧无虑地投入乡下小屋温暖的怀抱,你就给人以能写出不朽的伟大作品的印象。你把柏拉图、米南德、欧波利斯和阿尔基洛科斯这样的重量级人物都归于乡村作家的目的何在?你是为了平息嫉妒而抛弃美德?可怜的家伙,你会受到蔑视。你必须躲避邪恶的塞壬,避免懒惰,或者甘心放弃在你辉煌的时候所取得的荣誉。

贺拉斯——因为你提出这样好的建议,达玛西普斯,希望众神送给你一位理发师②!但你怎么这么了解我?

达玛西普斯——自从我在"亚努斯"失去全部财产之后,我就彻底放弃了自己的生意,一直在留意别人的事情。曾有一段时间,我的嗜好是确定一只雕刻技术和铸造技术都很粗糙的铜盆是老西西弗斯用来洗脚的。像行家一样,我给这个雕像或者那个雕像估价十万塞斯退斯。对于花园和一些好房子,我知道如何以低价买下它们。因此,聚集在"亚努斯"的人们给我起了个绰号叫"墨丘利的宠儿"。

---

① 罗马人一般先在刻写板上写字,最后誊写在羊皮纸上。——英译者
② 留长胡须是哲学家的标志。——英译者

贺拉斯——我知道这些，我很惊讶你已经大病初愈。

达玛西普斯——不对，应该惊讶的是新病把老病赶走了，就像原来是头疼或胸部疼，现在却是肚子疼，或者原来昏睡的病人现在变成了拳击手，出拳连续猛击医生。

贺拉斯——只要你不做那类精神错乱的事情，高兴做什么就做什么吧。

达玛西普斯——亲爱的朋友，不要再欺骗你自己了，你也是精神病，如果斯特提尼乌斯①的说教是真理的话，所有人都是精神病，从他那里我学习了深奥的教诲，那一天他安慰我，让我留聪明人才留的胡须，离开法布里丘斯大桥回家，别再悲伤。自从我破产后，本想蒙上脑袋跳河，但幸运的是，他出现了，并且对我说：

"一定不要做鲁莽的事情，你被一种错误的负罪感折磨，你担心被那些自己有精神病的人认为是精神病人。首先我要问，什么是精神病。如果只有你自己是精神病人，我不会再说一句话去拯救勇敢寻死的你。

"克吕西普斯和他的弟子认为精神病人是被精神病所驱使的人，他们闭目前行，无视真理。这个定义认为除了智者之外的所有人，包括威严的国王，都是精神病人。

"现在你知道了——说你有精神病的那些人其实和你一样也是精神病人。就好像在森林中迷路的人一样，一个人迷路去了左边，另一个人迷路去了右边，他们都迷路了，但却在不同的方向迷了路。你要相信在你后面嘲笑你的人和你一样都有精神病，他后面也拖着一条尾巴②。

"一种精神病人会害怕本不需要害怕的东西，尽管道路平坦，他们却抱怨大火、岩石或者河流阻断他们去开阔平原的路。另一种精神

---

① 斯多葛学派哲学家。——译者
② 罗马孩子们的恶作剧，把尾巴绑在别人后面，别人却不知道。——英译者

病人虽与此不同，却也不比前一种好多少，他们会冲向火海和洪流，尽管慈爱的母亲，可敬的姐姐、父亲、妻子和其他亲人喊道：'这儿有鸿沟和巨石，当心啊！'可他们就像喝醉的福菲乌斯那样充耳不闻，在饰演《伊利奥尼》中他所扮演的角色时，他睡过了头，导致一千二百名卡提埃努斯大喊：'妈妈，我在叫你！'①我将要证明整个世界的人和上面提到的精神病人一样都有精神病。

"达玛西普斯的精神问题在于狂热地购买古代的塑像，但是借给达玛西普斯钱的人就精神健康吗？好吧！如果我对你说：'把这笔钱拿走吧，你不用还给我了。'你接受我就是精神病人吗？如果你拒绝助人的墨丘利提供的红利是不是更加神智失常？'写出涅里乌斯制定的全部十条借款协定。'那是不够的，加上狡猾的西库塔的一百条借款协定——再加上一千条限制！然而无赖普罗特斯会逃掉这所有的限制。当你拉着他上法庭打官司的时候，他会嘲笑你的损失，他会变成野猪，变成鸟，变成石头，变成树，随心所欲。如果精神病人的标志是不善于管理财产，而聪明人的标志是善于管理财产，那么相信我，柏雷里乌斯的头脑更加混乱，他会制定一些你永远不用偿还借款的借贷协定。

"现在请注意，我要求你们整理衣衫②，不管你们因为卑鄙的抱负或可耻的贪婪而变得苍白无力，或是痴迷于奢侈的享乐或幽暗的迷信，或被其他精神疾病所困扰。那就靠近我，我证明你们所有人都是精神病人。

"对于这种贪婪，我们必须用大剂量的藜芦来治愈，把他们全都派往安提库拉。斯达贝里乌斯的继承人们不得不在他的墓碑上刻上他

---

① 戏剧演出中发生的意外状况，福菲乌斯（男演员）扮演睡着了的女英雄，她被谋杀的儿子（由卡提埃努斯扮演）呼唤她，但福菲乌斯却真睡着了，观众们就和卡提埃努斯一起喊："妈妈，我在叫你！"——英译者

② 斯特提尼乌斯在假想他自己正给学生上课，要求听讲者准备正式听讲，这是斯多葛学派的教师经常说的话。——英译者

拥有财产的数量,如果他们不这样做,他们就要给公民提供一百对角斗士的表演,还要像阿里乌斯那样举办大规模的宴会,以及给公民提供如非洲丰收般的大量谷物。他写道:'不管我的遗嘱是对还是错,不要指责我。'我认为斯达贝里乌斯具有先见之明。你会问:'斯达贝里乌斯希望他的继承人把财产的数量刻在墓碑上的用意是什么?'他一生都认为贫穷是巨大的不幸,因此,如果在他死的时候少了一丁点儿钱,他就认为自己是卑微的人。在他看来,所有的东西——美德、名声、荣誉、神和人所珍视的一切价值,都是财富的奴隶,那些积累更多财富的人是著名的、勇敢的和公正的。'那么他是智者吗?'当然是,他是智者和国王,无论他想成为什么样的人,都可以实现。斯达贝里乌斯希望他通过业绩赢得的财富能为他赢得煊赫的声名。

"这样的人和希腊的阿里斯提普斯有什么相像的地方吗?阿里斯提普斯在利比亚沙漠旅行的时候让他的奴隶扔掉金子,他说这些金子负担太重,他们行进的速度太慢了。这两个人谁的精神病更严重些?但为了解决一个问题而提出另一个问题是无用的。如果一个人买了竖琴,买完之后就把它束之高阁,因为他对竖琴或诗歌没有任何兴趣;如果一个人虽然不是补鞋匠,却要买鞋刀和鞋楦;如果一个不经商的人,却收集船帆——所有人都无疑会说这样的人是精神病。那些储金藏银的人和这样的人有什么区别啊,尽管他们不知道如何使用这些金银,却把它们看成神圣之物,甚至不敢用手触碰这些金银,唯恐亵渎了它们。

"如果一个人躺在谷堆旁,手拿大棒子无时无刻不看着谷物,尽管他自己很饿,尽管他是谷堆的主人,也不触碰一粒谷物,就像守财奴那样靠苦涩的菜叶活着;就算他的酒窖里藏有一千坛——那不算什么,就说三十万坛希俄斯酒或法勒尼安酒,他却只喝已经发酸的酒;一个快八十岁的人,却要睡在稻草堆上,尽管他有很多昂贵的被,却只能成为蛾子和蠕虫的猎物,在柜子里腐烂;很少有人质疑他是精神病,因为大多数人都和他一样患有同样的病。你,一个被神抛弃的老糊涂，储藏你的酒就是为了让你的儿子甚至成为继承人的被释奴喝光你的酒吗？你担心把它们用光吗？你难道不知道即便你用好油来拌凉菜或者清理你的头皮屑，只不过会花掉你财产的微不足道的部分吗？既然你已足够富有，为什么还要到处做伪证、偷盗和抢劫呢？真是明智的人啊！

"如果你用石头攻击路人或者你花钱买来的奴隶，所有人都会说你是精神病，不管是姑娘还是小伙子。当你勒死你的妻子，毒死你的母亲的时候，你神志清醒吗？什么？你说你没有在阿哥斯做这些事情，你没有像疯狂的俄瑞斯忒斯那样用剑杀死自己的母亲？或者你认为俄瑞斯忒斯在杀了自己的母亲之后才变疯了吗？或他冰冷的剑在刺入他母亲的喉咙之前，并没有被邪恶的复仇女神刺激得发狂？事实恰恰相反，从俄瑞斯忒斯被认为是头脑发疯的那一刻起，他做的任何事情都不该受到谴责。他没敢用剑来攻击他的朋友皮拉迪斯或者他的姐姐伊莱克特拉，他只不过辱骂了这两个人，称伊莱克特拉为复仇女神，而说皮拉迪斯一定是吃了闪亮的胆汁而发疯了。

"奥皮米乌斯，一个把金银都藏起来的穷人，在节假日的时候，会用长柄勺从坎帕尼亚酒器中舀出一些维伊酒来喝，而在平时，他只喝一些酸腐的酒。现在他已病入膏肓，而他的继承人则难掩兴奋地拿着他的钥匙在保险箱旁雀跃。但他的医生，一个头脑灵活的忠诚朋友，用自己的计谋把他救活了：医生叫人支起了桌子，把成袋的金币倒在桌子上，让几个人走上前来数钱。这时奥皮米乌斯马上睁开了眼睛，医生对他说：'你要不看管好你的财富，你贪婪的继承人就会马上把它们拿走。''什么，在我还活着的时候？''如果你还活着，就醒来吧，快点儿！''这是什么？''你现在还很虚弱，脉搏很微弱，如果你不吃一些食物或滋补品来填一填你饿扁的肚子，你就会垮掉。还在等什么？快张开嘴，喝一口米粥吧。''多少钱？''很少。''我说多少钱？''八阿斯。''啊！真贵啊！我不管是病死，还是因偷盗或抢劫而死，又有什么区别呢？'"

"'那么谁是头脑清醒的人呢?'不愚蠢的人。'谁是贪婪的人呢?'愚蠢的人和精神病人。'那么,如果一个人不贪婪,他就是明智的人吗?'远不是。'为什么?善良的斯多葛主义者。'我会告诉你的。假设克拉特如斯说:'这个患者的病并不是消化不良。'他会康复吗?克拉特如斯会说:'不会,因为他还有严重的肺病和肾病。'他不是一个做伪证的人或是守财奴:如果这样的话,就让他给善良的家神献祭一头猪。但他是有抱负的人并且是一个冒险家:让他坐船去安提库拉吧。事实上,把你所有的东西都扔进无底洞,和从来都不用你的任何积蓄又有什么区别呢?

"这儿有一个关于塞尔维乌斯·奥皮迪乌斯的故事,按照过去的标准,他是一个富有的人,临死前,他要把在卡努希乌姆的两个农庄分给他的两个儿子,他把他们叫到床前对他们说:'奥卢斯,自从我看见你在宽松的托加里装着弹石和坚果,把它们送人和赌光;而你,提比略,专注地数着它们并把它们藏在洞里,我已经非常担心两种完全不同类型的精神病可能折磨着你们——你[①]可能在学诺曼塔努斯,而你[②]可能在学西库塔。因此,我以家庭守护神的名义恳求你们,对于你们的父亲认为适当的财富和自然法则限定界限的财富,一个不要再去减少,另一个不要再去增加。此外,为防止抱负来诱惑你们,我要让你们遵守这样的誓约:不管你们谁当上了营造官或裁判官,就让他丧失法律的保护,让他被诅咒。啊!疯狂的人!你们愿意失去父亲留给你们的土地和金钱,而把钱挥霍在野豌豆、豆类或羽扇豆上,就为了在马戏场招摇炫耀或者自己的形象被铸成铜像吗?最后,你们也许会赢得阿格里巴所赢得的掌声——但却像狡猾的狐狸模仿高贵的狮子一样。'

---

① 奥卢斯。——译者
② 提比略。——译者

'阿特柔斯的儿子①，你为什么发布命令禁止埋葬阿贾克斯？'

'因为我是国王。'

'我仅仅是一名平民，因此不能再问了。'

'我的命令是公正的，但如果有人认为我是不公正的，我允许他自由表达他的想法。'

'我最伟大的国王，希望神能保佑你攻下特洛伊，带着舰队安全返航！我能问一些问题，并且得到您的回答吗？'

'可以。'

'为什么阿贾克斯，一个仅次于阿喀琉斯的英雄，因无人收尸而腐烂，而他曾无数次在挽救希腊人的战斗中建立了不朽的功勋。看到阿贾克斯的尸体没有被埋葬，普里阿姆和他的人民会欢欣鼓舞，因为正是他使特洛伊的子孙在自己的土地上曝尸荒野。'

'这个疯狂的人杀掉了一千只羊，并且大喊他在杀著名的尤利西斯、墨涅拉俄斯和我。'

'在奥利斯的时候，你把你可爱的女儿带到祭坛，以替换小母牛，你把盐和谷物撒在她头上，无耻的家伙，你的头脑清醒吗？'

'你为什么要这么问？'

'疯狂的人阿贾克斯用剑砍向畜群的时候造成什么危害了吗？他并没有对他的妻子和孩子使用暴力。他无数次咒骂阿特柔斯的两个儿子，但他没伤害过透克洛斯甚至是尤利西斯。'

'但为了让因风向不利而滞留海岸的船顺利起航，我谨慎地决定用血来让神满意。'

'是的，用你自己的血，疯子。'

'的确是用我自己的血，但我不是疯子。'②

---

① 指阿伽门农，这段对话发生在斯特提尼乌斯和阿伽门农间，借鉴索福克勒斯的《阿贾克斯》中的一幕，在原剧中，阿伽门农的弟弟墨涅拉俄斯阻止透克洛斯埋葬他的兄弟阿贾克斯。——英译者

② 至此斯特提尼乌斯和阿伽门农的对话结束。——译者

"一个因自己的罪过带来的狂乱而产生错误想法的人被认为是神经错乱的人,不管他的这种错觉是出于愚蠢还是出于愤怒。当阿贾克斯砍杀无害的羔羊的时候,他是神经错乱的。当你为空洞的荣誉而故意犯罪的时候,你的神志清醒吗?当你的内心充斥着抱负的时候,你能免于犯错吗?假设一个人喜欢在轿子里带一只可爱的小羊,像对待女儿一样对待它,给它提供衣服、女仆和金子,称它为鲁法或波西拉,打算把它嫁给勇敢的丈夫:裁判官就会下令剥夺他的一切公民权利,并把他置于他神志清醒的亲属的监管之下。然而,如果有人把自己的女儿当作祭品,就好像她是不会说话的小羊一样,你认为他头脑清醒吗?你千万别说他头脑清醒。因此,愚蠢一旦有悖常理,就是疯狂的顶点。犯罪的人也是疯子,那些满脑子都想获得荣誉的人总会听见嗜血的司战女神的雷声。

"现在,和我一起指责诺曼塔努斯和奢侈吧,我有足够的理由证明那些挥霍无度的人是愚蠢的疯子。诺曼塔努斯一继承了一千塔兰特的遗产,就以裁判官的方式下令——第二天早上,鱼贩、卖水果的、捕野禽者、香料制造人、托斯卡纳大街上的不虔诚的乞丐、厨子、食客、整个市场的人和维拉布鲁姆的所有人都要到他家里。然后呢?来了很多人。一个皮条客代表他们发言,说道:'我所拥有的东西,现在来你家里的每个人所拥有的东西,相信我,都是你所给予的,你可以随时派人拿走。'听听这个慷慨的年轻人是怎样回答的:'在卢卡尼亚的大雪中,你们穿着靴子睡觉,这样我才会有一只野猪作为晚餐。你们在暴风雨肆虐的大海上捕鱼,而我却养尊处优,不劳而获。把这些钱拿走吧,你拿走一百万塞斯退斯,你也拿走一百万塞斯退斯,而你的妻子经常半夜在我的召唤下夺门而出,就拿走三百万塞斯退斯吧。'

"埃索普斯的儿子把从米提拉耳朵上摘下来的名贵珍珠泡在醋里溶解,然后一饮而尽,他可能的确一口气喝下了一百万塞斯退斯。难道他这样做就比把珍珠抛在疾驰的河流中或者下水道中要明智吗?昆图斯·阿里乌斯的儿子，一对著名的双胞胎，都非常邪恶、愚蠢和反复无常，用花掉一大笔钱买来的夜莺做早餐。他们应归于哪一类呢？是属于用白粉笔标注的明智的人，还是用炭笔标注的疯子？

"建一座玩具房，把一辆小车套在老鼠身上，玩猜单双的游戏，骑在一根长棍上——如果这些游戏能让一个长满胡须的成年人陶醉，精神失常也就离他不远了。如果能够证明坠入情网比成年人玩这些游戏还要幼稚，你现在在沙滩上玩你三岁的时候玩的建房子游戏和为一个妓女的爱而哀怨苦恼没有区别，我问你，你会像波勒蒙那样改变信仰吗？你能把你病态的一些标志——束腿带、肘垫和围巾——放在一边吗？就像波勒蒙一样，据说他在饮酒作乐之后，突然听见他的老师禁食的声音，他立即被这种声音俘虏了，悄悄地从自己的脖子上摘下了花环。当你把苹果给生气的孩子的时候，他不会要。'拿着吧，孩子。'他说：'不要。'如果你不再给他，他又想要了。这和一个最近被情人拒之门外的小伙子没有区别，他内心进行着激烈的斗争，他在考虑是否该去敲情人家的门，而他原本打算受到邀请才去找她，这种矛盾让他在情人可恶的门前徘徊。'当她没有邀请我的时候，我现在就去找她合适吗？或者我是否该考虑让痛苦到此结束？她把我关在外面，如果现在她叫我回去，我该回去吗？不，即便她恳求我，我也不回去。'现在听听比主人聪明得多的奴隶是怎么说的：'我的主人，排斥规则和理智的事情不能靠规则和理智来解决。爱情包含着剧痛——首先是战争，然后才是和平；就像天气一样反复无常，随着难以捉摸的命运起伏不定，如果有人想为爱情制定一些规则，他注定会徒劳无功，就好像他想用规则和理智来证明自己是疯子一样。'当你从皮斯努姆的苹果中拿出种子，把它向上扔，碰巧碰到了穹顶，你会非常高兴，但你能真正主宰自己吗？当你这个成年人从嘴中含糊不清地说出儿语时，你怎能比建玩具房子的孩子更聪明呢？在愚蠢之上加上血腥，用剑激起怒火。比如前几天，马里乌斯杀了海拉斯，然后跳崖而亡，他疯了吗？你会原谅一个神经错乱的人吗？还是会谴责他的罪行？就像我们常做的那样，把两个同义词用在不同的事物上。

"一个年龄很大的被释奴，每天早上都禁食，洗干净手，很早就去各个街头神庙祈祷：'救救我吧，只救我一个，让我永生不死吧，这对神来说是一件非常容易的事情。'他还会加上一句：'这不是一个小恩惠吗？'这个人耳聪目明，但对于他是否精神正常，他的主人却不能担保，如果主人想卖掉他而向买主担保他精神正常，将来肯定会惹上官司。克吕西普斯会把这些人都归于梅奈尼乌斯的人丁兴旺的家族。'啊，朱庇特，你带来痛苦又带走痛苦。'一个卧病在床已经五个月的孩子的母亲哭诉道，'如果每四天发作的伤寒能远离我的孩子，那么在你指定的禁食日的那天早晨，他就会光着身子站在台伯河中。'即便命运或医生能够把孩子从死亡的边缘抢救下来，他发疯的母亲也会杀了他，因为把他脱光身子放在冰冷的河岸，这会让他再次发烧。什么样的病让她如此神志不清？是对神的畏惧。"①

这就是我的朋友斯特提尼乌斯——第八位智者——放在我手中的武器，从那以后，如果有人再骂我就一定会受到惩罚。骂我是疯子的人会得到相同的回击，他骂我多少次，我就要骂他多少次。他应该学着回头看一看他背上悬着的他从来没有注意到的东西。

贺拉斯——我的斯多葛学派的朋友，希望你在遭到损失之后，可以把你手头儿的商品以盈利的价格卖掉！既然有很多种精神病，你认为我的这种疯狂属于哪种精神病？我自己感觉还精神正常。

达玛西普斯——什么？当阿格芙手里拿着被她自己砍掉的她不幸儿子的头时，她会认为自己疯了吗？

贺拉斯——我承认我的愚蠢（我必须要屈服于真理）和疯狂。但你要解释一下：你认为我患的是哪种精神疾病？

达玛西普斯——听着。首先，你正在建房子，这表明你试图模仿

---

① 斯特提尼乌斯的叙述到此结束。——译者

大人物，尽管从头到脚你只有两皮达里斯①；并且你还嘲笑穿着甲胄阔步走的图尔博的步态和神情，因为这甲胄对他来说太大了。你认为你不如他可笑吗？梅塞纳斯做什么，你就攀比着要做相同的事情，但你根本就学不像，照他差远了，我难道说错了吗？

　　一只母蛙不在家的时候她的一窝孩子被一只牛用蹄子踩死了，唯一幸存的一只小蛙把这件事告诉了他妈妈——多么大的一只野兽把他的兄弟姐妹踩死了。母蛙问道："多大啊？像这么大吗？"她把自己吹鼓了。"再加把劲儿吹，比这再大一倍。""那像这么大吗？"她把自己吹得越来越大。小蛙说道："即便你把自己吹爆，也没有那只野兽大。"②这个例子和你的情况非常相似。不要忘了你的诗，这简直就是火上浇油。要是真有人在写诗的时候是神志清醒的，那你就是神志清醒的。我就不提你的坏脾气了……

　　贺拉斯——不要再说了！

　　达玛西普斯——你过着一种入不敷出的生活……

　　贺拉斯——别管闲事，达玛西普斯。

　　达玛西普斯——你对小伙子和姑娘有太多的激情。

　　贺拉斯——啊，已经疯狂到登峰造极的人，请你饶恕疯狂程度比你差远了的人吧！

---

① 古罗马长度单位。——译者
② 贺拉斯改编了伊索寓言的故事。——英译者

四、好生活的艺术

贺拉斯——卡提乌斯①，你从哪里来，要到哪里去？

卡提乌斯——我没有时间停留，我非常着急把一些新的智慧写下来，这将超越毕达哥拉斯、被阿尼图斯控告的智者苏格拉底和博学的柏拉图。

贺拉斯——我知道我不该在这样一个尴尬的时刻插话，但我恳求你要原谅我。如果你现在忘记什么东西的话，不久就会重新记起；不管你这种能力是天生的还是通过训练获得的，都已经让人非常惊奇。

卡提乌斯——不，我只是急于想把所有的演讲内容都记在脑子里，因为这是一个用敏锐的方式来呈现的敏锐的主题。

贺拉斯——告诉我这个人的名字，他是罗马人还是外邦人。

卡提乌斯——我会凭记忆来复述这些智慧，演讲者的名字必须要保密。

一定要记住用椭圆形的鸡蛋做菜，因为它们的味道更好，并且比圆形的鸡蛋更白；它们更结实，并且是孕育雄性的卵。在干燥土地上长出的卷心菜要比靠近城市的农场中种植的卷心菜要甜；而水浇菜园中长出的蔬菜是最没味道的。

如果一个朋友晚上突然拜访你，你担心粗糙的禽肉会不合他的口味，你可以聪明一些，在宰杀之前就把它浸入稀释的法勒尼安酒中，这会使它更嫩。

草地上长出的蘑菇是最好的，其他地方的蘑菇有可能有毒。

---

① 伊壁鸠鲁主义哲学家，对美食颇有研究。——译者

一个人如果在午餐结束的时候能够吃一些在最毒的太阳出来之前从树上采摘的黑色的桑葚，那么他就会健康地度过整个夏天。

奥菲迪乌斯经常把蜂蜜和法勒尼安烈酒混在一起喝——这是不明智的，因为当血管不充盈的时候，人们不该吃一些不温和的东西，温和的蜂蜜酒对你的胃更有好处。如果肠胃便秘，帽贝和普通的带壳的海鲜会解决这个麻烦，或者矮小的酢浆草也可以解决这个问题——但要就着白色的科斯酒吃。

新月升起的时候，平滑的壳类海鲜就鼓起来了，但并不是每片海域都能出产最好的品种。卢克林贻贝比巴亚鸟蛤要好。锡西的牡蛎和米瑟努姆的海胆都是好的品种，奢侈的塔兰托则以出产宽大的扇贝闻名。

在没有掌握精细的调味理论之前，并不是每个人都可以轻松地声称自己在餐饮艺术上技术出色。从昂贵的货摊中把鱼一扫而光远远不够，因为你不知道哪种更适合酱汁，哪种在烤过之后味道才更好，能再次激起已经饱食的客人的食欲。

如果主人喜欢有味道的猪肉，就用出产自翁布里亚的吃圣栎橡子长大的野猪肉招待客人，它重得足以压弯装它的大圆盘子；而劳伦图姆猪肉的味道要差得多，因为它靠吃莎草和芦苇为生。

在葡萄园养大的獐鹿不总是适合食用的。内行会喜欢怀孕野兔的前腿。至于鱼类和禽类的品质和食用的最佳年龄，在我之前并没有人做过研究，并把它公之于世。

有些人的才华只用在做出新的甜点上，但把所有的关注都集中于一点绝对不够——就好像一个人只在意他的酒是不是好酒，而不关心他做鱼时放的油一样。

如果你在晴朗的天空下摆上马西克酒，它的粗糙会被夜风变得柔和，对神经没有好处的味道会一扫而光；但是同样的酒，如果用亚麻布来过滤，就会变酸，失去它全部的味道。行家会在苏伦台尼酒中加入法勒尼安酒的沉淀物，并用鸽子蛋来吸附沉淀物，当蛋黄沉到底部的时候，会把酒之外的一切渣滓吸走。

你可以用炸大虾和非洲蜗牛给一个疲惫不堪的饮酒者醒酒；莴苣却不能用来醒酒，因为饮酒之后它会浮在酸性的胃里。火腿和香肠的强烈味道会让这种酸性物质消失，让胃恢复正常。事实上，任何不卫生的小餐馆中的热气腾腾的美味都是胃所青睐的。

懂得如何调制混合调味汁是非常重要的。首先把甜甜的橄榄油与醇酒和海水混合在一起，海水的味道要和你的拜占庭酒坛散发的强烈味道一样。再在调味汁中加入切碎的药草，煮沸之后，撒上科里库斯藏红花，待变凉后，再加入用维纳福鲁姆橄榄压榨的果汁。

产自提布尔的苹果在味道上不如产自皮斯努姆的苹果，但前者的外观更好。维努库拉葡萄很适合封存在罐子里，至于阿尔班葡萄，最好是用烟熏干。你会发现我是第一个用这些葡萄和苹果一起招待客人的人，我还是第一个把酒糟、鱼子酱、白胡椒粉拌在一起，并撒上黑盐，做成爽口小菜的人。在鱼市上花大价钱买鱼，然后却把它们横七竖八地压挤在狭小的盘子里是一个巨大的错误。如果一个奴隶用偷吃点心的油腻腻的手去拿酒杯，确实是太让人反胃了；而肮脏的霉菌粘在堪为古董的餐具上也同样令人反胃。普通的扫帚、餐巾和锯末根本就不值钱！但如果忽略了它们，是多么让人震惊的丑闻啊！想一想用一把脏兮兮的棕榈扫帚打扫马赛克的路面，或者把脏兮兮的覆盖物盖在推罗挂毯上，而完全忘记了尽管这些东西虽然很少引起关注并且不值钱，但如果不能准备好这些东西，比缺少只有富人才能备得起的东西更加不能让人原谅。

贺拉斯——啊，博学的卡提乌斯，我以我们的友谊和神的名义祈求你，不管你到哪里再去听演讲，一定要把我带上。即便你凭借出色的记忆力已经逐字逐句地告诉了我演讲者所有的训诫，也不意味着我能得到亲耳聆听他演讲时所获得的快乐。除此之外，你也不能模仿演讲者的表情和举止。幸运的家伙，因为你有那么好的运气，所以当你亲耳聆听演讲者教诲的时候并不觉得这值得炫耀，但是我却非常强烈地渴望靠近幽静僻远的智慧之泉，吸取这些能使人快乐生活的智慧。

五、追逐遗产的艺术

尤利西斯——提里西阿斯，除了你已经告诉我的，求你一定要再回答我一个问题。通过什么方式我才能拿回失去的财产？你为什么要笑？

提里西阿斯——什么！诡计多端的人能够乘船返回伊大卡，并且能再次看到家庭守护神，你还不满足吗？

尤利西斯——你从没有对任何人撒过谎，你知道我将要返乡，一文不名，饥寒交迫，正如你预言的那样；积蓄和兽群都被求婚者抢劫一空。如果没有财产，高贵的出身和美德都变得一文不值。

提里西阿斯——直说吧，你害怕贫穷，仔细听着，我教给你一些能够变富的方法。

假设你得到了一只画眉或其他精美的食物，马上把它带到年老主人的豪门之家。把你土地上出产的最好的苹果和引以为豪的特产要首先献给富人而不是你的家神，他比家神更值得尊敬。这个富人可能是个说谎者，出身卑微，手上沾满了他兄弟的血，是一个逃跑的奴隶，不管怎样，如果他让你跟他一起散步，你一定要陪他出去，并且走在他的外侧。

尤利西斯——什么！要替一个肮脏的达玛遮尘挡水？在特洛伊，我的举止可不是这样的，在那里，我一直同高贵的人并肩作战。

提里西阿斯——那么你就会一直是一个穷人。

尤利西斯——我勇敢的灵魂会让我容忍这一切。在此之前，我已经忍受了一些更大的磨难。啊，预言者，继续说，告诉我如何才能积累财富和成堆的金钱。

提里西阿斯——好的，我已经告诉你了，现在我再告诉你一遍。聪明地去各大河流钓老人的遗嘱，尽管有一两个精明的家伙会咬断诱饵，摆脱掉你的阴谋诡计，你也不要因为受到了一些阻碍而放弃希望或者罢手不干。如果有一天在广场有一场或大或小的官司，其中一方非常富有并且没有子嗣，尽管他是坏人，并且厚颜无耻地要和好人打官司，你也要替他辩护；如果一个公民有一个儿子或多产的妻子在家，不管他打官司的理由多么合理，不管他的品德多么出众，你也要离他远点儿。你要对你的当事人这样说："昆图斯或者普波里乌斯——他们敏感的耳朵乐于听到你直呼其名，你的美德使我成为你的朋友。我对复杂的法律非常了解，并且是一名能力出众的辩护者。我宁愿被人挖出双眼也不愿看到你受辱或被人抢走一分钱。我所关心的就是让你不能失去一分钱，让你不能成为别人的笑料。"让他回家，好好护理他宝贵的皮肤，而你成为他的律师。要意志坚定，毫不动摇，不管"炽烈的天狼星劈开了沉默的雕像"，还是肚子里塞满了油腻内脏的福里乌斯"把白雪吐在了冬季的阿尔卑斯"。有人用肘轻推旁边的人，并且说："你难道没看见吗？他是多么坚定啊！他对朋友是多么忠诚啊！他是多么敏锐啊！"于是更多的金枪鱼会游过来，你的池塘都满了。

如果一个有大笔财产的人养的儿子病了，而这个儿子已经被他正式接纳为继承人，为了防止公开向一个可能成为无子嗣的人谄媚会暴露你，你一定要通过不断的关心悄悄行动——以寄希望于被指定为第二继承人，如果碰巧这个孩子早逝，你就可以递补上他的位置。这样的做法屡试不爽。

假使有人让你读他的遗嘱，一定要拒绝，把遗嘱推开；通过这样的方式，你可能会瞥到第一页第二行的内容。快速地浏览一下你是唯一的继承人还是和其他人共同继承。曾经的低级官吏摇身一变成了一名公证员，他会欺骗爱张嘴唱歌的乌鸦，考拉努斯会嘲笑追逐遗产的那西卡。

尤利西斯——你疯了吗？或是故意用模糊的神谕来取笑我？

提里西阿斯——啊，拉厄耳忒斯的儿子，我所说的可能发生，也可能不会发生；因为预言是伟大的阿波罗赐予我的天赋。

尤利西斯——但这个故事是什么意思呢？你能告诉我吗？

提里西阿斯——在一个即将到来的时代，一个年轻英雄将成为帕提亚人的梦魇，他是高贵的埃涅阿斯的后裔，他将统治大地和海洋，威力无比。在那个时代发生了这样一件事情，不愿意还清欠债的那西卡把漂亮的女儿嫁给了勇敢的考拉努斯。那么这个年长的女婿是怎么做的呢：他把遗嘱写好交给岳父，让他一定要读。经过多次拒绝，那西卡最终接下了遗嘱，并开始默读，发现除了抱怨什么也没留给他。

我在这儿还要给你另一个建议。如果碰巧有某个狡猾的女人或者被释奴使一个老糊涂落入了圈套，你一定要和他们联合起来。赞扬他们，这样他们在背后或许就会赞扬你。这对你获取遗产是有帮助的；但最好的办法是朝主要目标下手。假如这个白痴写了非常差的打油诗，赞扬他。假如他是个非常放荡的人，一定不要等他问你，主动把佩内洛普交给他，一个人必须要知道如何满足比他更富有的人。

尤利西斯——你是这样认为的！她会被诱惑吗？——她是这样善良，这样纯洁，求婚者都不能动摇她的美德。

提里西阿斯——是的，对于来求婚的吝啬礼物的年轻求婚者，他们对爱情的想法还没有对饮食那样强烈，这才使你的佩内洛普具有美德。但假如她作为你的伙伴，从一个老年人那里尝到了金钱的甜头儿，那么她就会一发而不可收，像猎狗看见油腻的兽皮一样。

我会告诉你一件发生在我年老的时候[①]的一个故事。底比斯的一个邪恶的丑老太婆，在遗嘱中对她的葬礼做了如下的指示：她的尸体被周身涂上了油，由她的继承人光着肩膀扛着她的尸体下葬。无疑她

[①] 讲述者已经死了很久了，在这里他是一个阴间的鬼魂。——英译者

是想看一看在她死后能否摆脱他的控制。我猜想,在她活着的时候,继承人对她太坏了。

做什么事情都要小心谨慎,不要失去热忱,也不要过度热忱。一个话匣子会冒犯易怒的人和郁闷的人,但你也不能过分沉默。就像喜剧中的达乌斯一样,站在那儿低着头,就像被吓到一样。要用奉承的话来提高你的地位;如果风变强了,要告诉他小心,保护好他宝贵的头;用你的肩膀给他撞开一条路,使他摆脱人群;当他喋喋不休的时候,要竖起你的耳朵全神贯注地听。如果他对赞美贪得无厌,你就拼命地赞美他,直到他举起双手朝向天空,大喊:"够了!"你要用夸张的言辞把膨胀的气球吹爆。

到最后他快死的时候,你将要从长时间地被奴役和殚精竭虑中解脱出来,这时候你一定要保持清醒,你会听到:"我财产的四分之一由尤利西斯继承。"而你要时而散布这样的话:"我要失去我的老朋友达玛了吗?我到哪儿可以找到这样坚定、这样忠诚的人?"如果可能,你要挤出几滴眼泪。如果你的表情难掩喜悦,你要把它隐藏起来。如果由你来决定坟墓的样式,你可以把它建得气派一些,你要为他举行一场盛大的葬礼,让邻居们赞不绝口。如果你的共同继承人之一碰巧比你大,并且咳嗽得很严重,你可以对他说,如果他想用你的那份儿遗产买地或者买房子,你可以低价转让给他。

专横的冥后普洛塞尔皮娜叫我回去。祝你长寿!祝你好运!

六、城市生活和乡村生活

这是我所祈祷的生活——一块不是很大的土地，有一座花园，房子附近有永不枯竭的泉水，还有一小片林地。神为我准备的比我祈祷的更多更好。我非常满足。我不会再要什么了，哦，玛亚的儿子，我只求能让这些神的赐予伴我一生。我不会通过邪恶的方式让我的财产增加，也不会因浪费无度或无心打理让它变少。我不会做出这样的愚蠢祈祷："如果再多出边儿上的那一角土地，就不会破坏我小农庄的形状了！某种幸运快让我突然得到一大笔钱吧，就像发现地下宝藏的那个人，因得到大力神的帮助而暴富，买下了他过去租种的土地！"因为我现在所拥有的能让我得到安慰和满足，因此我向你祈祷：让我的畜群肥美，让我的一切都很圆满，让我有聪明的头脑，就像过去一样帮助我，仍然是我的伟大守护神。

既然我已经从城里搬到我山上的城堡中了，我该用我单调乏味的讽刺诗来歌颂什么呢？这儿没有可恶的抱负折磨着我，没有沉闷的热风，没有让人生病的秋天——在这个季节里可恶的利比蒂娜总是收获满满。

啊，黎明之父，或者你更喜欢被称作两面神亚努斯——你负责监视人们开始工作，开始体味生活的艰辛——这是神的意志，你会成为我诗歌的前奏！在罗马，你催促我去做一个担保人："快点儿醒过来吧！以免有人在你之前抢了你的生意。"不管是北风席卷大地，或是冬季的雪天连绵不断，我都必须要去。在我清晰明确地做出在未来会对我不利的承诺后，我必须用肘推开人群，咒骂那些迟迟不给我让路的人:"你是什么意思,疯子?你打算做什么?"某个恶棍会用愤怒的诅咒攻击我:"你会推开挡在你前面的任何东西,就为了快点儿回到梅塞纳斯旁边,去参加和他的约会。"

我不否认,这会像蜜一样让我高兴。但我一来到幽暗的罗马七丘,很多事情就会在我的头脑中缠绕,让我无法脱身:"罗斯西乌斯求你明天七点前和他在利波墙①见面。""昆图斯,录事们求你一定要在今天回来,有些涉及公众利益的新的重要事情要讨论。""让梅塞纳斯在这些文件上盖章。"如果你说:"我会去试试。"他就会坚持说:"如果你愿意,你就能做到。"

自从梅塞纳斯开始把我当作他的朋友,七年已经过去了,不,将近八年已经过去——他仅仅把我当作那个在旅途上和他同车而坐,并且把一些小事儿向我倾诉的人:"几点了?""那个胆小的色雷斯人能是赛勒斯的对手吗?""今天早上的霜冻很刺骨,如果不注意的话……"还有其他一些安全的话题,即便进入泄密者的耳朵也无关紧要。这些年来,与日俱增,与时俱增,我们的朋友②越来越成为嫉妒的对象。如果他和梅塞纳斯一起观看演出,或者他在广场上和梅塞纳斯一起玩球,所有人都会大喊:"命运女神的宠儿!"冰冷的谣言从广场的讲台传向街道了吗?和我相遇的人会征求我的意见:"我亲爱的朋友,你一定知道,你和神的距离如此之近:你难道就没有听过有关达契亚人的消息吗?""从来没有。""你怎能一直嘲弄我们!"如果我听说过有关达契亚人的一点儿消息,就让神来折磨我吧。"好,那你告诉我,恺撒将要兑现承诺给老兵们分配的土地是在西西里岛,还是在意大利?"当我发誓我什么也不知道的时候,他们会惊奇地看着我,好像我是这个世界上最有城府和最讳莫如深的人。

唉!在这些微不足道的事情中,我浪费了我的一天,只能一遍又

---

① 利波墙是战神广场附近的一个法庭,曾被雷电劈过,罗马人用墙把它围起来,视作神圣之地。——英译者

② 指贺拉斯自己。——译者

一遍地祈祷:"哦,乡村的家,什么时候我能再次见到你!什么时候我才能享受到那份忘记生活烦恼的宁静,时而看看古书,时而睡觉和休闲!什么时候我才能吃到毕达哥拉斯的同胞——豆子①,还有用肥嫩的咸肉调味的蔬菜!哦,神圣的夜晚和神圣的宴会!"在我的家神面前,我和我的朋友一起吃饭,献祭之后,把剩下的酒菜赏给粗鄙的奴隶。每个客人都随心所欲,把大杯或者小杯的酒一饮而尽,不受疯狂的酒律的约束,能喝的人勇敢地喝光一满杯烈酒,不能喝的人按照他的意愿喝更温和的酒。然后,我们开始闲谈,不是关于别人的宅子和地产,不是关于莱波斯的舞跳得好坏,而是讨论一些我们更关心的事情,讨论一些如果被忽视就会有危害的问题——能使人快乐的是财富还是美德,我们交朋友是出于私利还是出于仰慕别人正直的品德,善的本质是什么,善的最高形式又是什么。

在讨论这些严肃话题的间隙,我的邻居塞尔维乌斯一口气讲出了一个流传已久的民间故事,和这个主题很贴切。如果有人羡慕阿雷里乌斯的财富,而意识不到它带来的困扰,他便开始说道:"很久以前,有这样一个故事,一只乡村老鼠在它的破洞里款待一只城市老鼠,主人和客人都是老朋友了。乡村老鼠是个刻薄的家伙,平时非常节俭,然而却十分好客地倾尽所有来招待客人。简单点儿说,它既不吝惜贮藏的野豌豆也不吝惜长燕麦,还拿出了从嘴里省出的葡萄干和咬了一小口的熏肉,很想用变着花样儿的饮食来让挑剔的客人满意,但客人尝遍美味的牙齿对这些食物一口没动。主人则靠在新鲜的稻草上,吃的是粗糙的小麦和黑麦,把美食留给了它的朋友。最后,城市老鼠冲他喊道:'我的朋友,生活在陡峭的山脊上,过着这样艰苦的生活,你还有什么乐趣呢?你难道就不羡慕城市里的生活吗?听从我的建议吧:跟我走吧。因为大地上所有的生物都是肉体凡身,不管是伟大者

---

① 毕达哥拉斯禁止人们吃豆子,就如同禁止人们吃肉一样,他认为人们会转世成这些动植物。——英译者

或是渺小者都不能逃脱死亡，所以，善良的先生，只要有可能，你就要享受快乐的生活，你要意识到你的有生之年是多么短暂啊！'这些话打动了乡村鼠，从它的洞里一跃而出。两只鼠开始踏上了计划的旅程，经历千辛万苦，终于来到城下，趁着夜幕降临偷偷地爬进城里。

"半夜的时候，两只鼠在一处富有的宫殿驻足，象牙做的躺椅上铺着猩红的椅垫，光彩熠熠，前一天晚上举行盛大宴会剩下的食物堆在一个个篮子里。城市鼠让乡村鼠躺在铺着猩红椅垫的躺椅上，而它则像侍者那样忙着，一道一道地上菜，做的全是家养奴隶所做的事情，首先要尝一尝它端上来的食物。而乡村鼠则悠闲地躺着，享受着改变的命运，沉浸在美酒佳肴中，扮演着快乐的客人的角色，这时候，门的一声突然巨响把它们从躺椅上惊吓下来。在惊慌失措中，它们四处乱窜，当高高的宫殿回响着莫洛西安猎狗的吠叫声时，它们更是害怕。农村鼠说道：'我过不惯这样的生活，再见，我的城市朋友。在家乡的树林和洞里，我是非常安全的，没有任何危险，住在那儿，哪怕吃平常的野豌豆也能使我满足。'"

七、只有智者是自由的

达乌斯——我一直在听，想要对你说一些话，但作为奴隶，我不敢。

贺拉斯——是达乌斯吗？

达乌斯——是的，我是达乌斯，一个忠于主人的奴隶，非常诚实——就是这样的，你不必认为这样的奴隶太好了而应该死去。①

贺拉斯——说吧，用农神节的特许，既然我们的先祖制定了这个特许令，你就随便说吧。

达乌斯——一些人坚持对邪恶的钟爱，确定目标后就绝不动摇；大多数人都会动摇，时而坚持正确的道路，时而又误入歧途。普里斯库斯，经常戴三个戒指来吸引别人的注意，但曾有一段时间，他不戴任何戒指，②他的生活是这样的变化无常，他愿意每个小时都换他托加上的带子③。他有时候住在一幢非常豪华的宅子里，有时候却喜欢居住在污秽的陋室里，即便是体面一点儿的被释奴住在那儿也感到羞耻。他不断地变换身份，有时他选择成为罗马的放荡游民，有时又作为智者出现在雅典——他出生的时候受到威耳廷努斯的有害影响，使他变化无常。哗众取宠的被保护人沃拉尼里乌斯得了痛风，这使他的指关节瘫痪，他雇了一个替他捡骰子并把它们掷进盒子的人，按日支付给这个人工资。尽管他一直坚持邪恶，也比那些善变的人快乐，比

---

① 在古罗马也有好人早死的说法。——英译者
② 在古罗马，戒指戴在左手上，只有花花公子才戴不只一个戒指。——英译者
③ 托加带子的宽度用以区分不同等级：元老的带子较宽，骑士的带子较窄。——英译者

他们更幸运，那些脖颈被绳子套住，一会儿想挣脱使绳子紧绷，一会儿又放弃挣脱使绳子松弛下来的人是非常痛苦的。

贺拉斯——你这个骗子，告诉我这么多胡话，你究竟想说什么？

达乌斯——我就是在说你！

贺拉斯——你说这话是什么意思？混蛋！

达乌斯——你总是赞扬古人的好运气和好传统，但是某个神要把你从现在带回到过去的好日子，你会坚决拒绝。或者是因为你并不认为你所倡导的生活模式一定是好的，或者是因为你不知道如何有力地捍卫美德，尽管你想把陷入沼泽中的脚拉出来，但却是徒劳的。在罗马的时候，你渴望乡村生活，在乡村的时候，你却又极力地颂扬远方的城市，你真是个变幻无常的家伙！当没有人邀请你去吃晚餐的时候，你就夸奖你平时吃的蔬菜，就好像有人用锁链硬拉着你去外面喝酒一样，你说自己是幸运的，不必到外面去喝酒。但如果梅塞纳斯在夜晚点灯前的最后一刻邀请你去赴宴，你是怎样喋喋不休的："没有人给我拿灯油来吗？你们听见了吗？"就这样你大声叫骂，匆匆离开。穆尔维乌斯和那些食客不得不告辞，并且在私下里诅咒你，我最好不重复那些咒骂的话了。穆尔维乌斯说："是的，没错，我承认我是一个善变的人，被胃的欲望所驱使，我撅起鼻子闻着厨房的香味就赶来了。我胆小、懒惰，如果你想再加上一条，我还是一个酒鬼。但是你，和我是一丘之貉，甚至比我更差，可你为什么像个好人一样咒骂我，用华丽的言辞来掩盖你的邪恶？"假如有人发现你比我——你花五百德拉克玛买来的奴隶——还要愚蠢怎么办？不要用那种表情来吓唬我，收回你的手和愤怒，这些教诲是克里斯皮努斯的看门人教给我的。

你被有夫之妇迷住，我达乌斯却被一个可怜的妓女迷住。我们两个谁更应该受到惩罚？当我被强烈的本能驱使而享受性爱的时候，那个女人也同样在享受性爱。在我离开的时候，我既不担心谣言，也不担心有比我更富和更帅的人会占有这个女人。但是你，当丢弃你的标记——代表你骑士身份的戒指和罗马托加——从一名法官变成一个地位低下的奴隶,用头巾遮住你涂粉的头,你难道不是你所装扮的人吗?你充满恐惧地进入房间,当你的恐惧和性欲做斗争的时候连骨头都在颤抖。以下这些惩罚对你来说又有什么区别:被卖为角斗士,被鞭笞或者被用剑杀掉,或者你成了女主人的情人,被耻辱地藏在了密室;女仆意识到了她女主人的错误,把你偷偷带走,你会把你的头屈辱地埋到你的膝盖之上吗?做错事的主妇的丈夫不能用法律的力量来惩罚你们吗?尤其是对引诱者的惩罚,难道不是正当的吗?然而女主人并没有改变任何装扮和身份,犯的错误也不如你的严重;因为女主人对你的爱存有疑虑,并不信任你。你愿意戴着枷锁,把你的财产、你的身体、你的名誉和你的生命都交给暴跳如雷、怒火中烧的女主人的丈夫来处置吗?

假使你逃脱了惩罚,在这次教训之后,我本以为你会变得有经验和谨小慎微。事实上你没有,你还会寻找机会去让自己恐惧,再次面对毁灭,哦,你真是不折不扣的奴隶!已经冲破束缚成功逃脱的野兽还会再固执地回到牢笼吗?你说:"我不是通奸者。"事实上,我也不是贼,我明智地从你的银盘旁经过。不要再冒险,人如果不能克制自己,骄纵的天性就会马上跃出。你还是我的主人吗?既然你屈从于这么多的人和事——罗马官员的束棒已经触碰过你三四次了,你还没有摆脱可耻的恐惧吗?还有一点非常有说服力:一个服从奴隶命令的人是奴下奴,这是你们的说法,也可以被称为奴隶伙伴,这不就像你和我的关系一样吗?尽管你可以命令我,你却是另一个主人的奴隶,你就像牵在别人手中的木偶一样。

那么谁是自由的人?智者,他是自己的主人,贫穷、拘役和死亡都不能把他吓倒,他勇敢地克制自己的激情,鄙视权势,他自我圆满,平滑圆滚,任何东西都不能在外部站上他光滑的表面,向他进攻的命运女神也徒劳而返。

你能在你自己身上找到哪怕一条这样的品质吗?一个女人会向你

要五塔兰特，折磨你，当着你的面把门关上，用冷水泼你，然后再让你回来。把耻辱的轭从你的脖颈取下，大声说："我自由了，我自由了。"但你却不能这样说，因为你有一个严厉的主人，骑在你的灵魂之上，用马刺扎你疲惫的身躯，按照他的意志驱使着你。

哦，疯狂的人，当你在保西阿斯的画前被迷住的时候，你所犯的错误并不比我小，我痴迷于福尔维乌斯、鲁托巴和帕西德阿努斯格斗的画，这些角斗士紧绷着双腿，膝盖弯曲，被红色的粉笔或木炭刻画得栩栩如生，挥舞着武器劈刺和格挡，就像真正的格斗一样。我们虽然同样在赏画，但达乌斯被认为是一个游手好闲的人，而你却被说成一个敏锐的评论家和专业的古董鉴赏家。

如果我不能抵制献祭糕饼香味的诱惑，就是一个一无是处的人；但是你——具有崇高美德和英雄意志的人，能够抵制丰盛晚餐的诱惑吗？为什么同样是遵从肚子的召唤，而我却要付出沉重的代价？我的背毫无疑问受到了惩罚。为什么当你追求那些价值不菲的美食的时候，却能逃脱惩罚？事实上，那些盛宴和无休止的放纵已经使你苦不堪言，你的体重大大增加，你虚弱的双腿已无法支撑你病态的身躯。一个奴隶在夜晚用偷来的刮刀换取一串葡萄就是罪过吗？和那些把地产卖掉来满足食欲的人相比，奴隶的这点儿罪过又算得了什么？还有，你不能自己独处，哪怕仅仅是一个小时，你不知道如何利用好自己的闲暇时间，因此你四处躲避，就像逃跑的奴隶和流浪汉一样，时而饮酒，时而酣睡，就是为了摆脱烦恼。但这一切都是徒劳的：黑色的伴侣会缠住你，追踪你的行程。

贺拉斯——我在哪儿能找到石头？

达乌斯——干什么用？

贺拉斯——在哪儿能找到箭？

达乌斯——这个人在胡说，或者在作诗。

贺拉斯——如果你不快点儿离开，你将成为我萨宾农庄的第九个劳力。

贺拉斯诗选

八、晚宴上的狼藉

　　贺拉斯——你和富有的纳西迪埃努斯[①]一起吃晚饭,感觉怎么样?昨天,当我想邀请你作为我的客人的时候,我被告知你自从中午就一直在参加宴会。

　　方达尼乌斯——这真是我一生中参加的最好的一次宴会啊。

　　贺拉斯——如果你不介意的话,能告诉我满足你们食欲的第一道菜吗?

　　方达尼乌斯——首先,上了一只野猪。是在和缓的南风吹拂的时候捕猎的,盛宴的主人对这一点津津乐道。在它周围有辣芜菁、莴苣和萝卜——如果你没有胃口,这些可都是开胃菜,另外还有泽芹、腌鱼和科斯酒糟。当这些菜被吃完之后,一个穿短衣的奴隶用紫色的餐布把枫木桌子擦干净,另一个奴隶把垃圾和可能冒犯客人的东西全都收走。然后,就像戴着谷类女神神圣标志的阿提卡侍女一样,黑皮肤的海达斯佩斯进来了,拿着卡库班酒,阿尔孔也进来了,拿着希俄斯酒,但没有加入海水。然后,主人说道:"梅塞纳斯,如果阿尔班酒或法勒尼安酒更适合你的口味,我们都有。"

　　贺拉斯——啊,这就是拥有巨大财富的痛苦!但是,方达尼乌斯,我非常想知道,参加这场宴会都有谁,和你共度如此美妙的时光。

　　方达尼乌斯——如果我没记错的话:在右边的卧榻上,我在最顶部,挨着我的是图里的维斯库斯,底部是瓦里乌斯;中间的卧榻

[①] 纳西迪埃努斯·鲁弗斯(Nasidienus Rufus),宴会的举办人。——译者

286

上——从顶至底依次是梅塞纳斯、威必迪乌斯和巴拉特洛，后两人并不在被邀之列，他们是同梅塞纳斯一起来的；左边的卧榻上——宴会的主人纳西迪埃努斯坐在中间，卧榻的顶部是诺曼塔努斯，底部是波尔西乌斯。① 波尔西乌斯一口吞咽整个奶酪蛋糕的举动让我们大笑不止。如果碰巧有什么东西我们没有看到，诺曼塔努斯就会用他的食指指给我们看；我们剩下的这些家伙——对这些菜一无所知的人——大口吃着和我们平时熟悉的味道有很大区别的禽肉、牡蛎和鱼；诺曼塔努斯让我吃欧鲽的内脏和酱汁大菱，我虽从来没吃过这些菜，但从一开始我就知道这是什么菜。之后，他又告诉我甜苹果如此之红的原因是因为是在月亏的时候采摘的。如果你能当面问他，他的解释肯定比我现在说得更有道理。

威必迪乌斯对巴拉特洛说："如果我们不把他喝得破产，我们就死不瞑目。"然后就要求换大杯。这时，主人的脸色开始变白，他对喝醉的人十分恐惧，或是因为他们太随意地作弄别人，或是因为烈酒让味觉变得麻木。威必迪乌斯和巴拉特洛把一整瓶美酒倒进了阿里费大杯中。所有的客人都依样而做，只有在下座躺椅上的客人除外，他们无意冒犯主人。

然后上来的是八目鳗，在一个大浅盘中平铺着，虾装点在它的四周。主人说道："这是产卵前捕的，如果晚一点儿捕，味道就不那么好吃了。酱汁的成分如下：维纳福鲁姆的初榨油，西班牙鲭鱼的鱼子酱，在煮这种汁的时候，还要倒入意大利产的五年的陈酒——如果煮过之后再放酒的话，最好用希俄斯酒——还要加入白胡椒和用莱斯博斯岛葡萄酒发酵的醋。我是第一个指出应该用绿色的芝麻菜汁和苦的土木香汁煮酱汁的人，而库尔提卢斯会用没有洗过的海胆，因为海洋里的贝类动物产生的汁液要胜过海水。"

---

① 古罗马餐厅一般放置三个卧榻，每个卧榻上坐三人，主人及其门客坐左边的卧榻，客人坐中间和右边的卧榻。——译者

这时天棚掉了下来，砸坏了菜盘，到处都是黑尘，比坎帕尼亚平原在北风吹起时的状况还要严重。我们担心更严重的情况，结果发现并没有危险。鲁弗斯低头哭泣，就像他的儿子因厄运而夭亡。要不是诺曼塔努斯像哲学家那样安慰他的朋友，谁知道鲁弗斯什么时候能平静下来呢？听听诺曼塔努斯安慰的话："啊，命运女神，什么样的神对待我们比你更残酷！你怎能以捉弄人的命运为乐！"瓦里乌斯勉强用餐巾忍住了笑。冷笑一切的巴拉特洛说："这就是人生的含义，你所得到的奖赏绝不等同于你的付出。想一想吧，为了我在这里放纵享乐，而主人你却备受痛苦和焦虑的煎熬：面包可别烤焦了；酱汁可别调坏了；为我们服务的奴隶应该整装待命！危险也无处不在，比如就像刚才掉下来的天棚或者不小心摔倒的蠢笨奴隶打碎了菜盘！但招待客人的主人就像一个将军一样：不幸往往使他的才华得以彰显，而好运往往埋没了他的才华。"听了这些话，纳西迪埃努斯说道："希望神给予你所期望的一切，你是多么和蔼和有教养的客人啊！"然后叫奴隶把他的拖鞋拿来。这时你会看到躺椅上的客人们用轻声的耳语交换着秘密，发出嗡嗡声。

贺拉斯——没有任何表演比这更吸引我了，但你一定要告诉我接下来还有什么可笑的吗。

方达尼乌斯——威必迪乌斯问奴隶酒壶是否也被打碎了，因为他让奴隶倒酒的时候，奴隶并没有给他倒；当我们听着巴拉特洛讲的不太好笑的笑话时，纳西迪埃努斯回来了，和刚才相比完全是另一副表情，好像用技艺修补了不幸。他后面还跟着奴隶，抬着大浅盘，上面放着鹤的肢体，撒着盐和粗碾的谷物；还有吃无花果长大，非常肥硕的白鹅的肝脏；还有被撕下来的野兔的前腿，比腰部的肉吃起来更加可口；然后上来的是烤画眉的胸脯肉和没有尾部的鸽子——真是美味啊，要是宴会的主人不介绍每道菜的来历和特点就好了。为了报复他喋喋不休地介绍每一道菜，我们一哄而散，什么也没有吃，就好像这些诱人的美味被卡尼迪亚吃过，比非洲的毒蛇更加可怕。

诗体书简(第一卷)

一、致梅塞纳斯

　　梅塞纳斯，你是我最早诗歌的主题，也会是我最后诗歌的主题，你想把我再次送进我曾经学习过的角斗士学校，但我已在战斗中经受住了考验，已经获得了木剑，顺利毕业了。年龄变化了，我的思想也不可能停留在原来的阶段。维阿尼乌斯把他的武器挂在大力神的门上，然后就在乡村隐居了起来，不必在竞技场边一遍又一遍地恳求观众。竞技场上一直有人在我耳边喋喋不休："明智一点儿吧，快点儿给你的老马解鞍下辔，以防它在嘲笑声中绊倒拉伤了肌肉。"

　　所以现在我把写诗和其他创作都放到了一边。正确和得体是我的目标和追求，也是我全身心投入的事业。我一直在积攒知识，以求有一天我能用得上。你或许要问：谁是我的保护人？我住在哪里？我不会向任何主人宣誓效忠，不管哪里有暴风雨，我都会平安无事。现在我广泛地参与社会生活，投入到公民生活的大潮中去，成为美德的坚强捍卫者和忠实追随者。现在我偷偷地皈依了阿里斯提普斯的准则——让这个世界屈从于我，而不是我屈从于这个世界。

　　就像夜晚对于那些妻子有不忠行为的人显得非常漫长一样，白天对于那些受雇的人也显得非常漫长；就像在严厉母亲监视下的孩子一样，他们感觉到时间是如此难熬。如果我做着类似的工作，这些工作会阻滞和制约我实现精力充沛地为人谋利的希望——不管是为穷人还是为富人，那么在这些工作上所花的时间就无聊且无意义，如果忽视这一点，则对年轻人和老年人都有害。现在我所能做的，只是用这些可怜的理论来指引和安慰我自己。你可能不能用你的凡眼看得像林瑟斯那样远，但你不能因此就鄙视他。你可能不希望有像不可征服的格莱康那样健壮的四肢，但你也同样不希望你的身体长出毒瘤。尽管不能走出很远，向前走几步也是有意义的。

你的胸中正燃烧着贪婪和卑鄙的妄羡吗？这儿有一些法术和咒语可以缓解你的痛苦并把你的病治愈。你有满怀的抱负吗？如果你满怀虔诚，在圣洁的仪式上把这本小册子上的内容读三遍，就会有某种特定的魔力能重新塑造你。尽管你受制于嫉妒、愤怒、懒惰、美酒和邪恶，但没有人凶蛮到不可驯化，只要这个人耐心地竖起耳朵。

远离邪恶是美德的开始，摆脱愚蠢是智慧的开始。你竭力用焦虑的思想和生命的冒险来避免那些你认为最严重的灾祸——财产微薄和选举落败。你是激情洋溢的商人，从来没有停止过你的脚步，你远涉最遥远的东印度群岛，不辞辛苦在海洋、岩石和火焰间周旋，就是为了摆脱贫困。别再愚蠢地关心那些你羡慕和渴望的事情，你会拒绝向一个比你聪明的人学习吗？你会拒绝听从他的意见并信任他吗？在村戏中或在十字路口比赛的摔跤手，如果不用费力就有希望获得代表更高规格奖赏的棕榈枝的荣誉，他们又怎能鄙视在奥林匹克的盛会中加冕？

金子比银子更贵重，而美德比金子更贵重。"啊，罗马公民啊，你们首先追逐的是金钱，在金钱之后才是美德。"这是"两面神"的拱廊从头到尾所宣布的，对此，"把石板和书包挎在左臂"的上学的孩子——无论是老生和新生同样可以吟唱。纵使你有良知、道德、雄辩和荣誉，但是你还差六七千塞斯退斯才够四十万塞斯退斯[①]，那么你也只能位列群氓之中。然而，玩耍的男孩却在喊："如果你做正确的事，你就会成为国王。"让这成为我们的铜墙，让我们的心灵无罪，让那些会使我们脸色苍白的恶行远离。

一定要告诉我下面哪一个是正确的——罗斯西乌斯法案，还是把

[①] 骑士阶层的最低财产要求是四十万塞斯退斯。——英译者

王国交给做正确的事的人的孩子们的歌谣,这个歌谣曾经是非常男子气的库里乌斯和卡米卢斯反复轮唱的。这是好的建议吗?——如果有人让你"如有可能,则诚实赚钱;如不可能,则不择手段",这种观点和普皮乌斯的悲剧所反映的观点相近;或者有人帮助你,给你提出建议,鼓励你要挺直身子站起来,不受任何约束,反抗命运女神的不公。

但是罗马人可能要问我:为什么我和他们走在相同的柱廊,却会有不同的观点呢?为什么我要拒绝追求他们所爱,又拒绝回避他们所恨呢?我会用古老寓言中精明的狐狸回答病狮的话来回答你:"因为这些脚印吓坏了我,它们通向你的巢穴,没有人能再回来。"你就像一只多头的怪物,我为什么要追随你?一些人急于获取国家的税收,一些人用珍品和果实俘获吝啬的寡妇,一些人诱惑老人来聚敛他们的财产,他们的钱财会因看不见的利息而增长。

但人会受各种不同的目标和爱好所影响,一个人能坚持爱一个东西一个小时吗?"世界上没有一个海湾能胜过美丽的巴亚海湾。"如果富人曾经说了这些,那么湖泊和海洋就因主人对巴亚海湾的热切幻想而遭殃;但病态的奇想如果给了他预兆,他就会哭诉道:"小伙子们,明天你们拿着工具去特努姆吧。"如果他的大厅里有一张婚床,他就会说:"单身的生活是最好的生活。"如果没有这张婚床,他就发誓说只有结婚的人是幸福的。用什么样的结,我能抓住善于变脸的普罗特斯?那穷人会怎么样?让你见笑了,他们和富人并无两样!他们不断更换阁楼、床、浴室和理发师。他雇了一艘船,得了和驾私人游艇游玩的富人一样的病。

如果愣头的理发师给我理了发,你看到了我,你会大笑;如果在新外套里面,我穿了一件破衬衣,或是我的长袍坐得满是皱纹,你也会笑。当我的判断在努力地挣扎,鄙视它所渴望的,重拾原来它所摒弃的,你会怎么看呢?如果意志像潮水一样变幻,在整个人生中都处于混乱状态,推倒又重建,把方的变成圆的,你又会怎么看呢?你认为我的疯狂是正常的，既不笑我，也不认为我需要法庭委派的医生或监护人，尽管你是我的财产守护人，但如果我缠住你不放，什么事情都依赖你，你也会像剪错了指甲那样爆发。

总之，聪明的人是仅次于朱庇特的人。他富有、自由、荣耀并且美丽，是国王中的国王，除此之外，他还必须健康和明智，能顺利从流感中康复！

二、致洛里乌斯·马克西姆斯

洛里乌斯·马克西姆斯，当你在罗马雄辩的时候，我一直在普雷尼斯特重读写特洛伊战争的荷马的作品。荷马告诉我们什么是正义的，什么是邪恶的，什么是有帮助的，什么是无助的，比克吕西普斯和克兰托尔的作品要清晰和好看。我为什么突然想到这个，让我告诉你，除非有什么东西能吸引你的注意力。

这个故事告诉我们，因为帕里斯的爱①，希腊在一片外国的土地上进行了一场艰苦的战争，满足了愚蠢的国王和人民的激情。安特诺尔建议去除战争的根源②，帕里斯怎么说的？他说不能为了维护稳固的统治而放弃快乐的生活。③ 涅斯托耳急切地想平息珀琉斯的儿子和阿特柔斯的儿子之间的战争④。一个人点燃的爱火，会让两个人愤怒。⑤ 国王犯了什么错误，希腊人这样惩罚他？因为内讧、狡诈、犯罪、贪婪和愤怒，特洛伊城内的特洛伊人和特洛伊城外的希腊人都在走向错误。

另一方面，通过尤利西斯，荷马以一种有教育意义的形式向我们展示智慧和美德的力量。尤利西斯——这个特洛伊的征服者，用审视的眼光看着这座城市和许多人的行为，为自己和战友能渡过汪洋的大海返乡而艰难跋涉，也遭受很多磨难，却始终没有被大海所吞噬。你

---

① 特洛伊王子帕里斯带着斯巴达王的妻子海伦私奔，这是特洛伊战争的导火索。——译者
② 他建议把海伦归还给希腊人。——英译者
③ 指迫于压力归还海伦。——译者
④ 指阿喀琉斯和阿伽门农之间的战争。——译者
⑤ 指阿喀琉斯对布里塞伊斯的爱让阿喀琉斯和阿伽门农两个人愤怒。——译者

知道塞壬的歌声和锡西的杯，如果他和他的战友因为愚蠢和贪婪被这些东西诱惑，他早就成了妓女的丑陋而愚蠢的仆从，生活也会像肮脏的狗或爱母马的母猪那样。我们是生下来就消费大地果实的普通人，就像佩内洛普的那些懒惰的求婚者和阿尔西诺斯的那些忙于保养自己身体的年轻奉承者一样，引以为豪的事情就是睡到中午，和着乐器的声音平息忧愁。

抢劫者在夜晚蜂拥而起，割开人们的喉咙。为了保命，你难道不想醒来吗？你如果不想趁健康的时候逃走，难道想在得水肿的时候不得不逃走吗？因此，如果你不在黎明之前要一本书或一盏灯，如果你不把你的思想致力于光荣的学习和追求，嫉妒和激情就会一直让你保持清醒并且折磨着你。你总是匆忙地移除伤害眼睛的东西，但是如果什么东西咬噬着你的灵魂，难道你要推迟到明年再去治疗吗？好的开始等于成功的一半，要敢于聪明起来，现在就开始！推迟开始正确生活的人就像等着河水凝固的乡巴佬：河水在流淌，它将来还会流淌，永远波涛汹涌。

我们追求金钱和一个富有的妻子为我们生孩子，野生的树木也被我们的垦殖驯化。但如果我们已有足够多的财富，我们就不再觊觎任何东西了吗？房子、土地、成堆的铜或者金子都不会把拥有这些财富者从严重的高烧中解救出来，也不会让他们的头脑停止忧虑。如果拥有者想享受他所积攒的财富，他就必须身体健康。对于那些怀有恐惧和觊觎的人，房子和财富能带来许多快乐，但这些身外之物就像美丽的图画让患有眼疾的人欣赏，也如患有痛风的人享用暖脚器，或者失聪的人欣赏动听的音乐一样。除非容器是干净的，否则无论往里面倒什么都会变得浑浊。

蔑视享乐吧，能带来痛苦的享乐是有害的。贪婪的人总是所需甚多：对你的欲望一定要有所限制。当邻居的财产增加的时候，嫉妒的人就因忧虑而变得消瘦，嫉妒这种折磨是西西里的暴君也想不到的最残酷的刑罚。不能控制自己愤怒的人希望被自己愤怒的情绪激起的火花永不平息，很快他就会因自己不平的仇恨而招致武力的惩罚。愤怒是短命的疯狂，一定要控制你的激情，因为如果它不服从你，它就要命令你。我祈祷：你一定要给它套上笼头，一定要用锁链来抑制它。

  当小马的脖颈还很嫩的时候，它是善于学习的，马夫训练它的方法就是要它按照骑手的命令来行动。猎狗在庭院中第一声吠叫的时候，就要让它适应在森林中捕猎。现在，虽然你还很年轻，但要用纯洁的心好好体会我的话，要让你自己做得更好。酒坛会长久地保持第一次装的那种酒的芳香。但是如果你落在后面，我不会等你；如果你精力充沛地走在前面，我也不会紧迫地去追赶你。

三、致尤里乌斯·弗洛卢斯

　　尤里乌斯·弗洛卢斯，我非常急切地想知道：奥古斯都的继子——提比略在世界的哪个地区打仗？你们都到过哪里？色雷斯？冰雪覆盖的赫布鲁斯河？双塔①之间的海峡？亚细亚肥沃的平原和山地？

　　博学的智囊团正在编写什么作品？这也是我想知道的。谁在负责记录奥古斯都的功绩？是谁能让遥远的后世知晓他战争与和平的事迹？提提乌斯在写什么作品？不久他会经常被罗马人提起，他既不畏惧葆有品达春天般的诗情，也敢公然藐视长久以来形成的写作传统。他身体怎么样？他想到我了吗？他是否尝试根据诗神的喜好把底比斯的手法融入拉丁诗歌？他是否把悲剧艺术运用在他的诗作之中？塞尔苏斯在忙什么？我曾经警告过他，而且我必须经常警告他要寻找自己的写作宝藏，不要去触碰在帕拉丁山上的阿波罗图书馆已经得到认可的作品。以免有一天鸟群来认领它们的羽毛，可怜的乌鸦只能脱下偷来的光鲜羽毛，成为别人的笑料。你在做什么？你像蜜蜂一样在采什么样的蜜？你非常有才华：你要好好耕耘这片沃土，以免它杂草丛生，破败不堪。不管你的伶牙俐齿用来在法庭上辩护，或是在实践中对公民法案提出意见，或是吟诗作赋，你都会冠绝群伦。如果你能放下忧虑——你思想上的冷敷，你就会到达天堂的智慧所指引的地方。只要我们忠于国家和自己，这个任务和目标会让我们热切追求，不管是小人物还是大人物。

　　当你回信的时候，一定要告诉我——你是否尊敬本来你该尊敬的

---

① 指赫勒斯滂海峡两侧的西洛塔和利安德塔。——英译者

穆纳提乌斯。或者你对他的友谊，就像没有缝合的伤口，并没有很好地愈合就再次裂开？你们就像两匹不断摇动脖颈的没有被驯服的野马一样，是热血澎湃还是不谙世故使你们这样刚烈？不管你们俩在哪里——两个如此优秀的人都不该割断兄弟的情谊，我盼望你能顺利归来，到时候用于祈愿的小母牛就会长膘。

四、致阿尔比乌斯·提布卢斯

阿尔比乌斯，我讽刺诗的公正的评论家，我想知道你现在在佩德姆的乡村做什么——写一些胜过帕尔马的卡西乌斯的作品？或者在有利于健康的森林中悠闲地散步，思考一些值得智慧和善良的人去考虑的问题？你永远都是灵魂与身体同在的人。神赐予了你美貌，赐予了你财富，赐予了你享乐的艺术。如果一个婴孩将来能正确地思考并表达出他的想法，魅力、威望、健康、体面的生活和永不枯竭的财富统统都降临在他的身上，那么哺育者还能为他祈祷什么？

在这个希望与忧郁并存，恐惧与激情同在的世界，如果你把迎来的每一天想象成你生命中的最后一天，那么这一天之外的一个小时就会让你惊喜不已。当你想笑的时候，就来看看我吧，你会发现我保养得很好，肥胖圆滚，就像伊壁鸠鲁畜群中的猪一样。

五、致托尔夸图斯

托尔夸图斯，如果你愿意坐在我的餐桌边靠着阿基亚斯躺椅，也不厌恶只有各种蔬菜的"简朴的晚宴"，那我希望你天黑的时候能到我家来赴宴。你会喝到在陶鲁斯第二个执政期时封瓶的美酒——产自沼泽般的闽特内和希努埃萨附近的佩特里努姆之间的地区。如果你有什么好东西，就把它们带过来，不然的话就只能忍受我准备的晚宴了。我的灶台和家具都为你打扫得光亮如新。放弃虚渺的前途，放弃对财富的追逐，放弃摩斯科斯的案子①。明天是恺撒的生日，这是很好的晚起的理由，在这样美好的夏日夜晚，愉快地聊到深夜，我们不会受到任何惩罚。

如果我不利用我的财富，那财富对我来说又有什么用呢？那些为继承人着想而吝啬得锱铢必较的人和疯子没什么区别。我会恣意喝酒和散花，我才不介意别人说我不为将来着想。醉酒之后能创造一切奇迹！醉酒会泄露秘密，让梦想得以实现，把怯懦者推向战场，让焦虑的心减负，教给我们新的技艺。一杯斟满的酒难道不能使你口若悬河吗？即便是入不敷出，清贫度日，一杯酒下肚难道不能让你获得心灵的自由吗？

这是我花钱筹备的宴会——也是我有能力筹备的宴会，更是我愿意筹备的宴会：没有不整洁的桌布，没有让你皱鼻子的肮脏的餐巾，酒杯和餐具光彩照人，忠诚的朋友之间的谈话也不会传到外面，志趣

---

① 摩斯科斯是帕加马的修辞学家，被指控犯有投毒罪，托尔夸图斯正作为律师替他辩护。——英译者

相投的朋友有幸在一起共进晚餐。

我会把布特拉和塞普提西乌斯介绍给你认识，你会非常享受和他们的相处，还有萨比努斯，除非有更好的晚宴和更漂亮的女人让他无法赴宴。我这儿地方足够大，你可以带几个客人同来，但人如果太多的话，难闻的腋窝的气味会让宴会不那么愉快。一定要给我回信，让我知道你希望多少人参加这次晚宴，然后放下你所有的公干，偷偷从后门溜走，躲开大厅中急欲向你咨询的打官司的人。

六、致努米西乌斯

"遇事不惊"——努米西乌斯，这可能是唯一能使人高兴并让人一直高兴的事。只有这样才能毫无恐惧地凝视远方的太阳、星星和会以固定的过程变换的四季。对于可以让远方的阿拉伯人和印度人富有的大地的礼物或大海的礼物，你是如何认为的？对于友好的罗马人的表演、喝彩和喜好，你认为应该怎么看待？该用什么样的才智、感情和眼光来看待？

渴望惊喜的人也害怕惊喜消失：意外之喜会带来麻烦，无法预知的转折会使人惊恐。不管一个人感受到快乐还是悲伤，欲望还是恐惧，当他看到的东西既不比他所期待的好，也不比他所期待的坏的时候，也就无关紧要了，他的眼睛会视而不见，思想和身体也能保持镇定。如果一个人追寻美德超过了合适的界限，那么聪明的人也会被说成疯子，公正的人也会被认为不公正。

现在来吧，带着狂喜来欣赏银盘、古老的大理石、铜制品和艺术作品，"惊奇"于宝石和推罗的印染；当你讲话的时候，为有一千只眼睛看着你而高兴；每天早点儿去广场参政，晚点儿回家，以免穆图斯在作为他妻子嫁妆的土地上收获更多的谷物（真可耻啊！他出身卑微！），以免你羡慕他而不是他羡慕你。时间会给地下埋藏的东西带来光明，也会把现在光彩照人的东西深埋于地下。虽然你经常光鲜地出入阿格里巴的柱廊和阿庇安大道，你最后也必须要走努玛和安库斯曾经走过的路。

如果你的胸部或者肾脏受到了严重疾病的袭扰，就要赶紧用药物来治疗疾病。你想正确地活着(谁不想呢?),只有美德能给予这种恩惠,勇敢地放下琐事开始追寻美德!

如果你认为美德仅仅是一个名字,森林仅仅是柴火。那你就要努力做生意,以免你的对手首先付出努力,以免你失去去西拜拉和比提尼亚的冒险机会。假设你赚了一千塔兰特,第二次又多了一千塔兰特,第三次又增加了一千塔兰特,那你就足够堆成一堆。当然,妻子和嫁妆、信用和朋友、出身和美貌离开钱是不行的,维纳斯也能让那些富有的人优美。卡帕多西亚的国王拥有大量奴隶,却还缺钱,不要像他那样。据说卢库路斯被问到能否借一百件外衣给演出的演员。他回答道:"我怎么能有那么多?但我会找一找,把我所有的都拿出来。"不久后他回信道:"我家里有五千件外衣,是拿一些呢,还是全拿出来?"有一所房子显然是不够的,除非这个人拥有自己都数不清数目的房子,使得窃贼都能赖以发家致富。因此,如果财富本身能够使你快乐并且让你一直快乐,你就第一个去工作,最后一个离开。

如果成功是靠夸耀和名望来衡量的,那我们就买一个记忆力好的奴隶帮我们记名字,他轻推我们的左边,我们就伸出右手和朋友握手。"这个人在法比亚部落有很大的影响,那个人在维里尼部落有很大的影响。这个人会给他喜欢的人束棒,也会毫不犹豫地从他讨厌的人的官座上抢走象牙。"礼貌地根据年龄来加上"哥哥!""父亲!"等称谓,使他们都成了"你们家的人"。

如果好生活就是享用美食,那么天一亮我们就出发,让味觉来引导我们,我们钓鱼,打猎,就像故事中的哥尔吉里乌斯一样。在黎明的时候,他会派遣他的奴隶,拿着猎网和标枪穿过广场上的人群,在同样的人群注视下,一只训练有素的骡子会驮着他刚买的野猪回家。狼吞虎咽下不易消化的食物之后,让我们入浴,忘记什么是得体的和什么是不得体的,应该像卡埃雷人那样被剥夺公民权,或者像伊大卡的尤利西斯的邪恶水手一样,对他们来说,饕餮的欢娱比家乡还要亲切。正如米姆奈尔姆斯所持的观点一样,如果没有爱和愉悦,就没有快乐，要生活在爱和愉悦之中。

祝你好运，再见。如果你知道什么训诫比这些训诫要好，把它寄给我，我的好朋友。如果没有比这更好的训诫，那就和我一起来遵循这些训诫吧。

七、致梅塞纳斯

我在乡村会住一周——这是我的承诺，但我食言了，整个八月都不在罗马，理应受到指责。但我知道你希望我生活得很好并且身体健康，当我生病的时候，你对我非常有耐心，所以当我极力避免生病的时候，我同样希望你能有耐心，这个时候因中暑和吃未成熟的无花果而死亡的人使得殡仪人员和他穿黑衣的侍从异常繁忙，这个时候每一个父亲和慈爱的母亲都因担心孩子而脸色发白，这个时候勤勉工作和在广场上做小生意都能引起发烧甚至导致死亡。但是一旦冬天来到，白雪铺满阿尔班的原野，你的诗人就会去海边放松，蜷曲而卧专心读书。亲爱的朋友，如果你允许，他将会在和煦的春风吹起的时候，和春燕一同归来，到时候他一定会拜访你。

你使我致富的方式和卡拉布里亚人邀请客人去吃梨的方式不一样。"一定要再吃一些。""我已经吃得足够多了。""那好，把你喜欢的都带走。""不，谢谢。""你的小孩儿如果看见你带给他们的小礼物会非常高兴。""我非常感谢你的慷慨，就当我已经带走了全部我喜欢的。""随你吧，如果你不带走，这些梨子今天将会成为猪的晚餐。"愚蠢的挥霍者会赠送他所轻视的和不喜欢的，这种慷慨没有收获任何感谢，也永远不会收获感谢。好人和聪明的人总是准备在值得的事情上提供帮助，他很清楚地知道钱币和筹码的区别。至于我，会让你看到我值得拥有这样一位出色的保护人的品质。但是，如果你想让我永远不离开你，你就必须让我重新拥有强壮的肺，前额上的黑色头发，迷人的辞令和优雅的大笑，还有在推杯换盏间因水性杨花的希娜拉的背叛而流下的眼泪。

　　曾经有一只饿扁了肚子的小狐狸顺着谷仓的窄缝爬进了谷仓,但当它吃饱了想出来的时候,发现已经撑大了肚子,根本出不来,不管它怎么竭力往出挤,都是徒劳。这时,一只从这里经过的黄鼠狼对它说:"如果你想从这里逃出去,你就必须像你当初从窄缝爬进来的时候那么瘦。"如果这则寓言是针对我说的,我就要交还所有从你那里得到的东西。当我吃饱了阉鸡的时候,不会羡慕穷人的睡眠,也不会用我的闲适和自由去交换阿拉伯人的财富。你总是赞扬我的谦逊,你在的时候,我总是叫你"保护人"或者"父亲",你不在的时候,我也不会省略这些尊称。如果你考验我,你会发现我很乐于交还你给我的礼物。记住坚忍的尤利西斯的儿子忒勒马科斯的话:"伊大卡是不适合养马的地方,因为它没有平缓舒展的平原,也没有长满繁盛牧草的草原。阿特柔斯的儿子,我要把礼物交还给你,它们对你来说非常适用。"平凡的事物适合小人物,现在吸引我的不是威严的罗马,而是静静的提布尔和安寂的塔兰托。

　　菲利普斯,著名的律师,是一个活力四射勤奋工作的人,有一天下午很早的时候就离开工作回家了。因为不再年轻,他就发牢骚卡里内离广场太远了,这时,他看到一个脸刮得很干净的人坐在空空的理发店里拿着小刀静静地清理指甲。"德米特里乌斯(这个家伙领会主人的命令非常快),快去问问那个人是谁。他从哪儿来?他是什么阶层的?他的父亲是谁?他的保护人是谁?"德米特里乌斯去问了,回来之后告诉他的主人:"这个人叫沃尔提伊乌斯·梅纳,是拍卖会的拍卖员,财产很少,历史清白,他知道什么时候工作,什么时候休息,什么时候赚钱,什么时候花钱,是个单身汉,朋友中没有大人物,工作忙完之后,他喜欢看马戏表演或者战神广场的竞技。""我想亲自从他嘴里听到这些话,邀请他来吃晚饭。"梅纳简直不敢相信,他惊呆了,百思不得其解。最后,他简练地答道:"不,谢谢。""他拒绝了我吗?""是的,这个放肆的坏蛋,要不是侮辱你就是害怕你。"

第二天早上，菲利普斯碰巧看见梅纳把一些便宜的东西卖给穿短衣的普通百姓，他便主动向梅纳问好。梅纳以工作忙为借口向菲利普斯解释为什么那天早上他没接受邀请，也因没有主动拜访菲利普斯而致歉。"如果你今天陪我吃晚饭，我就原谅你。""可以。""很好，三点以后来吧。现在去卖你的东西赚钱吧！"共进晚餐的时候，梅纳毫无顾忌地说了各种各样的事情，然后就被送回去睡觉了。

从那以后，梅纳忙碌得就像被看不见的鱼钩拉着的鱼一样，早晨还是一个被保护人，现在就成了酒宴的常客，当拉丁节到来的时候，菲利普斯邀请他去自己的一处别墅度假，位于罗马附近。坐在马车上，梅纳不停地赞美萨宾的乡村美景和怡人气候。菲利普斯注意到了这一点，露出了笑容，极力以各种方式减压和放松，送给梅纳七千塞斯退斯，并且还另给了他七千塞斯退斯的贷款，还说服他买了一个小农庄。（不想再用这样杂乱无章的故事占用你太长时间了。）梅纳从衣冠楚楚的城里人变成了农夫，满嘴都是犁地和葡萄园的话题。他准备好了榆木，差点儿死于自己的嗜好，在收获的激情中变老。但他遭遇了厄运：绵羊被盗，山羊死于疾病，庄稼使他的希望落空，公牛因犁地而累死，这一切损失使他近乎绝望，一怒之下，在半夜的时候，他牵出一匹马，骑着它直奔菲利普斯的宅邸。菲利普斯看到他蓬头垢面的样子，喊道："梅纳，你看上去就像一个过于劳累并且过于忧虑的人。"梅纳回答道："天哪！我的保护人，你可以叫我可怜的家伙，这个词再准确不过了。以保护制度精神的名义，以宣誓效忠的右手的名义，以你的家神的名义，我恳求你，让我回到原来的生活吧！"

一个人一旦看到原来的生活胜过现在的生活，就会马上回到原来的生活，并且重拾他所放弃的东西。每个人都应该用自己的准则和标准来衡量自身，这是多么正确啊！

八、致塞尔苏斯·阿尔比诺瓦努斯

啊,缪斯,请一定代我向塞尔苏斯·阿尔比诺瓦努斯——提比略的战友兼秘书问候并致以美好的祝愿!如果他要问你我生活得怎么样,就告诉他除了有很多美好的期待,我的生活既不明智也不快乐。不是因为冰雹砸坏了我的葡萄藤,不是因为酷暑使我的橄榄树枯萎,不是因为我的畜群在远方的牧场生病,而是因为我的精神不像我的身体那样健康,我听不进也学不进任何可以缓解我病痛的建议。我和关心我健康的医生争吵,我迁怒于我的朋友,因为他们急于把我从足以致命的昏迷中救醒,我追求对我有害的东西,躲避对我有益的东西,像风一样变化无常,在罗马我热爱提布尔,在提布尔我又热爱罗马。

然后问问他的健康怎么样,他的工作和生活怎么样,他和提比略及他的随员相处得怎么样。如果他说"一切都好",首先一定要恭喜他,然后逐渐在他耳边提出一些警告:"因为你的运气如此之好,塞尔苏斯,所以我们不得不容忍你。"

九、致提比略

亲爱的提比略，只有塞普提米乌斯明白你是多么看重我。因为他要求我，甚至是哀求我要尽力把他推荐给你，使他能成为热爱美德的提比略的智囊和臣属中有价值的一位。他相信我是你亲密的朋友，对我能力的估量远超我自己。事实上，我对他说出很多理由来表明我不是保荐人的最佳人选，但我担心他会误认为我保留自己的影响力而想为自己谋取好的职位。因此，为了避免上述更为严重的指责，我决定冒昧地厚颜无耻一回来向你开口。如果你能原谅我应朋友之托而不得不妄自尊大冒昧张口，就让他成为你的随员，相信他一定有很好的表现。

十、致阿里斯提乌斯·福斯库斯

我，乡村生活的热爱者，向福斯库斯，城市生活的热爱者，致以亲切的问候。在这一点上，我们有很大区别，但是，在其他方面我们却看法一致，就像双胞胎兄弟一样心有灵犀——如果一个说"不"，另一个也说"不"。像一对儿老相识的鸽子一样，我们能达成一致。

你住在城市里；我赞扬可爱的乡间小溪、小树林和长满苔藓的岩石。简单点儿说：我一旦离开你怀着极大热情颂扬的城市，就进入了自己的王国，惬意地享受生活。就像祭司的逃跑的奴隶，已经吃厌了献祭的蛋糕，只想吃普通的面包。

如果"更贴近自然的生活"是我们的责任，那么我们的首要任务就是找到一处能建房子的地点，你知道什么地方能比幸福的乡村更合适吗？还有什么地方的冬天比乡村更温和？还有什么能比乡村的微风更能抚慰天狼星的愤怒和狮子座的暴烈——强烈日光的照射几乎使他像受伤的狮子一样发疯？还有哪个地方没有叨扰我们睡眠的忧虑？难道青草在芳香和外观上还不及利比亚的马赛克吗？难道从倾斜的山坡上潺潺流下的小溪不比城市街道上用铅做成的水管里泵出的水更纯净吗？为什么你们要在各式的圆柱中间种树，为什么你们要赞美能看到广袤原野的房子。你可能用干草叉把自然匆匆逐走，然而在你还没有留意的时候，她就已匆匆返回，并且胜利地突破你愚蠢的蔑视。

一个没有技能区分西顿的紫色羊毛和阿奎努姆的染料所染的赝品的人远不如不能明辨是非的人在心灵上所遭受的损失大。一个过分享受命运女神眷顾的人在巨大的变化中会眩晕而不知所措。一旦你对什么事物着迷，你将极不情愿放弃它。远离奢华的事物吧：尽管你的家很简陋，然而在命运的竞赛中，你却能够击败国王和他的朋友。

雄鹿比马善于搏斗，把马从它们共同分享的草原赶走，在这场漫长的斗争中，马向人类求助，自愿接受了嚼子。但在马用一场胜利赶走了雄鹿后，它无法摆脱掉骑在它背上的人类，也无法摘掉套在嘴上的嚼子。因此，因担心贫困而丧失比金钱更宝贵的自由的人，在贪婪中受制于主人，永远地成为了奴隶，原因就是他不知道在贫苦中如何生活。当一个人的财产不适合他的时候，就像穿的鞋子一样——如果太大，就会绊倒他；如果太小，就会挤脚。

福斯库斯，如果你满足于你的财富，你就会明智地生活，而当我无休止地追求财富的时候，你也不会不加劝告而让我一意孤行。积攒起来的钱可以左右人的意志，也可以被人的意志所左右，它的正确位置是应服从拥有者的意志，而不是让拥有者服从于它。

我是在瓦库纳破败的神庙后给你写这封信的，一切都很好，除了没有你的陪伴。

十一、致布拉提乌斯

布拉提乌斯，你认为希俄斯和著名的莱斯博斯怎么样？迷人的萨莫斯怎么样？萨迪斯怎么样？这可是高贵的克罗埃苏斯的家乡。士麦那和克勒芬怎么样？是超过它们的名声还是盛名难副？它们在战神广场和台伯河的溪流旁都会黯然失色吗？或者当你舟车劳顿的时候，被阿塔卢斯的城市所吸引？莱比杜斯赢得了你的赞誉？你知道莱比杜斯是一座比加比和菲德纳更荒凉的城市，但我更愿意住在那儿，忘记这个世界，被这个世界所遗忘，在大地上凝视遥远天边的海神的愤怒。

然而，从加普亚到罗马旅行的人，尽管被雨水溅得满身泥泞，直打哆嗦，也不愿意永久地待在旅馆里，不管旅馆里的暖炉和热水澡有多么舒适。你如果经历风吹浪打的洗礼，安全地到达爱琴海的彼岸，你也不能因此就卖掉你的船，因为你还要乘着它返回家乡。

对于一个健康人来说，罗德岛和米提利尼尽管魅力无穷，但就像夏季的厚大衣，暴风雪中的短裤一样，也如在冬季跳入刺骨的台伯河，或者在炎热的八月点起了火炉。最好的办法是——你可以待在罗马赞扬远方的萨莫斯、希俄斯和罗德岛，命运女神会和蔼地向你微笑！不管神给了你什么样的幸运，要用感恩的心去接受它，而不是一年又一年地推迟着幸福。因此，不管你在什么地方，你都可能说你生活得很快乐。因为理性和智慧让人摆脱了烦恼，而不是一个可以鸟瞰壮观大海的某个地方，跨越千山万水去旅行的人，看到的只是不同的景色，而不会让他们的思想发生变化。我们被无所事事弄得精疲力竭，就不顾舟车劳顿来寻求更好的生活。但如果你能拥有理性的思想，你所追求的事物就在这儿——蛙声一片的乌鲁布雷。

十二、致伊希乌斯

伊希乌斯，如果你能享受为阿格里巴收获的西西里物产所带来的快乐，那么即便是朱庇特也给不了你更多的快乐了。不要再抱怨了，一个人只要拥有享受生活的绝对权利，他就不是贫穷的。如果你的胃、肺和脚都很健康，那么国王的财富对你都是没有价值的。如果你不随波逐流去追求那些奢侈的东西，而是靠荨麻和蔬菜生活，即便是命运女神的溪流突然给你冲来了金子，你也要继续坚持这种生活：一方面是因为金钱不能改变你的本性，另一方面是因为美德在你眼里才是最宝贵的东西。

我们惊奇于德谟克利特的敏捷思想能游离于他的身体，恣意徜徉，而他的牛群吃光了他的庄稼地上的作物。而你虽被想获利的强烈渴望包围，却拥有非常重要的知识，依旧思考一些崇高的主题：为什么海平面不再上升？什么样的力量左右这一年的运势？星星是靠它们自己的意志还是遵循某种规律在运动？什么东西遮盖了月亮，使它处于黑暗之中？什么东西又让人能重新看到它？自然界的不和谐是什么意思？这又会带来什么后果？是恩培多克勒疯了？还是才华横溢的斯特提尼乌斯疯了？

另外，不管你是宰鱼，还是只用韭葱和洋葱来款待格劳斯浦斯，一定要把他当作好朋友，不管他要什么东西，你都要给他；格劳斯浦斯不会有任何不合理的要求。要想赢得一个急需帮助的好人的友谊，你所付出的代价是很小的。

你可能对罗马的情况早有耳闻，坎塔布里亚人已经被阿格里巴的勇气所折服，而亚美尼亚人也被提比略征服，弗拉提斯也已屈膝承认恺撒帝国的统治。丰饶角已把大地的丰富物产带给了意大利。

十三、致维尼乌斯·阿西纳

　　维尼乌斯，就像我多次详细指导你的那样，当你出发的时候，你的使命是要把这些密封的诗交给奥古斯都，如果他很健康，如果他情绪很好，如果他正好主动要这些诗就最好不过了；这样才能避免因你的急切把这件事弄糟——你多管闲事的服务和过度的热情会让他憎恨我可怜的作品。如果扛着我诗集的负担让你精疲力竭，就把它扔掉，千万别像驴一样苦苦支撑把它送到我要求的地点，使你家族的姓"阿西纳"①成为街头巷尾嘲笑的话题。

　　你应该充满力量地越过高山，蹚过溪流，穿过沼泽，最后到达旅途的终点。你一定要注意拿这个包裹的方式——千万不要把这个包裹夹在你的腋窝下，就像一个乡巴佬夹羊羔的方式，或像微醉的皮里亚藏匿偷来的羊绒球的方式，或像贫穷的部落成员被富有的部落成员邀请出席晚餐时，不知所措，自己拿着鞋和毡帽的方式。千万不要告诉别人你大汗淋漓地给奥古斯都送这些他可能非常喜爱的诗。一定有很多爱打听的人询问，不要理睬他们，径直朝前走。出发吧！再见！当心不要摔倒，以免把我珍贵的所托弄碎。②

---

① "阿西纳"的拉丁语为 Asinaeque，有"驴"的意思。——译者
② 古罗马人在树皮上写字，这些树皮在干燥后很容易被弄碎。——译者

十四、致我农庄的管家

我树林和小农庄的管家，树林和小农庄是显示我身份的事业，而你却蔑视它，尽管这里住着五户人家，习惯把五个诚实的长者派往瓦里亚——让我们进行一场比赛，看是我能更勇敢地从思想上根除刺，还是从农庄中剔除你，贺拉斯或他的农庄是否还有好的状态。

对我来说，尽管被拉米亚的爱和悲伤留在此处——他在叹息他的哥哥，而我也在哀悼他去世的哥哥，但回家的想法始终缠绕着我，就像被关在出发闸门内的赛马一样渴望撞门而出。我把生活在乡村的人称为快乐的人，而你却把居住在城市的人称为快乐的人。人都喜欢别人的命运而不喜欢自己的命运。每个人都是愚蠢的，不公平地谴责无辜的地方；是思想中出现了错误，这种错误不会自己消亡。

当你是一个做苦工的普通奴隶的时候，偷偷祈祷，渴望过上乡村的生活。现在，你作为管家，又渴望过上城市的生活，向往竞技场和浴场。对我来说，你知道我是始终如一的，当令人憎恶的生意让我不得不去罗马的时候，我总是忧郁地离开。我们的口味是不一样的：在这一点上，你和我存在区别。你所说的荒凉的不适宜居住的原野，在我的眼里却是美丽的，而你认为美好的城市生活，却是我所憎恶的。我知道是妓院和提供油腻食物的餐馆让你向往城市，而萨宾农庄的一小块地只产普通的辣椒和调料，却不产葡萄，这里也没有能让你开怀畅饮的小酒馆，更没有吹笛的妓女在你跳舞的时候给你伴奏；当你在荒芜已久的土地上辛劳耕作的时候，还要照顾卸掉轭的耕牛，用从树上摘的树叶喂饱它；当你累得要死的时候，一场倾盆大雨不期而至，暴涨的溪流又给你带来新的麻烦,你必须及时疏通沟渠以免河水淹没附近的草坪。

现在让我来告诉你是什么让我们无法达成一致的意见。我年轻的时候,身穿上等羊毛织成的托加,头发油光锃亮,你知道,这样的人物无需任何礼物就可以让贪婪的希娜拉满意,一天到晚都在享用清澈的法勒尼安酒;可我现在却满足于简单的饮食和在小溪边的草地上打一个小盹儿。沉浸在奢华之中并不可耻,可耻的是不能适时地割舍奢华。在乡村,没人用斜视的眼光看我,打扰我舒适的生活,或者在背后对我恶意中伤。邻居们看到我搬动土块或石头,就会直率地大笑。你一直想成为咀嚼着定量配给食物的城里的奴隶,恨不得马上成为他们中的一员;我在罗马的巧舌如簧的家奴却羡慕你有柴火、畜群和花园可以享用。牛懒惰的时候,会羡慕马的行头;马懒惰的时候,会渴望牛的犁铧。我的建议是每个人都该满足地做他擅长的工作。

十五、致瓦拉

　　亲爱的瓦拉，维利亚的冬天怎么样，萨勒努姆的天气怎么样，住在那儿的都是些什么人，那儿的道路情况怎么样——安东尼·姆萨说巴亚的硫黄浴对我没用，不建议我去那儿疗养，因为现在正值隆冬，我需要在冷水中浸泡。当然，巴亚会抱怨人们放弃了那儿的桃金娘树林，轻视了那儿的硫黄浴——据说可以有效地缓解肌肉疼痛；它甚至会愤怒，因生病的人们竟敢一头扎进克鲁西乌姆的泉水中，或者扑向加比寒冷的高原。我必须要寻找一个新的度假地，让马儿经过熟悉的驿站继续前行。"你去哪儿？我可不去库麦或巴亚。"骑手一边大喊，一边愤怒地拉左边的缰绳；但是马只听从缰绳的召唤。在维利亚和萨勒努姆这两个城市中，哪个城市有更好的食物？他们喝贮水箱里的雨水还是喝常年不绝的泉水？（我不喜欢当地的酒，在我的农庄里，我对酒不是很挑剔，但当我去海边时，就需要一些上等醇正的好酒来缓解疲劳，让这满怀希望之流在血管和心中流淌，这会使我滔滔不绝，使我如年轻的小伙子一般对卢卡尼亚的女人有吸引力。）哪个地区盛产野兔？哪个地区盛产野猪？哪个地区的海域有更多的鱼和海胆？这样当我从那儿回来的时候，就会像费阿刻斯人一样肥胖。这些你都要写给我，我会靠你提供的信息做出判断。

　　梅尼乌斯挥霍光了他的父母留给他的所有财产后，取得了一个智者的名声，说白了就是个四处流浪的食客，没有固定的住所，为了一顿晚餐，他就能敌友不分，对任何人都能恶意地捏造谎言。就像市场上刮起飓风一样，他会席卷一切——不管他得到了什么，都给了贪婪的胃。这样的家伙，一旦从为他喝彩的人或者恐惧他邪恶的舌头的人那里一无所得时，他就会大吃牛羊的内脏或便宜的羊羔——这些食物足够让三只熊吃饱。这时，他就声称挥霍者的肚子应该被炽热的铁烙打上烙印，就像贝斯提乌斯的说教一样！然而，同样是梅尼乌斯，如果得到了一大笔奖赏，就会把这笔奖赏用于大吃大喝，花得分文不剩。然后他会说："如果有人挥霍掉了所有财产用于美食，我真的不惊讶，因为没有什么东西能比得上肥美的画眉和母猪的子宫。"

事实上，我就是这样的人。当穷困潦倒时，我就赞扬简单质朴的生活，成为一个朴素的斯多葛主义者；然而当我拥有更富裕的生活时，我却说只有这样的生活才是真正的好生活——大量的奢华之物琳琅满目地摆设在乡村别墅中。

十六、致昆科提乌斯

　　我亲爱的昆科提乌斯，我知道你关心我农庄的状况——耕地出产的粮食够不够吃？橄榄能否致富？是否种了苹果、草坪和藤蔓覆盖的榆树？我将以一种闲聊的方式向你描绘我农庄的特点和位置。

　　那里有绵延不断的大山，一条阴凉的山谷将它一分为二，太阳升起的时候照在它的右侧，太阳神驾着战车离开的时候又温暖了它的左侧。你一定会对这里的景象赞不绝口——灌木丛中是密密麻麻的红红的山茱萸和李子，橡树和冬青用丰满的果实让牛群陶醉，也使主人能惬意地享受浓荫下的阴凉。你会说塔兰托的翠绿正一步步临近。那儿还有一汪泉水，其实把它称为一条河才更合适，即便蜿蜒流过色雷斯的赫布鲁斯河也没有它凉爽与洁净。这汪泉水能治疗很多脑疾和腹疾。我的朋友，这片幽隐之地是这样美好，相信我，它让我着迷，并能使我在炎热的九月依然能保持身体健康。

　　而你呢？如果你努力去过人们认为你该过的生活时，那就是正确的生活吗？所有的罗马人长久以来都认为你是快乐的，但是你千万不要把别人的观点凌驾于你自己的观点之上，也不要认为除了智慧和美德还有能使人快乐的事物，也不能因为人们说你的身体一直很好，就在即将吃晚餐的时候隐藏感冒的事实，直到你油腻的双手突然颤抖。傻瓜才因错误的羞耻来隐藏没有愈合的伤口。

　　假如有人说起你在海洋和陆地上参加的战争，并用下面这些耐听的话来奉承你：

　　"对朱庇特来说，你和罗马都是宝贵的，希望他一定要保守秘密——他是为了你而爱罗马,还是为了罗马而爱你!"

你要知道,这种赞美属于奥古斯都。当你享受别人称你为智慧且完美的人的时候,一定要告诉我,你真配得上这样的称呼吗?"像你一样,我确实也喜欢被称作完美的智者。"但是,今天给你这些称号的人,如果他们愿意,明天就可以拿走。就好像他们把束棒授予了一个人,如果他不称职,他们同样也可以把束棒夺回来。他们会说:"把它放下,那是我们的。"我只能照做,放下了束棒,悲伤地走开。如果这些人在我后面喊"贼!",或者把我称为放荡者,坚持说我勒死了自己的父亲,我难道不会被这不实的指控刺痛而大惊失色吗?几乎所有人都享受不实的荣誉,而恐惧不实的诽谤,除了一无是处的人和病入膏肓的人。

什么样的人是"好人"?"元老院法案的遵守者,许多重要案件的仲裁者,财产安全的担保者,用诚实的证言来捍卫法律的目击者。"①然而就是这样的人,他所有的家人和邻居都能看到他隐藏在华美外表下的邪恶的内心。如果一个奴隶对我说:"我不会再偷盗或逃走。"我的回答可能是:"作为奖赏,你不会再被鞭答。""我从没有杀过任何人。""你不会被绞死在十字架上喂乌鸦。""我是诚实的好人。"我们的萨宾朋友会摇着他的头说:"不是!"因为机警的狼害怕陷阱,鹰害怕可疑的圈套,狗鱼害怕隐藏的鱼钩。好人不去作恶,因为他们热爱美德;你不去犯罪,因为你害怕惩罚;假使有不被察觉的希望,你就敢亵渎神灵。当你从一千摩底的豆子中偷走了一粒豆子,在这种情况下,我的损失是小的,但你的罪过却不小。这个"好人"是广场和法庭上每只眼睛的焦点,当他拿着猪或牛向神赎罪的时候,大声呼喊着"亚努斯"或者"阿波罗",然后就偷偷地嘟哝,恐怕被人听到:"美丽的拉沃娜,一定要保佑我不被发现,保佑我在别人的眼中是公正和正直的人,把我的罪过藏在黑暗之中,把我的谎言藏在云端之上!"

---

① 一个想象中的对话者的回答。——英译者

贺拉斯诗选

当守财奴弯腰去捡嵌在路上的硬币的时候,我就看不出他比奴隶更好,也看不出他比奴隶更自由。因为贪婪会带来恐惧,而生活在恐惧中的人在我看来就是不自由的。当一个人四处奔波,忙于赚钱的时候,他就已经抛弃了他的武器,抛弃了他的勇敢。当你可以卖掉一个俘虏的时候,就不要杀死他,他可以成为有用的奴隶:如果他是强壮的,就让他去放牧或耕地,让他出海去做生意,在惊涛骇浪中度过整个冬天,让他在市场上帮工,背谷物或饲料。

真正的好人或智慧的人会有勇气说①:"彭修斯,底比斯之主,你会强迫我忍受怎样的耻辱的惩罚?"

"我要把你所有的东西都拿走。"

"你的意思是:你要拿走我的牛,我的财产,我的躺椅,我的盘子?你尽可以拿走。"

"我要给你戴上手铐和脚镣,把你交给一个凶狠的狱卒。"

"神会在我希望的任何时候,亲自给我自由。"我理解他的意思是:"我会去死。"②死亡是人生这场长跑的终点。

---

① 下面的对话是希腊悲剧家欧里庇得斯悲剧中的一幕。——英译者
② 斯多葛学派把自杀看作是对邪恶生活的一种逃避。——英译者

十七、致斯佳瓦

斯佳瓦，尽管你非常聪明地维护了你自己的利益，尽管你十分了解如何与那些大人物交往，你也要听一听你谦卑朋友的观点，尽管我仍有很多需要学习的东西，这就好像一个盲人试图去给别人指路，但可能在我的话中，你会注意到一些可以采纳的建议。

如果你喜欢安静的生活，一觉睡到天亮，如果车马卷起的灰尘或饭馆的噪声使你无法忍受，我建议你去费伦提努姆。因为快乐不只是降临在富人身上，也会降临在那些从出生到死亡都默默无闻的人身上。如果你想帮助你的朋友，并且对待你自己更慷慨一些，那么在你饥饿的时候，就去参加一场丰盛的宴会。

"如果阿里斯提普斯只满足于吃蔬菜，就不会想和王子生活在一起。"[1]"如果谴责我的人知道如何与王子相处，他就会对蔬菜嗤之以鼻。"你同意这两个智者中哪个人的言行，因为我痴长了几岁，就听我说一说为什么阿里斯提普斯的观点要更好。故事中说，他用下面的方式回击了咄咄逼人的犬儒者："我当小丑是为了我自己的利益，而你当小丑却是为了公众的利益。很显然，我的做法更好更高尚。我为王子服务，我可以有马骑并由王子供养；而你却靠别人的施舍活着，尽管你自诩不依赖任何人，你的地位却比施舍者低下。"阿里斯提普斯能够适应任何一种生活方式、任何一种状态和任何一种环境，尽管他目

---

[1] 这是犬儒学派的狄奥根尼斯说的话。狄奥根尼斯正在洗蔬菜准备晚餐，这时阿里斯提普斯经过这里。狄奥根尼斯对他说道："如果你能学会忍受这些蔬菜，你就不会再去王子面前献谄。"阿里斯提普斯反唇相讥："如果你知道如何与王子相处，就不会再洗蔬菜了。"
——英译者

标远大，但会满足于现状。再看看那些习惯穿两件破外衣的犬儒主义者，我会好奇生活方式的改变能否让他们适应。阿里斯提普斯并不死等紫色的外衣，他会穿着任何衣服走在最拥挤的街道，他会用完美的优雅扮演好任何角色。犬儒主义者却坚决不穿米利都出产的外衣，认为它们像瘟疫一样可怕，如果你不把他的破衣服还给他，他就会冻死。把衣服还给他吧，让他继续过粗鄙的生活！

只有取得伟大的功绩并且俘虏死敌在公众面前展示的人才能触碰朱庇特的宝座，才能登上天庭。赢得罗马最重要人物的尊敬是一种荣誉。并不是每个人都能有幸去科林斯①，害怕失败的人会坐着不动②。

什么样的人能达到这样的目标？他需要有怎样的气概？下面就是我们追求的目标。一个人担心他软弱的灵魂和孱弱的身体承担不了重担，而另一个人却能担起重担完成任务。男子气不仅仅是一个空洞的口号，尝试者才能赢得奖赏和荣誉。

那些在他们保护人面前绝口不提自己需要的人会比祈求施舍的人得到更多。谦逊的接受比贪婪的攫取更有效。尽可能地获取是最重要的事情。"我的姐姐没有嫁妆，我贫穷的母亲是一个乞丐，我的农田卖不出去，我也无法靠它自给自足。"他说着这些，大声喊道，"给我们一些食物！"他旁边的人插嘴道："我也是这样！"这样面包不得不被分成许多份。但是，如果一只乌鸦静静地吃，它会吃到更多的肉，从而摆脱了争抢和嫉妒的麻烦。

一个人陪别人去布林迪西或者可爱的苏伦图姆，抱怨不平的路、刺骨的冷和连绵的雨，或者抱怨箱子摔破了，东西被偷了，这让人想起女人那熟悉的把戏——她经常因漂亮的项链和脚镯被偷而痛哭流涕，后来当她因遭受真正的损失而悲伤的时候，没有人再相信她。一

---

① 古希腊谚语，最初指科林斯奢侈的生活方式，这里指因美德而赢得奖赏。——英译者
② 指不敢去竞争更好的生活。——英译者

个曾经被愚弄的人不会在十字路口扶起一个摔断腿的乞求者，尽管他泪流满面，尽管他以神圣的奥西里斯的名义发誓，并且大喊："相信我，我没有骗你，做点儿好事，扶起我这个受伤的人吧!"路人齐声斥责道："去向一个陌生人求助吧。"

十八、致洛里乌斯·马克西姆斯

洛里乌斯，如果我没弄错的话，你是一个直言不讳的人，当和朋友交往的时候，你不愿意被他们看成一名食客。就像主妇和妓女在脾气秉性和说话语调上都不同，朋友和不诚实的食客的区别也很大。还有一种邪恶与此正好相反，但危害更大——野蛮的粗鲁，格格不入，无礼粗暴，以自己剪短的头发和变色的牙齿为荣，希望别人把他的这种行为看成坦诚和美德。美德是一种中庸，远离两个极端。第一种人就像小丑一样，有过度卑躬屈膝的倾向，卑贱地坐在主人旁边，对主人非常尊敬，当主人说话的时候，他不断附和，认真记下主人的话，生怕漏掉重要的内容，就像一名上学的小孩在给严厉的先生背书，或者二流演员在模仿名角的演出。另一种人会经常在诸如"山羊毛"①这类事情上与人争吵，穿上盔甲为小事缠斗："谁说我说错了！闭嘴听我说！休想让我小点儿声！"可争论的问题是什么呢？卡斯托尔或者杜里考斯谁更棒？米努希乌斯大道还是阿庇安大道是去布林迪西更好的路？

有人把所有的金钱都花在女人和赌博上，为了满足虚荣心，他衣着华丽，涂脂抹粉，被病态的欲望和对金钱的渴望所驱使，这样的人会被他富有的主人所厌憎，尽管这个主人有着十倍于他的缺点。或者主人不厌憎他，而是教育他，像慈爱的母亲那样，让他变得更加聪明，并且比自己更有美德。主人把真理告诉了他："我的财富让我有犯错误的余地，不要学我，你玩不起。被保护人穿窄小托加是理智

---

① 比喻鸡毛蒜皮的小事儿。——英译者

的,不要再和我攀比,你要有自知之明。"欧特拉皮鲁斯要想伤害谁,就给谁昂贵的衣服。他说:"现在,这个家伙穿上了精美的束腰外衣,也有了新的人生规划和渴望,他会一觉睡到天亮,为与妓女邂逅,他会放弃正经生意,他还会大举借债,结果沦落成一名角斗士或者驾车的马夫。"

不要窥探你保护人的秘密,如果他告诉你什么秘密,你一定要替他保守,即使在畅饮美酒和发泄愤怒时也不要泄露秘密。还有,不要赞美自己的爱好而对主人的爱好吹毛求疵,或者当你的主人想去打猎时,你却想写诗。正是这样的原因几乎让双胞胎安菲翁和泽托斯兄弟般的感情破裂,直到被泽托斯深恶痛绝的里拉琴声渐渐平息,安菲翁屈从了哥哥的想法。① 你会屈从于你有权势的主人的温柔提议吗?当他用骡子载着埃托里亚渔网,带着猎狗,骑着马到乡村度假的时候,你是否会抛去清高的诗人的忧郁,和他一起在乡村美美地吃上一顿来之不易的晚餐呢?这是罗马英雄们所习惯的娱乐方式,对名誉、生活和身体都有益处——特别是在你健康之时,在你速度能胜过猎犬,力量能胜过野猪之时。况且,现在没人能非常优雅地使用男子汉的武器,当你在战神广场参加竞技的时候,周围的喝彩声是多么震耳欲聋啊!你年轻的时候,就跟随一位将军参加了坎塔布里亚艰苦的战斗,正是这位将军现在又从帕提亚神庙拿回了我们的军徽,并且继续带领意大利的军队去征服还没有臣服的地区。

另外,如果没有好的理由,千万不要拒绝参加主人的活动。尽管你十分讨厌做一些不感兴趣的事,尽管有的时候你确实在你父亲的农庄娱乐——你给奴隶们分配了战船,在你的指挥下,亚克兴海战被重演,你的奴隶真刀真枪地战斗,你的兄弟率领一群奴隶成了你的对手,农庄的湖泊变成了亚得里亚海,直到胜利的桂冠被戴在你或你兄弟头上。如果你的保护人相信你对他的爱好感兴趣,也会高兴地竖起

---

① 欧里庇得斯戏剧中的故事,安菲翁喜欢音乐,泽托斯喜欢打猎。——英译者

大拇指来支持你的爱好。

如果你需要的话，我会继续提出我的建议——要留意你所说的话，关于谁的话和对谁说的话。不要和好打听的人打交道，因为这些人也是流言的传播者。你不能指望渴望听别人秘密的人忠诚地保守秘密，秘密一旦传出，就再也收不回来了。不要对你想结交的朋友的大理石门槛里的少男少女产生欲望，以免他们的主人用这样微不足道的礼物让你开心，或者拒绝你让你痛不欲生。你要十分慎重地推荐别人，以免别人的行为让你蒙受耻辱。我们有时候也会看走眼，推荐一些不值一提的人，因此，当你推荐的人犯事儿的时候，千万不要保护这个自毁前程的人。如果你所信任的人遭受攻击，需要你的支持，你应该为他洗清罪名，替他辩护。你难道不清楚当他被包围，并被西昂那样的毒舌攻击的时候，用不了多久这种危险就会降临到你自己头上？当邻居的房子着火的时候，你不能坐视不管，如果你坐视不管，这场大火会愈演愈烈。

没有经验的人认为结交有权势的朋友是快乐的，而有经验的人往往害怕结交有权势的朋友。当你的船航行在大海上的时候，你要时刻保持警惕，以防风向改变让你的船回航。忧郁的人不喜欢快乐的人，快乐的人也不喜欢忧郁的人，头脑敏捷的人不喜欢呆板的人，懒惰的人不喜欢雷厉风行的人。饮酒者（在半夜一饮而尽法勒尼安酒的人）认为不喝他们所敬之酒的行为是一种冒犯，不管你怎么发誓这个时间喝酒会让你发烧。驱散你额头上的乌云，羞涩的人往往看上去让人捉摸不定，抑郁的人往往保持沉默。

所有这些你都必须认真阅读并且请教智者，让他们告诉你如何才能在平静中度过每一天。永无止境的贪婪是否折磨着你？对一些无关紧要的小事儿的恐惧和希望是否在你的脑海中挥之不去？美德是后天习得的还是天生就有的？什么能缓解忧虑而使你平静地独处？什么能使你感受到从容的平静——荣誉？收获的甜蜜？沿着一条隐秘的小路进行一场与世隔绝的人生旅行？

对我来说，迪根提亚山谷让我恢复了精神，曼德拉人喝它冰冷的溪水，村民冰得紧皱眉头，你猜我有什么样的感觉？我的朋友，你能想到我祈祷什么了吗？希望我会继续拥有现在已经拥有的，哪怕比现在拥有的少一点儿也没关系，在我的有生之年，如果神还不想把我带走的话，我希望能为自己而活；希望我有足够余生读的书和足够余生吃的粮食；希望我的精神不随着反复无常的时间而摇摆。

对掌握生杀予夺大权的朱庇特的祈祷已经够多了，但是灵魂的安宁需要自我实现。

十九、致梅塞纳斯

　　博学的梅塞纳斯，如果你相信老克拉提诺斯的说法，就知道任何不喝酒的诗人写的诗都不能让人持久地得到快乐。自从酒神把疯狂的诗人列入萨梯和福恩之列，能写出华美诗篇的诗人往往在早晨的时候就带着一股酒气。荷马因为赞美酒，被人说成是酒鬼；前辈恩尼乌斯不喝上几杯就写不出赞美英雄事迹的诗篇。"让那些头脑清醒的人去经商，但要绝对禁止他们作诗。"自从我提出这条规矩，诗人们每天晚上都没有停止过饮酒竞赛，每个白天都没有停止过攀比谁的酒气大。但是如果有人模仿加图——表情严肃，光着脚，穿着拮据的托加，他就能拥有加图的美德吗？企图模仿提玛盖奈斯的口才，伊阿比塔斯毁了自己的舌头，就是因为他太渴望被人说成智慧的人和有口才的人。错误的模仿很容易让人误入歧途。如果我碰巧面无血色，这些模仿者就会去喝让人面无血色的孜然芹。唉！你们这些模仿者啊！真是一群盲从的人！你们有时候让我愤怒无比，有时候又让我忍俊不禁！

　　我是第一个踏上处女地的人，从不走别人走过的路，自信的人才能引领群伦。我是第一个把帕罗斯的长短句介绍到拉丁姆的人，遵循着阿尔基洛科斯的节奏和精髓，而不去模仿他让吕卡贝斯上吊而死的题材和语言。如果你因我没有改变阿尔基洛科斯的手法和形式，而认为我做出的贡献有限，就看一看男人般的萨福是如何用阿尔基洛科斯的节奏来塑造她自己的诗，再看一看阿尔凯奥斯是怎样用阿尔基洛科斯的节奏来塑造他的诗，但他的题材和布局都与阿尔基洛科斯不同，他既没有在诗中用致命的嘲讽来诽谤他的岳父，也没有用恶意的中伤把自己的新娘逼上套索。阿尔凯奥斯以前并不为人所知，作为一个拉丁姆诗人，我第一个把他的诗带入了公众的视野。我很高兴把一些新的东西展现在世人面前，让贵族手不释卷，反复吟诵。

你知道为什么那些忘恩负义的读者在家里赞誉我的作品，而在外面就不公正地诋毁我的作品吗？因为我不是一个能用晚餐和破衣服做礼物来愉悦善变的公众从而争取他们选票的人；我不是一个聆听伟大作家们的作品，然后又以怨报德的人；我不是一个屈尊去讨好那些语法学家的谄媚者。因此，我就遭到很多猛烈的抨击。如果我曾说过："我为在这拥挤的大厅里朗读我这些无价值的诗篇而耻辱，为让你们聆听这些不值一提的作品而惭愧。"就会有人说："你在嘲笑我们，你想把你的诗留给朱庇特①听吧。你非常自负，把自己看成唯一能写出好诗的人，你认为你自己非常杰出。"在这种场合下，我害怕表现出轻蔑，害怕在摔跤比赛中被他尖尖的指甲挠伤，② 于是我大喊"你们选的这个地方不适合我"，并且要求暂停。因为这种比赛会导致激烈的冲突和愤怒，愤怒又会导致激烈的争吵，甚至可能导致可以致人死亡的战争。

---

① 指奥古斯都。——英译者
② 贺拉斯担心一场智者的辩论演变成一场摔跤比赛。——英译者

贺拉斯诗选

二十、致我的书

　　我的书啊，你正充满渴望地看着威耳廷努斯和亚努斯，你期待被人用索西的浮石抛光，上架销售。你没有耐心被锁在书箱里，尽管这是谦逊的表现，因为你无法忍受远离公众视线的孤独。你不想成为少数人的谈资，而渴望成为家喻户晓的话题，尽管我并没有这样教育你。不要去你急切想去的地方，一旦你去了，就没有回来的路。当你的欣赏者已经厌倦了你而把你堆在墙角的时候，你就因受到了伤害而开始抱怨："哎呀！我做什么了？我想要什么？"

　　除非对你错误行为的憎恶使我的预言不准，你成了罗马的宠儿，直到青春离你而去。当你被无数肮脏的手翻阅而失去魅力时，你或者静躺在那里成为蠹虫的食物，或者被驱逐到乌蒂卡，或者被打包送往伊勒达①。你的监护人②——你对他的建议嗤之以鼻——会释怀一笑，就像主人拗不过死命要跳下悬崖的倔强驴子，而一怒之下把它推下了悬崖，谁会去拯救一头一心寻死的驴子？这种命运在等待着你，等你到了说话都费劲的年纪，会在远离城市的地方教孩子们最初级的知识。

　　当阳光明媚的时候，很多听众围着你，你要把我的故事告诉给他们：我是一个被释奴的儿子，尽管出身卑微，却展翅高飞，我的出身给予我的品质也成为我美德的一部分。无论在战争中还是和平中，我

---

① 指被送往行省。——英译者
② 指贺拉斯自己。——译者

都得到了这个国家要人的尊敬。我身材不高，头发很早就已灰白，喜欢阳光，脾气来得快去得也快。如果碰巧有人问我的年龄，你就告诉他当洛里乌斯选择雷必达和他共同执政的时候，我已经过完了四十四个春秋。

诗体书简(第二卷)

一、致奥古斯都

鉴于您独自承担这么多伟大的事业——用武力保卫意大利的疆土,用道德维护意大利的声誉,用法律改革意大利的制度。啊!恺撒!如果我用长篇大论来歌颂您而劳您御览,从而耽搁您宝贵的时间,就是损害公众的利益。

罗慕路斯、酒神巴克斯、波吕克斯和卡斯托尔,在取得了巨大的功绩之后,都被请入了神庙,因为他们曾经为大地和人类操劳,结束残酷的战争,分配土地,建立城镇,悲叹他们虽取得功绩却没有得到应有的回报。大力神把凶残的九头蛇踩碎,打败了这个著名的怪兽,这是命中注定的功绩,他发现只有死亡才能最终制服妒忌。当一个人用他的力量制服低等生物的时候,他会用炽烈的火焰炙烤它们,当他的火焰熄灭的时候①,将会赢得人们的爱。而你,仍然活在我们中间,我们及时地授予你荣誉,建立祭坛并以你的名义发誓,坦承像你这样伟大的人物过去未曾出现过,将来也不会出现。

然而,你的人民,一方面非常明智和公正地把你置于所有罗马和希腊统治者之上,另一方面又用完全不同的规则和标准去评价其他一切事情,除非这个东西看上去是从地下发掘的并且有一些年头儿,否则他们就会充满鄙夷和蔑视。他们对古代事物的偏爱是如此强烈,以至于坚持阿尔班山上的诗人们应该不断赞扬由十大官制定的禁止犯罪的十二铜表法、我们的国王和加比人或者强健的萨宾人签订的平等协议、罗马祭司长的记录和已经发霉的预言者的卷轴书。

---

① 喻指死亡。——译者

如果因为在希腊作品中,最古老的是最好的,我们就用相同的标准来衡量罗马作家的话,就没有必要说太多的话了:失去坚硬内核的橄榄就是失去坚硬外壳的坚果!我们已经成功地到达了命运的顶峰,所以理所当然我们作画、作乐和摔跤的技术已经超过了涂油的希腊人!

如果诗能像酒那样愈久弥醇,我想知道多少年前的作品才能被贴上价值的标签。一百年前死去的一位作家,他是被归于完美的古代作家,还是被归于无价值的现代作家?让我们设定某个界限来排除争论。你说:"他已经去世一百年了,因此他是古代的作家,是好作家。""那么比他晚一个月或一年去世的作家呢,他被归于哪类呢?是归于优秀的古代诗人,还是归于我们这代人和后代人都该轻蔑的现代诗人呢?""他肯定要被归于优秀的古代诗人,他只晚去世了短短的一个月,哪怕是一年。"利用你的妥协,我再找出一位比上一位晚死一年的作家,按此法向后延,就好像拔马尾巴上的毛一样,一次拔下来一根儿,直到"逐渐变小的一堆"让这个通过年代来衡量价值,只羡慕葬礼女神神圣化的东西的人崩溃。

恩尼乌斯,智者和勇士,评论家说他是荷马第二,但他好像并不关心自己关于毕达哥拉斯哲学的梦的诺言如何实现。① 我们不都在读纳埃维乌斯的作品吗?他的作品出现在我们的脑海中,就好像昨天刚出版的一样。这种神圣栖居在每一首古代诗歌里。关于两位诗人哪位更好的问题一被提出,就经常会产生争论——以博学而著称的老作家帕库维乌斯和高尚的阿西乌斯;阿福拉尼乌斯的长袍据说是米南德的尺寸;普劳图斯快速地跟着他的原型——西西里的埃庇卡摩斯;恺西里乌斯因尊严而赢得了奖赏,而泰伦斯因艺术而赢得了奖赏。这些作家都是威严的罗马用心来学习的,这些作家都是她②挤在狭窄的剧场

---

① 恩尼乌斯曾说,荷马出现在他的梦中,并告诉他荷马的灵魂已经栖居在他的身体里,毕达哥拉斯曾教授过这种转世的学说。——英译者

② 指罗马人。——译者

里欣赏的，这些作家就是她认为的从作家利维乌斯的时代到我们自己时代的所有有资格被称为诗人的人了。

有时候公众是正确的，有时候他们又是错误的。如果他们欣赏和吹嘘古代诗人，并且否认有比他们更好的诗人或和他们一样好的诗人，他们就是错误的。如果他们认为古代诗人的有些用词过于陈旧，很多都很僵化，并且承认大多数用词都缺乏活力，他们就是理智的，和我的观点一致，朱庇特也赞成这一观点。请注意！我不是在诋毁利维乌斯的诗，不想把严厉的奥比利乌斯在我还是孩子的时候教我的这些诗说得一文不值，但如果有人认为这些诗是无瑕的、优美的和接近完美的，这确实让我吃惊。在这些诗中，可能碰巧跳出一个好词，或者一两行诗比较优美，但这不能不公正地代表所有诗，成为所有诗都很优秀的理由。

我所憎恶的是——有的作品被非难并不是因为它风格上的粗俗或不优雅，而仅仅是因为它是现代的；而有的作品得到荣誉和褒奖，并不是因为人们的喜爱，而是因为这些作品据称是古代的。如果我要质疑阿塔剧中的人物是否以正确的方式走在撒满藏红花和鲜花的舞台上，那么几乎所有的年长者就都会大声斥责我不谦虚。因为我竟敢责备庄重的埃索普斯和演技高超的罗斯西乌斯所演的剧。或是因为他们认为除了让他们高兴的这些东西以外，没有其他的东西是正确的；或是因为他们认为听从年青一代的想法是一种耻辱，不愿意在年老的时候承认他们年轻的时候所学的东西其实一文不值。事实上，那个赞扬努玛的战神祭司赞美诗①的人，尽管看上去像个专家一样，其实并不比我懂得多，他并不是那些已经死去的天才的捍卫者，而是我们当代作家的反对者和攻击者，心怀嫉妒地憎恨我们和我们的一切东西。

假如希腊人像我们一样憎恨新的东西，那么他们所谓的新东西难

---

① 战神祭司赞美诗是努玛时的祭司唱的一种非常晦涩难懂的诗，昆体良时代的祭司都不理解这种诗的意思。——英译者

道不是我们这个时代认为的古代的东西吗？难道不是公众认为的符合口味的，并且必须要阅读和翻阅的东西吗？

从希腊人结束战争的那一天起，他们就开始进行各种娱乐活动，因为命运的眷顾而日渐轻浮；她①因为激情而狂热，时而为竞技者，时而为赛马；喜欢上了加工大理石、象牙或铜的手艺人；她用狂喜的眼睛和灵魂紧盯着画家的画板；时而喜欢长笛演奏者，时而喜欢悲剧演员。就像保姆照管下的贪玩的女婴一样，不久就会因厌烦而扔掉她曾极力想得到的东西。你难道不认为喜欢的东西和不喜欢的东西是可以很容易改变的吗？这就是和平的美好时代和繁荣的风所带来的结果。

在罗马，长久以来形成了这样一种习俗，要早点儿起床开门，向被保护人详细地解释法律，要在良好的担保下把钱借给那些有信誉的借债人，要倾听长辈的意见，告诉年轻人增加财产的不同途径和毁灭性的放纵会减少财产。现在，善变的公众已经改变了爱好，对写作产生了疯狂的激情；儿子和严厉的父亲戴着树叶编织的花环啜酒吟诗。而我自己，虽曾宣布不再写诗，结果证明是比帕提亚人更大的撒谎者：在太阳升起之前，我醒了，要来笔和纸，还有书箱。对船一无所知的人害怕开船；除非知道它的用途，没人敢把青莴给病人食用；医生承担医生的工作；木匠摆弄木匠的工具。但是，不管是有资格的，还是没有资格的，我们却都去写诗。

然而，这种过失，或者小疯狂也有它的优点。想想这多伟大吧：诗人很少被贪婪玷污；诗是他所爱之物，也是他所唯一怀有激情之物；不管是钱丢了，奴隶逃跑了还是着火了——他笑对命运中的不幸；他从没有盘算着要欺骗生意伙伴或者年轻的受监护人；他的食物是豆荚和粗面包；因为在战场上行动缓慢，他无法成为一名士兵，但他还是为国家做一些力所能及的工作，你无法否认任何伟大的事物都是由小

---

① 指希腊人。——译者

的事物组成的；诗人可以训练一个孩子柔嫩而发音不清晰的嘴唇，使他的耳朵远离粗鄙的表达，不久，他用和蔼的训诫来塑造心灵，纠正粗鲁、嫉妒和愤怒；他讲一些高尚的事迹，用过去的经典故事来教育年青一代，给无助的人和有心理疾病的人带来慰藉。如果缪斯神不赐予他们一位诗人，未婚的少女和忠贞的小伙子从哪里学会了祈求神的赞美诗？他们合唱赞美诗来祈求神的帮助，感知神的存在，向上天祈雨，用诗人教的赞美诗来祈求神佑，躲避疾病，驱赶可怕的危险，收获和平和丰收的季节。诗歌抚慰了天上诸神和地下诸神。

古代的农夫，他们都是强壮的男人，虽然财富不多，但却知足快乐。在收获完丰收的庄稼之后，享受假期，放松身心，因为他们早已身心俱疲，希望快点儿结束艰辛的劳作。他们带着儿子们和忠诚的妻子——他们劳动的帮手，用猪来抚慰大地女神，用牛奶来抚慰森林田野之神，用鲜花和酒来抚慰家神——他时常提醒我们生命的短暂。这种风俗导致菲斯尼亚曲的兴起，用对话体诗歌的形式表达出一种乡村式的嘲讽。每年的这个时候，人们高兴地享受着自由，沉浸在这种快乐之中，直到这种嘲讽开始变得恶毒，转变成一种完全的疯狂，徘徊在信誉之家，肆无忌惮地大耍淫威。那些被它带血的牙齿攻击的人们感觉到了剧痛，即便没有被攻击的人也开始担心公共的事业。最后带有惩罚条款的法律诞生了，禁止任何人再用讽刺诗歌来侮辱别人。人们改变了菲斯尼亚曲的风格，对暴力的恐惧让人们重新赋予了这种曲式优美的语言和轻松的愉悦。

被征服的希腊人，把他们的艺术带到了土气的拉丁姆，用这种方式征服了他们野蛮的征服者。原始的萨图尼亚式的诗歌的河流枯竭了，清新的空气驱逐了污浊之气，但是这种乡村的气息一直存在很长时间，甚至现在依然存在。直到很晚罗马人才开始思考希腊的作品，在布匿战争之后的和平岁月里，罗马作家才开始思考索福克勒斯、泰斯庇斯和埃斯库罗斯能为罗马提供什么有益的东西。罗马人也开始尝试，能否用一种有价值的形式把希腊人的戏剧进行转化，最后成功地进行了这种转化，这是他们引以为豪的事情，因为他们天生具有勇气和智慧。因为罗马人有足够的悲剧灵感，这种大胆的表达是成功的，但是他们却担心败笔，犹犹豫豫地涂改，缺乏下最后一笔的勇气。

喜剧的主题被认为是来源于日常生活，不需要更多的辛苦加工，但事实上，这也是一种沉重的负担，因为错误不能够被轻易原谅。看一看普劳图斯塑造的人物是多么无力：恋爱中的年轻人、吝啬的父亲和狡猾的妓院老板；多塞努斯如何对付他贪婪的食客；演员穿着宽松的拖鞋在舞台上跟跟跄跄地走。因为他急于把钱装入口袋，根本不管他的剧成功还是失败。

光荣之神用追风战车把剧作家的作品带到舞台上，如果观众很冷漠，剧作家就灰心丧气；如果观众很热情，他就兴高采烈。如果一个作家一心期待赞许，那么这样一件无关痛痒的小事就会打击你的灵魂深处或者让你的灵魂为之一振。如果得不到观众的喝彩就会让我一蹶不振，而得到观众的喝彩就会让我欣喜异常，那我宁愿告别戏剧的舞台。

人数上占有优势但贡献和地位上处于劣势的愚蠢无知的家伙在看戏的时候大声喧哗要看熊或拳击手的表演——暴民喜欢看的东西，如果骑士们不同意他们的要求，他们就准备通过打斗解决问题，即便是最勇敢的诗人也会被这一幕吓坏或击溃。但是现在即便是骑士的兴趣也从耳朵转移到游荡的眼睛，想获取空洞的快乐。表演会持续四小时或者更长的时间；骑兵和步兵冲杀而过；命运女神曾经眷顾的国王被反绑着双手拖了出来；战车、马车、货车和战船隆隆驶过，满载着战利品，有象牙和科林斯的铜。如果德谟克利特还活着的话，他也会大笑，因为黑豹和骆驼杂交的怪兽，或者是白象，竟能吸引观众的眼球。他会紧盯着观众，而不关注演出本身，因为他们能给他提供更值得看的东西。对于那些剧作家，德谟克利特会认为他们正对牛弹琴。什么样的声音能盖过我们剧场回响的喧嚣？你可能会认为这是加格努斯的森林或者托斯卡纳的大海发出的咆哮，这些喧嚣竟是观众看娱乐表演、艺术品和外国的服饰所发出的喧嚣,当穿着这种服饰的演员一走上舞台,观众就会爆发出热烈的掌声。"他说什么了吗?"没说一句话。"那么观众为什么会鼓掌?"这是因为他穿着足以和紫罗兰的颜色媲美的塔兰托印染的羊毛长袍。你不要认为我嫉妒这样的剧本——其他人能写得很好,而我却不愿意写。我认为剧作家是能够在绷紧的绳子上走路的,用他的想象扣人心弦,一会儿让人激动异常,一会儿又让人心如止水,像魔术师那样让人充满无端的恐惧,一会儿让我在底比斯,一会儿又把我放在雅典。

啊,恺撒,如果你想让作家写出有资格陈列在阿波罗图书馆的书籍,鞭策诗人用更大的热情找到赫利孔山翠绿的草坪,就要关注一下那些不甘于忍受傲慢的观众的鄙视,而把作品交到读者手上的作家。

诗人无疑也经常会给我们自己的事业带来巨大的伤害——让我砍向自己的藤蔓吧①——当你焦虑或疲惫之时,我们却献上我们的作品;如果一个朋友胆敢指责我们的一首小诗,我们就会受到伤害;还没有被要求重新诵读的时候,我们就会诵读已经读过的诗;我们抱怨人们对我们的劳动——精心构思的诗——视而不见;我们希望当你一听到我们在写诗的时候,就会高兴地派人召唤我们,给我们奖励,解决我们的燃眉之急,强迫我们去写。尽管这样,找到一位歌颂你美德的祭司还是值得的,他会歌颂你在战场上的卓越战功和你治国的丰功伟绩,千万不要把这项工作所托非人。亚历山大大帝非常欣赏毫无才华的科里路斯,他的那些粗俗拙劣的诗竟然得到了亚历山大的重金奖赏。但就像摆弄墨水会留下污点一样,诗人拙劣的诗也会玷污伟人光辉的业绩。正是这样一位斥巨资愚蠢地购买科里路斯拙劣诗篇的国王,却颁布法令禁止除阿佩利斯以外的人给他画像和禁止除利西普斯以外的人给他塑像,认为只有他才能形象地雕刻出勇敢的亚历山大。对待这种差异,就称之为判断力吧,亚历山大大帝对其他艺术作品的

---

① 自我伤害,贺拉斯幽默地把自己列入蹩脚诗人的行列。——英译者

判断力如此之好，但对于书和诗的判断力如此之差，以至于你确信他一定出生在比奥提亚的蛮荒氛围中。

但是你赏识的诗人——维吉尔和瓦里乌斯，他们写出的诗，无论在你的判断力方面还是在他们从你那里得到的奖赏方面，都没有让你的名望受损。一个伟大人物被塑成铜像时所展现出来的特点，和诗人在作品中所刻画的他们的性格和思想比较起来，就显得不那么生动。就我而言，我不该用被地上行走的缪斯激发灵感所创作的"闲谈"去歌颂伟大的功绩、遥远的大地和河流、山顶的要塞、野蛮人的王国、在你的襄助之下结束的各地的战争、和平守护神——两面神神庙门上的横木和在你作为元首领导之下的已经成为帕提亚人梦魇的罗马——要是我有能力歌颂我想歌颂的事物该有多好。但您的威严不能容许拙劣的诗篇，我的卑微也使我不敢尝试力所不及的工作。而且，过分的关注会让我们所爱的人感到不适，尤其是这种关注试图通过大量的诗歌表现出来。因为人们更快地学会他们认为好笑的东西，并且更乐于记住它们，而不是他们所赞成和尊敬的东西。我非常讨厌这种恼人的关注，我既不想被人做成变形的蜡像陈列在某个地方，也不想被粗制滥造的诗所歌颂。当我收到这样粗糙的礼物的时候，我自己都会脸红。不久，我死了，尸体被放进一个封闭的箱子①里，由给我写诗的人陪伴着，被送到了繁华的街道，在那里，乳香、香膏和胡椒粉等各种东西都被包在纸中售卖，而包装纸正是那些赞扬我的诗篇。

---

① 指棺材，这里描写的是诗人想象的死后的情况。——译者

二、致尤里乌斯·弗洛卢斯

　　弗洛卢斯，伟大英明的尼禄①的忠诚朋友，假如碰巧有人想卖给你一个奴隶——出生在提布尔或者加比，卖者和你这样说："这是个英俊的男孩，从头到脚都很漂亮；你只要用八千塞斯退斯就可以买下他；他是家养的奴隶，准备随时听候主人的使唤，知道一点儿希腊语，能掌握任何一种技艺；他就像松软的泥土一样，你可以把他塑造成任何你想要的模样；另外，在你喝酒的时候，他可以用一种质朴但很甜美的声音为你演唱。当一个卖者为了想脱手他的货物而过度夸赞的时候，太多的承诺会降低买主的信任。我没有陷入任何经济困境，尽管不是很富裕，但也不靠借债度日。没有任何奴隶贩子会给你这样一个便宜的价格，并不是每个人都能轻易从我这里以这样的价格买到奴隶。有一次他偷懒，像所有奴隶一样，藏在了楼梯下面，害怕挂在墙上的皮带。如果你不介意我提到的他的缺点的话，咱们就成交吧，给我我要的那些钱。"——我认为，这个卖者会得到卖奴隶的钱而不必担心任何处罚。你睁大眼睛买了这个奴隶，已经接受了他的缺点；出售条件已经向你说明了；那你还要追究卖者，使他卷入一场不公平的官司吗？当你离开的时候，我就告诉过你我是很懒的；告诉过你我几乎履行不了这样的责任，以免你会愤怒地斥责我，因为对你的来信我没有任何回复。尽管我是正确的，而你仍然对此不依不饶，那我能得到什么好处呢？除此之外，你还抱怨我食言没有送给你想要的诗。

　　卢库路斯的一个士兵，经历了许多艰辛攒下了一笔钱，一天晚上

---

① 未来的提比略皇帝。——英译者

他因劳累而睡着了,所有的积蓄都被偷走了,分文不剩。发生这事儿之后,他像一只凶猛的饿狼一样,既恨他自己也恨他的死敌,凶残地露出他锋利的牙齿。据说,他把一个守卫在严密据点中的皇家守备队赶走,缴获了大量财宝。自那以后,他赢得了名声,被授予了很多荣誉,此外,还得到了两万塞斯退斯的现金奖励。不久以后,正赶上他的指挥官想要进攻某个堡垒,用甚至可以让胆小鬼来精神的话激励这个士兵:"往前冲啊,小伙子,听从你勇敢的心的召唤,到它指引你去的地方。冲啊,祝你好运!你的功绩将会为你赢得更大的奖赏。为什么站着不动?"这个狡猾的乡巴佬回答道:"是的,丢钱的人会向前冲的,冲向你想让他去的地方。"

我有幸在罗马接受教育,学习阿喀琉斯的愤怒给希腊人带来了多大的伤害。在自由的雅典,我接受了更多的训练,因此你知道我急于区分是非曲直,在学园的小树林中寻找真理。但是纷乱的时代让我不得不离开那个怡人的地方,内战的大潮把我卷走,我对战争一无所知,加入了一支根本就不是强大的奥古斯都的军队的对手的军队。不久,在菲利皮战败之后,我从内战中退出,因羽翼折断而陷入困境,失去了父亲的房产和土地,赤贫使我不得不写诗谋生。但现在我有足够的财产,如果不好好睡觉而去乱写一些诗,我的大脑一定是被大剂量的毒芹弄得神经错乱了。

随着岁月的流逝,过去这些年夺走了我们所有的快乐,一个接一个。它们已经夺走了我的欢乐、爱情、宴会和玩乐,它们正努力夺走我的诗。我该怎么办呢?人毕竟没有同样的口味和爱好。你喜欢抒情诗,我们的邻居却喜欢长短句,那边的人却喜欢比翁的讽刺诗,因为讽刺诗蕴藏更加刻薄的智慧。我想这就像互相不能达成一致的三个客人,他们的口味不一样,他们要的菜也会大相径庭。我给他们上什么样的菜?不上什么样的菜?你拒绝了你邻居点的菜;而你想要的菜肯定不合另两个人的胃口。

除此之外,你认为我能在罗马的这种令人焦虑和受各种杂事困扰的环境下写诗吗？一个人让我担保，而另一个人让我放下所有的工作聆听他的作品。一个人在奎里纳尔山上卧病不起，而另一个人却在阿文丁山的深处卧病不起，而他们两个人我必须都要去看望。你知道，这两座山之间的距离是多么远！你会说："是的，但街道是很干净的，因此没有什么东西能打扰你作诗。"一个承包商带着他的工人们赶着一群骡子匆匆路过；一台大吊车一会儿吊起了块石头，一会儿又吊起了一个梁；哀号的葬礼车队拥堵在马路上；这边跑过来一条疯狗，那边又窜出一只溅满污泥的母猪。现在试着深思熟虑地作旋律优美的诗吧。诗人都喜欢树林，远离城市，完全忠于在睡眠和阴凉中寻找快乐的酒神巴克斯。你希望我伴随着夜晚和白天的喧嚣声吟诗作赋，在诗人的艰难道路上跋涉吗？一个有天赋的人会在幽静的雅典安家，用七年的时间做研究，在读书和思考中变老，在众人面前的时候，比雕塑还要无声，别人因此而嘲笑他。在这里，在生活的浪潮中，在城市的喧嚣中，我难道要屈尊作诗来唤醒里拉琴的音乐吗？

　　罗马有两个兄弟，兄弟中的一个是律师，另一个是演讲家，关系非常要好，从对方嘴里听到的都是赞美之词，他们甚至把对方称作格拉古和穆西乌斯。① 这种疯狂对我们这些吟唱诗人的影响一点儿也不比他们小。我写抒情诗，我的朋友写哀歌："多么神奇的作品啊！九位缪斯的灵感才能成就这样的作品！"当你出于好奇而环顾为罗马诗人留有位置的阿波罗图书馆时，首先要注意你高傲的态度和自命不凡的表情。然后，如果你有时间，你要走近他们去聆听每个人的作品，了解他们如何能写出赢得桂冠的作品。我们互相抨击，和我们的死敌针锋相对，就像萨姆尼特人那样，进行一场耗时很长的角斗，直到夜晚的灯光亮起。他的支持使我成为阿尔凯奥斯那样的诗人，我的支持会使他成为什么样的诗人？当然是卡利马科斯那样的诗人！如果他不太

---

① 格拉古兄弟——提比略和盖乌斯都是演讲家；当时罗马有三个著名的律师都叫穆西乌斯·斯凯沃拉。——英译者

满意，就让他成为米姆奈尔姆斯那样的诗人，他喜爱的头衔会使他感到备受尊崇。当我写诗的时候，我就得谦卑地符合公众的口味，在安抚这一群过于敏感的诗人这方面，我已经忍受得够多了；现在，我不会再写作品，我又恢复了理智，我将不惧报复，当他们吟诗的时候勇敢地堵住自己的耳朵。

那些写糟糕的诗的人会被人嘲笑，然而他们却很享受写作，并且认为自己很了不起。如果你对他们的作品保持沉默，他们自己就会赞扬自己的作品——多么快乐的人啊！但是，如果有个人的目标是写出真正符合艺术规则的诗，当他拿起刻写板的时候，就必须具有诚实的批评者的精神。他必须有勇气正视自己作品的不足，比如用词缺乏光泽和分量，或使用了一些毫无价值的词语，他必须敢于把这些词语从原来的位置拿掉，尽管这些词语本身不愿意被拿掉，仍然徘徊在维斯塔神庙寻求庇护。① 好的诗人会把长期在公众视线中消失的词语发掘出来让人们使用，让那些诸如古代的加图和塞泰古斯曾经说过的生动词语重见光明，而这些词语现在则因为长期被忽视而尘封在历史中。他应该采用一些新的词汇——他的父辈所创作的词语。他应该像一条汹涌而又清澈的大河一样，用丰富的语言滋润拉丁姆，给这片土地带来财富和幸福。他应该修剪繁茂的枝叶，剥除凌乱的凸起，把缺乏生机的败枝剪除。他应该给人以愉悦的印象，但同时又要紧绷神经，就像舞台上的舞者一样，时而扮演森林之神，时而扮演笨拙的独眼巨人。

假如我的缺点能给我带来快乐或者我根本注意不到这些缺点，我宁愿被人认为是愚蠢笨拙的三流作家，也不愿意成为一个虽然聪明但是却闷闷不乐的作家。在阿哥斯曾经有一位著名人物，经常幻想他在欣赏精彩的悲剧演出，独自坐在空荡的剧场里激动地鼓掌。除此之

---

① 含义非常模糊。可能维斯塔赞成罗马的神圣传统，因此被诗人所诟病的词还在广泛使用。也有学者认为贺拉斯引用了恩尼乌斯的话或者其他前代诗人的话。——英译者

外，他是一个在生活的各个方面都能完美地履行责任的人——一个好邻居，一个和蔼的主人，一个对妻子很好的丈夫，一个会宽恕奴隶的人，即便是封酒的瓶封坏掉了，他也不会暴怒发疯，还是一个能躲避悬崖和没有井盖的井的人。在亲属的帮助和关心下，这个人最终被治好了。但当烈性的藜芦发挥药性，驱走了神经错乱和忧郁的幽默，使他清醒过来时，他喊道："天哪！我的朋友们啊，你们已经杀死了我，而不是救了我。因为你们驱走了我心中的能给我带来巨大快乐的幻觉，通过这种方式，已经夺走了我的快乐。"

事实上，抛掉玩具①来学习智慧②是有益的，把嬉戏留给那些适合他们年纪的年轻人吧，不要再搜肠刮肚为拉丁里拉的音乐配词，而是要跟上真正生活的节奏，掌握真正生活的技能。因此我自己默念这些训诫，并静静地思考它们：

如果多少水都不能缓解你的干渴，你应该把你的情况对医生讲。由于你得到的越多，你想要的就越多，你难道不敢向任何人承认这一点吗？如果你伤口的疼痛不能被医生开具的药草缓解，你就应该放弃用药草来治疗，因为它对你没有好处。你可能听说过，凡是神给予财富的人，固执的错误也会远离他；但是你的致富并没有让你变得明智，你还会相信这些训诫吗？

但是如果财富真能让你明智，财富真能让你远离欲望和恐惧，那么如果生活着一位比你更贪婪的人，你为什么会脸红！尽管个人财产是通过铜币和天平买来的，但律师也告诉我们，个人财产有时也通过使用转移。给你提供粮食的土地是你的，奥比乌斯的管家认为你才是土地真正的主人，因为他辛勤耕耘的土地种出的谷物被你享用。你花钱可以买到葡萄、家禽、鸡蛋和一坛酒；你听着，用这样一种方式，你正在一点儿一点儿地买下一座农庄，而这座农庄的主人曾经花了三

---

① 指诗。——译者
② 指哲学。——译者

十万塞斯退斯或更多的钱才买下它。你是最近才付钱买下你赖以生存的食物；而很久以前在阿里西亚或者维伊买下农庄的人，晚餐也要食用买来的蔬菜，在寒冷的夜晚，也要用买来的木柴烧水，尽管他不这样想，而这又有什么区别呢？他声称整个农庄都属于他自己，种上成排的白杨来标明界线，以免和邻里发生争吵。正如任何东西在某个特定时刻才是某个人的，有时通过赠送，有时通过购买，有时通过武力，最后，通过死亡，你的东西就要易主，属于另外一个人。因此没有任何东西是你永久可以使用的，一个继承人接着一个继承人，就像一个浪接着一个浪一样，财产和谷仓有什么用，把卢卡尼亚的森林和卡拉布里亚的森林连起来有什么用，如果死神能够带走大人物也能带走小人物，那么你就绝不能用金子收买死神。

宝石、大理石、象牙、托斯卡纳铜像、画卷、银盘、用盖图里亚紫色染料染的长袍——有些人从来不能拥有这些东西；有些人也从来不想拥有这些东西。两兄弟中的一个喜欢希律王繁茂的棕榈林，在那里休闲嬉戏，涂油放松身心；而另一个却富有而不知疲倦，从早到晚用火烧荒，用铁犁耕地。为什么会这样，只有每个人的守护神才会知道——他是掌管我们出生之星的朋友，也是人性之神，掌握每个人的生死，用或者阳光或者忧郁的不同表情注视着每个人。我会享受并不充裕的财产，按需使用，我不担心当我的继承人发现除了我留给他的财产就找不到更多的财产后会怎么看我。此外，我还想知道坦诚愉快的给予者和那些挥霍者有多大区别，节俭者和那些吝啬鬼有多大区别。因为这确实差异巨大：你是挥霍你的钱财，还是为了从短暂而美好的时刻最大限度地获取快乐而不吝惜花钱或不处心积虑地增加你的财富，就像春假中的学童一样。让卑鄙的贫穷远离我，就我而言，无论我是坐在一艘大船还是一艘小船里，都是同一个人。在有利航行的北风吹起的时候，我不随着膨胀的船帆而一直向前，也不把我的生活拖入与肆虐的南风抗争的泥淖。在力量、智慧、容貌、美德、地位和财富诸方面，我虽落后于领先者，但却领先于落后者。

你不贪婪。好！然后呢？其他所有的缺点都和贪婪一样远离你了吗？你是否能免于虚荣的抱负的折磨？你是否能摆脱对死亡的恐惧和愤恨？梦、对魔法的恐惧、奇迹、女巫、夜晚的鬼魂和塞萨利的奇事——你能对这些都一笑了之吗？你能充满感激地看待你的每个生日吗？你会宽恕你的朋友吗？随着年龄的增加，你会变得越来越温和友善吗？在许多刺中仅仅拔出一根对你有什么用呢？如果你不知道如何正确地生活，就给那些知道的人让路。你已经玩得尽兴了，你已经吃饱喝足了，该到离开宴席的时候了，以免当你喝多之后，被那些可以用更优雅的方式和荡妇嬉戏的年轻人嘲笑和推搡。

索　引

Accius　阿西乌斯，古罗马悲剧诗人，Satires. 1. 10；Epistles. 2. 1

Achaemenes　阿契美尼斯，波斯国王，Odes. 2. 12

Acherontia　阿策伦提亚，阿普里亚一小村，Odes. 3. 4

Achilles　阿喀琉斯，《伊利亚特》中的英雄，Odes. 1. 15；Odes. 2. 4；Odes. 2. 16；Odes. 4. 6；Epodes. 17；Satires. 1. 7；Satires. 2. 3；Epistles. 2. 2

Acrisius　阿克里修斯，阿哥斯国王，Odes. 3. 16

Acroceraunia　阿克罗塞劳尼亚，伊庇鲁斯一岬角，Odes. 1. 3

Actium　亚克兴，希腊西北部一海岬，Epistles. 1. 18

Adriatic Sea　亚得里亚海，Odes. 1. 3；Odes. 1. 16；Odes. 1. 33；Odes. 2. 11；Odes. 2. 14；Odes. 3. 3；Odes. 3. 9；Odes. 3. 27；Epistles. 1. 18

Aeacus　爱考士，阿喀琉斯的祖父，Odes. 2. 13；Odes. 3. 19；Odes. 4. 8

Aefula　埃福拉，意大利中西部一城镇，Odes. 3. 29

Aegean Sea　爱琴海，Odes. 2. 16；Odes. 3. 29；Epistles. 1. 11

Aelius Lamia　埃利乌斯·拉米亚，贺拉斯的朋友，Odes. 1. 26；Odes. 1. 36；Odes. 3. 17；Epistles. 1. 14

Aeneas　埃涅阿斯，特洛伊英雄，Odes. 4. 6；Odes. 4. 7；Satires. 2. 5

Aeolia　伊奥利亚，小亚细亚一古希腊殖民地，Odes. 2. 13；Odes. 3. 30；Odes. 4. 3；Odes. 4. 9

Aeolus　艾奥鲁斯，风神，Odes. 1. 3；Odes. 2. 14

Aeschylus　埃斯库罗斯，古希腊悲剧诗人，Epistles. 2. 1

索引

Aesopus　埃索普斯，古罗马悲剧演员，Satires. 2. 3；Epistles. 2. 1

Aetna　埃特那山，西西里一火山，Odes. 3. 4；Epodes. 17

Aetolia　埃托里亚，希腊中部一地区，Epistles. 1. 18

Afranius　阿福拉尼乌斯，古罗马喜剧作家，Epistles. 2. 1

Africa　非洲，Odes. 2. 1；Odes. 2. 2；Odes. 2. 16；Odes. 2. 18；Odes. 3. 3；Odes. 3. 16；Odes. 3. 29；Odes. 4. 8；Epodes. 2；Satires. 2. 3；Satires. 2. 4；Satires. 2. 8

Africanus　阿非利加努斯，迦太基的毁灭者，Epodes. 9

Agamemnon　阿伽门农，特洛伊战争中的希腊联军领袖，阿特柔斯（Atreus）之子，Odes. 4. 9；以"阿特柔斯的儿子"出现，Odes. 2. 4；Satires. 2. 3；Epistles. 1. 2；以"阿特柔斯的两个儿子"之一出现，Odes. 1. 10；Satires. 2. 3

Agave　阿格芙，底比斯国王彭修斯的母亲，亲手把彭修斯撕成碎片，Satires. 2. 3

Agrippa　阿格里巴，罗马将军和政治家，Odes. 1. 6；Satires. 2. 3；Epistles. 1. 6；Epistles. 1. 12

Ajax　阿贾克斯，希腊英雄，Odes. 1. 15；Odes. 2. 4；Epodes. 10；Satires. 2. 3

Alban　阿尔班，罗马东南部的山区，Odes. 3. 23；Odes. 4. 1；Odes. 4. 11；Satires. 2. 4；Satires. 2. 8；Epistles. 1. 7；Epistles. 2. 1

Albius Tibullus　阿尔比乌斯·提布卢斯，古罗马诗人，Odes. 1. 33；Satires. 1. 4；Epistles. 1. 4

Albius　阿尔比乌斯，古罗马诗人阿尔比乌斯的父亲，他的奢侈使其儿子生活贫困，Satires. 1. 4

Albucius　阿尔布西乌斯，卢希里乌斯作品中的人物，Satires. 2. 1；Satires. 2. 2

Albunea　阿尔布尼亚，阿尼奥河中的仙女，Odes. 1. 7

Alcaeus　阿尔凯奥斯，莱斯博斯岛的诗人，Odes. 2. 13；Odes. 4. 9；

353

Epistles. 1. 19；Epistles. 2. 2

Alcides　阿尔喀德斯，赫拉克勒斯，Odes. 1. 12

Alcinous　阿尔西诺斯，费阿刻斯的国王，Epistles. 1. 2

Alcon　阿尔孔，一希腊奴隶，Satires. 2. 8

Alexander　亚历山大，亚历山大大帝，Epistles. 2. 1

Alexandria　亚历山大里亚，古埃及城市，Odes. 4. 14

Alfenus　阿尔费努斯，一理发师，Satires. 1. 3

Alfius　阿尔费乌斯，一放高利贷者，Epodes. 2

Algidus　阿尔基德斯山，罗马东南一山，Odes. 1. 21；Odes. 3. 23；Odes. 4. 4

Allifae　阿里费，以陶器著称，Satires. 2. 8

Alps　阿尔卑斯山，Odes. 4. 4；Odes. 4. 14；Epodes. 1；Satires. 1. 10；Satires. 2. 5

Alyattes　阿利亚特，吕底亚国王，Odes. 3. 16

Amphion　安菲翁，神话中的底比斯建立者，Odes. 3. 11；Epistles. 1. 18

Anacreon　阿那克里翁，古希腊提俄斯的诗人，Odes. 4. 9；Epodes. 14

Anchises　安喀塞斯，埃涅阿斯的父亲，Odes. 4. 15

Ancus　安库斯，古罗马王政时期的第四任王，Odes. 4. 7；Epistles. 1. 6

Andromeda　安德洛墨达，埃塞俄比亚国王克甫斯的女儿，Odes. 3. 29

Anio　阿尼奥河，意大利中西部一河，Odes. 1. 7

Antenor　安特诺尔，特洛伊将领，主张把海伦还给希腊人，Epistles. 1. 2

Anticyra　安提库拉，位于科林斯湾福基斯的小镇，以藜芦著称，Satires. 2. 3

索 引

Antilochus 安提罗科斯，希腊英雄，Odes. 2. 9

Antiochus 安条克，叙利亚国王，Odes. 3. 6

Antium 安提乌姆，沃尔西人一城镇，Odes. 1. 35

Antonius 安东尼，后三头之一的马克·安东尼，Epodes. 9；Satires. 1. 5

Antonius Iulus 安东尼·伊乌鲁斯，后三头之一的马克·安东尼之子，Odes. 4. 2

Antonius Musa 安东尼·姆萨，医生，擅长冷敷疗法，Epistles. 1. 15

Anxur 安克苏尔，意大利特拉西纳的旧称，Satires. 1. 5

Anytus 阿尼图斯，苏格拉底的控告者之一，Satires. 2. 4

Apella 阿佩拉，一犹太被释奴，Satires. 1. 5

Apelles 阿佩利斯，古希腊著名画家，Epistles. 2. 1

Apollo 阿波罗，太阳神，Odes. 1. 2；Odes. 1. 7；Odes. 1. 10；Epistles. 1. 16；Odes. 1. 21；Odes. 1. 31；Odes. 2. 10；Odes. 3. 4；Odes. 4. 2；Odes. 4. 6；Epodes. 15；Satires. 1. 9；Satires. 2. 5；Epistles. 1. 3；Epistles. 1. 16；Epistles. 2. 1；Epistles. 2. 2

Apennines 亚平宁山脉，Epodes. 16

Appian Way 阿庇安大道，阿庇乌斯·克劳狄·恺库斯在公元前312年主持修建，Epodes. 4；Satires. 1. 5；Epistles. 1. 6；Epistles. 1. 18

Appius 阿庇乌斯，公元前50年任罗马监察官，Satires. 1. 6

Apulia 阿普里亚，意大利东南部一地区，Odes. 1. 33；Odes. 3. 4；Odes. 4. 14；Epodes. 3；Satires. 1. 5

Apulian 阿普里亚人，Odes. 3. 5；Odes. 3. 16；Epodes. 2；Satires. 2. 1

Aquinum 阿奎努姆，意大利中西部一城镇，Epistles. 1. 10

Arabs 阿拉伯人，Odes. 1. 29；Odes. 1. 35；Odes. 2. 12；Odes. 3. 24；Epistles. 1. 6；Epistles. 1. 7

355

Arbuscula　阿布斯库拉，一女演员，Satires. 1. 10
Arcadia　阿卡迪亚，希腊一地区，Odes. 4. 12
Archias　阿基亚斯，一家具制造者，Epistles. 1. 5
Archilochus　阿尔基洛科斯，古希腊诗人，Satires. 2. 3；Epistles. 1. 19
Archytas　阿基塔斯，古希腊哲学家，Odes. 1. 28
Arellius　阿雷里乌斯，贺拉斯一富有的邻居，Satires. 2. 6
Argos　阿哥斯，古希腊一城邦，Odes. 1. 7；Odes. 2. 6；Odes. 3. 16；Satires. 2. 3；Epistles. 2. 2
Aricia　阿里西亚，罗马南部一小镇，Satires. 1. 5；Epistles. 2. 2
Ariminum　阿里米努姆，地名，Epodes. 5
Aristippus　阿里斯提普斯，古希腊哲学家，昔勒尼学派的创始人，Satires. 2. 3；Epistles. 1. 1；Epistles. 1. 17
Aristius Fuscus　阿里斯提乌斯·福斯库斯，贺拉斯的朋友，Odes. 1. 22；Satires. 1. 9；Satires. 1. 10；Epistles. 1. 10
Aristophanes　阿里斯托芬，古希腊喜剧作家，Satires. 1. 4
Armenian　亚美尼亚人，Epistles. 1. 12
Arrius　阿里乌斯，昆图斯·阿里乌斯，曾举办大规模宴会，Satires. 2. 3
Asia　亚细亚，Satires. 1. 7；Epistles. 1. 3
Assaracus　阿萨拉库斯，特洛伊国王，Epodes. 13
Asterie　阿斯蒂瑞，一少女，Odes. 3. 7
Athens　雅典，Satires. 1. 1；Satires. 2. 7；Epistles. 2. 1；Epistles. 2. 2
Atlas　阿特拉斯，擎天神，Odes. 1. 10；Odes. 1. 31；Odes. 1. 34
Atta　阿塔，古罗马剧作家，Epistles. 2. 1
Attalus　阿塔卢斯，帕加马国王，Odes. 1. 1；Odes. 2. 18；Epistles. 1. 11
Attica　阿提卡，古希腊城邦，Odes. 1. 3；Odes. 2. 1；Satires. 2. 8

索　引

Aufidius　奥菲迪乌斯，人名，Satires. 2. 4

Aufidius Luscus　奥菲迪乌斯·卢斯库斯，芳迪的"裁判官"，与前者并非一人，Satires. 1. 5

Aufidus　奥菲德斯河，阿普里亚一河，Odes. 3. 30；Odes. 4. 9；Odes. 4. 14；Satires. 1. 1

Augustus　奥古斯都，罗马帝国第一任元首，有时被称为"恺撒"（Caesar），Odes. 1. 2；Odes. 1. 6；Odes. 1. 12；Odes. 1. 21；Odes. 1. 35；Odes. 1. 37；Odes. 2. 9；Odes. 2. 12；Odes. 3. 3；Odes. 3. 4；Odes. 3. 5；Odes. 3. 14；Odes. 3. 25；Odes. 4. 2；Odes. 4. 4；Odes. 4. 5；Odes. 4. 14；Odes. 4. 15；Epodes. 1；Epodes. 9；Satires. 1. 3；Satires. 2. 1；Epistles. 1. 3；Epistles. 1. 5；Epistles. 1. 12；Epistles. 1. 13；Epistles. 1. 16；Epistles. 2. 1；Epistles. 2. 2

Aulis　奥利斯，比奥提亚一城镇，Satires. 2. 3

Aulon　奥伦山，塔兰托附近一山，Odes. 2. 6

Aulus　奥卢斯，奥皮迪乌斯的儿子，Satires. 2. 3

Avidienus　阿维迪埃努斯，一吝啬的人，Satires. 2. 2

Babylon　巴比伦，Odes. 1. 11

Bacchius　巴齐乌斯，一著名角斗士，Satires. 1. 7

Bacchae　酒神的追随者，Odes. 3. 25；Satires. 1. 3

Bacchus(Liber)　巴克斯，酒神，Odes. 1. 7；Odes. 1. 12；Odes. 1. 16；Odes. 1. 18；Odes. 1. 27；Odes. 1. 32；Odes. 2. 6；Odes. 2. 11；Odes. 2. 19；Odes. 3. 3；Odes. 3. 8；Odes. 3. 16；Odes. 3. 21；Odes. 3. 25；Odes. 4. 8；Epodes. 9；Satires. 1. 4；Epistles. 1. 19；Epistles. 2. 1；Epistles. 2. 2

Bactra　巴克特拉，一古老东方城市，Odes. 3. 29

Baiae　巴亚，坎帕尼亚一小镇，罗马人的疗养胜地，Odes. 2. 18；Odes.

357

3.4；Satires. 2.4；Epistles. 1.1；Epistles. 1.15

Baius　巴伊乌斯，一穷人，Satires. 1.4

Balatro　巴拉特洛，梅塞纳斯一门客，Satires. 2.8

Balbinus　巴尔宾乌斯，人名，Satires. 1.3

Bandusia　班都西亚泉，位于萨宾，Odes. 3.13

Bantia　班提亚，贺拉斯家乡附近一村，Odes. 3.4

Barine　巴里尼，一少女，Odes. 2.8

Barium　巴里乌姆，阿普里亚一小镇，Satires. 1.5

Barrus　巴鲁斯，一自负的人，Satires. 1.6

Barrus　巴鲁斯，一说话刻薄的人，Satires. 1.7

Bassus　巴苏斯，一酒量很大的人，Odes. 1.36

Bathyllus　巴塞路斯，诗人阿那克里翁的情人，Epodes. 14

Bellerophon　柏勒罗丰，神话中的英雄，Odes. 3.7；Odes. 3.12；Odes. 4.11

Bellona　司战女神，Satires. 2.3

Beneventum　柏尼温图姆，位于意大利中部，萨姆尼特人建立的小镇，Satires. 1.5

Berecyntes　柏莱辛提斯，佛里几亚一部落，Odes. 1.18；Odes. 3.19；Odes. 4.1

Bestius　贝斯提乌斯，可能是卢希里乌斯作品中的人物，Epistles. 1.15

Bibulus　比布卢斯，曾任执政官，Odes. 3.28

Bibulus　比布卢斯，可能是布鲁图的继子，Satires. 1.10

Bion　比翁，古希腊诗人，Epistles. 2.2

Birrius　比里乌斯，一强盗，Satires. 1.4

Bistones　比斯托尼斯，色雷斯一民族，Odes. 2.19

Bithus　比苏斯，一著名角斗士，Satires. 1.7

Bithynia　比提尼亚，小亚细亚一地区，Odes. 1.35；Odes. 3.7；Epistles. 1. 6

Boeotia 比奥提亚，希腊一地区，Epistles. 2. 1

Bolanus 波拉努斯，一坏脾气的人，Satires. 1. 9

Bosphorus 博斯普鲁斯海峡，Odes. 2. 13；Odes. 2. 20；Odes. 3. 4

Breuni 布列乌尼人，阿尔卑斯山一部落，Odes. 4. 14

Briseis 布里塞伊斯，一希腊少女，Odes. 2. 4

Britons 不列颠人，Odes. 1. 21；Odes. 1. 35；Odes. 3. 4；Odes. 3. 5；Odes. 4. 14；Epodes. 7

Brundisium 布林迪西，卡拉布里亚的著名港口，Satires. 1. 5；Epistles. 1. 17；Epistles. 1. 18

Brutus 布鲁图，恺撒的刺杀者，Odes. 2. 7；Epistles. 1. 7

Bullatius 布拉提乌斯，贺拉斯的朋友，Epistles. 1. 11

Bupalus 布帕卢斯，古希腊雕塑家，古希腊讽刺诗诗人希波纳克斯（Hipponax）的死敌，Epodes. 6

Butra 布特拉，贺拉斯的朋友，Epistles. 1. 5

Byzantium 拜占庭，Satires. 2. 4

Cadmus 卡德姆斯，古罗马一行刑官，Satires. 1. 6

Caecilius 恺西里乌斯，古罗马喜剧诗人，Epistles. 2. 1

Caelius 恺里乌斯，一强盗，Satires. 1. 4

Caesar 恺撒，尤里乌斯·恺撒，古罗马著名政治家和独裁者，Odes. 1. 2（被布鲁图刺杀）；Satires. 1. 9（恺撒花园）

Calabria 卡拉布里亚，意大利一地区，Odes. 1. 31；Odes. 1. 33；Odes. 3. 16；Epodes. 1；Epistles. 1. 7；Epistles. 2. 2

Calais 卡莱斯，贺拉斯的情敌，Odes. 3. 9

Cales 卡雷斯，位于坎帕尼亚，以产酒闻名，Odes. 1. 20；Odes. 1. 31；Odes. 4. 12

Callimachus 卡利马科斯，亚历山大里亚的著名诗人，Epistles. 2. 2

Calliope 卡利奥普，九位缪斯之一，掌管史诗，Odes. 3. 4

Calvus 卡尔乌斯，古罗马演说家和诗人，Satires. 1. 10

Camillus 卡米卢斯，罗马共和国时期著名的独裁官，维伊的征服者，Odes. 1. 12；Epistles. 1. 1

Campania 坎帕尼亚，Satires. 1. 5；Satires. 1. 6；Satires. 2. 3；Satires. 2. 8

Canidia 卡尼迪亚，一女巫，Epodes. 3；Epodes. 5；Epodes. 17；Satires. 1. 8；Satires. 2. 1；Satires. 2. 8

Cantabrian 坎塔布里亚人，西班牙北部一部落，Odes. 2. 6；Odes. 2. 11；Odes. 3. 8；Odes. 4. 14；Epistles. 1. 12；Epistles. 1. 18

Canusium 卡努希乌姆，阿普里亚一城镇，Satires. 1. 5；Satires. 1. 10；Satires. 2. 3

Capitol 卡庇托尔山，此山上建有朱庇特神庙，Odes. 1. 37；Odes. 3. 3；Odes. 3. 24；Odes. 3. 30；Odes. 4. 3

Caprius 卡普里乌斯，一检察官，Satires. 1. 4

Capua 加普亚，坎帕尼亚一城镇，Epodes. 16；Satires. 1. 5；Epistles. 1. 11

Carthage 迦太基，Odes. 1. 12；Odes. 3. 5；Odes. 4. 4；Odes. 4. 8；Epodes. 7；Epodes. 9；Satires. 2. 1

Caspian Sea 里海，Odes. 2. 9

Cassius 卡西乌斯，古罗马诗人，Satires. 1. 10；Epistles. 1. 4

Castalia 卡斯塔里亚泉，Odes. 3. 4

Castor 卡斯托尔，希腊英雄，Odes. 4. 5；Epodes. 17；Satires. 2. 1；Epistles. 2. 1

Castor 卡斯托尔，一角斗士，Epistles. 1. 18

Catienus 卡提埃努斯，一演员，Satires. 2. 3

Catilus 卡提卢斯，提布尔的建立者，Odes. 1. 18

Catius 卡提乌斯，伊壁鸠鲁主义哲学家，Satires. 2. 4

索 引

Cato　加图，拒绝向恺撒投降而自杀，Odes. 1. 12；Odes. 2. 1；Epistles. 1. 19

Cato　加图，古罗马监察官，著名政治家，Odes. 2. 15；Odes. 3. 21；Epistles. 2. 2

Cato　加图，罗马共和国晚期的语法学家，Satires. 1. 10

Catullus　卡图卢斯，古罗马著名诗人，Satires. 1. 10

Caucasus　高加索，Odes. 1. 22；Epodes. 1

Caudium　卡乌迪乌姆，一萨姆尼特人城镇，Satires. 1. 5

Cecrops　刻克洛普斯，阿提卡第一任国王，Odes. 4. 12

Celsus Albinovanus　塞尔苏斯·阿尔比诺瓦努斯，贺拉斯的朋友，Epistles. 1. 3；Epistles. 1. 8

Censorinus　山索里努斯，贺拉斯的朋友，Odes. 4. 8

Ceos　喀俄斯岛，基克拉迪群岛中的一小岛，抒情诗人西摩尼得斯的出生地，Odes. 2. 1

Ceres　谷类女神，Odes. 3. 2；Odes. 4. 5；Satires. 2. 2；Satires. 2. 8

Cervius　塞尔维乌斯，一告密者，Satires. 2. 1

Cervius　塞尔维乌斯，贺拉斯的邻居，Satires. 2. 6

Cethegus　塞泰古斯，古罗马演说家，Epistles. 2. 2

Charybdis　卡律布迪斯旋涡，Odes. 1. 27

Chia　齐亚，一少女，Odes. 4. 13

Chimaera　奇美拉，神话中的怪物，Odes. 1. 27；Odes. 2. 17；Odes. 4. 2

Chios　希俄斯，爱琴海一岛，Epistles. 1. 11

Chloe　科洛，一少女，Odes. 1. 23；Odes. 3. 9；Odes. 3. 26

Chloe　科洛，一住在奥里库斯（Oricus）的女人，Odes. 3. 7

Chloris　克罗里斯，一少女，Odes. 2. 5

Chloris　克罗里斯，一年老的女人，Odes. 3. 15

Choerilus　科里路斯，歌颂亚历山大大帝的诗人，Epistles. 2. 1

361

Chremes　克雷米斯，泰伦斯喜剧中的守财奴，Epodes. 1；Satires. 1. 10

Chrysippus　克吕西普斯，斯多葛学派哲学家，Satires. 1. 3；Satires. 2. 3；Epistles. 1. 2

Cibyra　西拜拉，佛里儿亚南部一城镇，Epistles. 1. 6

Cicuta　西库塔，一放贷的人，Satires. 2. 3

Cinara　希娜拉，一少女，Odes. 4. 1；Odes. 4. 13；Epistles. 1. 7；Epistles. 1. 14

Circe　锡西，女妖，Odes. 1. 17；Epodes. 17；Epistles. 1. 2

Circeii　锡西，拉丁姆一岬角，Satires. 2. 4

Clazomenae　克拉左梅内，小亚细亚一城镇，Satires. 1. 7

Cleopatra　克里奥帕特拉，埃及女王，Odes. 1. 37；Epodes. 9

Clio　克里奥，代表历史的缪斯女神，Odes. 1. 12

Clusium　克鲁西乌姆，位于伊特鲁里亚，Epistles. 1. 15

Cnidos　克尼多斯，位于小亚细亚西南海岸，Odes. 1. 30；Odes. 2. 5；Odes. 3. 28

Cocceius　科齐乌斯，公元前36年任执政官，Satires. 1. 5

Cocytos　科塞特斯河，冥界一河流，Odes. 2. 14

Codrus　科德鲁斯，阿提卡国王，Odes. 3. 19

Colchis　科尔基斯，位于黑海东部，Odes. 2. 13；Odes. 4. 4；Epodes. 5；Epodes. 16；Epodes. 17

Colophon　克勒芬，爱奥尼亚一城市，Epistles. 1. 11

Concanian　康卡尼亚人，西班牙一部落，Odes. 3. 4

Coranus　考拉努斯，人名，Satires. 2. 5

Corinth　科林斯，Odes. 1. 7；Epistles. 1. 17；Epistles. 2. 1

Corvinus　科尔维努斯，常被称为美塞拉（Messalla），罗马演说家和政治家，Odes. 3. 21；Satires. 1. 6；Satires. 1. 10

Corycus　科里库斯，位于西里西亚，Satires. 2. 4

索 引

Cos 科斯，哈利卡纳苏斯(Halicarnassus)附近一岛，Satires. 2. 8

Cotiso 科蒂索，达契亚首领，Odes. 3. 8

Cotyto 科提托，色雷斯女神，Epodes. 17

Cragus 克拉古斯山，利西亚一山，Odes. 1. 21

Crantor 克兰托尔，古希腊哲学家，Epistles. 1. 2

Crassus 克拉苏，前三头之一，Odes. 3. 5

Craterus 克拉特如斯，一医生，Satires. 2. 3

Cratinus 克拉提诺斯，阿提卡喜剧诗人，Satires. 1. 4；Epistles. 1. 19

Creon 克瑞翁，科林斯国王，Epodes. 5

Crete 克里特，地中海一岛，Odes. 1. 15；Odes. 1. 26；Odes. 1. 36；Odes. 3. 27；Odes. 4. 9；Epodes. 9

Crispinus 克里斯皮努斯，斯多葛学派作家，Satires. 1. 1；Satires. 1. 3；Satires. 1. 4；Satires. 2. 7

Croesus 克罗埃苏斯，吕底亚国王，Epistles. 1. 11

Cumae 库麦，坎帕尼亚一城镇，Epistles. 1. 15

Cupid 丘比特，Odes. 1. 2；Odes. 1. 19；Odes. 1. 32；Odes. 2. 8；Odes. 3. 27；Odes. 4. 1；Odes. 4. 13

Curius 库里乌斯，公元前290年任执政官，Odes. 1. 12；Epistles. 1. 1

Curtillus 库尔提卢斯，人名，Satires. 2. 8

Cyclades 基克拉迪群岛，Odes. 1. 14；Odes. 3. 28

Cyclopes 塞克罗普，独眼巨人，Odes. 1. 4；Satires. 1. 5；Epistles. 2. 2

Cyprus 塞浦路斯，Odes. 1. 1；Odes. 1. 3；Odes. 1. 19；Odes. 1. 30；Odes. 3. 26；Odes. 3. 29

Cyrus 居鲁士，波斯国王，Odes. 2. 2；Odes. 3. 29

Dacian 达契亚人，多瑙河北岸一部落，Odes. 1. 35；Odes. 2. 20；
　　Odes. 3. 6；Odes. 3. 8；Satires. 2. 6
Daedalus 代达路斯，神话中的雅典发明家，Odes. 1. 3；Odes. 2. 20；
　　Odes. 4. 2
Dalmatia 达尔马提亚，位于亚得里亚海东岸，Odes. 2. 1
Dama 达玛，常用作奴隶的名字，Satires. 1. 6；Satires. 2. 5
Damalis 达玛利斯，一个有好酒量的女人，Odes. 1. 36
Damasippus 达玛西普斯，一皈依斯多葛主义者，Satires. 2. 3
Danae 达娜厄，神话中的阿哥斯公主，Odes. 3. 16
Danaus 达那乌斯，命令其五十个女儿杀掉她们的新婚丈夫，Odes.
　　2. 14；Odes. 3. 11
Danube 多瑙河，Odes. 4. 14；Odes. 4. 15
Dardanus 达尔达努斯，特洛伊国王的祖先，Odes. 1. 15
Daunia 达乌尼亚，意大利一地区，Odes. 1. 22
Daunus 达乌努斯，神话中的阿普里亚国王，Odes. 2. 1；Odes.
　　3. 30；Odes. 4. 6；Odes. 4. 14
Davus 达乌斯，喜剧中一奴隶，Satires. 1. 10；Satires. 2. 5
Davus 达乌斯，贺拉斯的一个奴隶，Satires. 2. 7
Decius 德塞乌斯，出身平民，曾任执政官，死于拉丁战争，Satires.
　　1. 6
Deiphobus 德伊福玻斯，特洛伊英雄，Odes. 4. 9
Dellius 德琉斯，在内战中不断叛变，Odes. 2. 3
Delos 德洛斯，希腊一岛，Odes. 1. 21；Odes. 3. 4；Odes. 4. 3；
　　Odes. 4. 6
Delphi 德尔菲，希腊圣地，阿波罗神谕颁布地，Odes. 1. 7
Demetrius 德米特里乌斯，教女演员唱歌的教师，Satires. 1. 10
Demetrius 德米特里乌斯，一希腊奴隶，Epistles. 1. 7
Democritus 德谟克利特，古希腊哲学家，Epistles. 1. 12；Epis-

tles. 2. 1

Diana　狄安娜，月神和狩猎女神，Odes. 1. 12；Odes. 1. 21；Odes. 2. 12；Odes. 3. 4；Odes. 4. 7；Epodes. 5；Epodes. 17

Digentia　迪根提亚，萨宾一小河，Epistles. 1. 18

Dindymus　狄恩戴穆斯山，佛里几亚自然女神的崇拜中心，Odes. 1. 16

Diomedes　狄俄墨得斯，特洛伊战争中的希腊英雄，Satires. 1. 5；Satires. 1. 7

Dionysius　狄奥尼修斯，奴隶的名字，Satires. 1. 6

Dirce　德尔丝，底比斯一泉，在品达出生地比奥提亚附近，故文学界常把品达比作德尔丝的天鹅，Odes. 4. 2

Dolichos　杜里考斯，一角斗士，Epistles. 1. 18

Dossennus　多塞努斯，普劳图斯戏剧中的人物，Epistles. 2. 1

Drusus　德鲁苏斯，奥古斯都继子，Odes. 4. 4；Odes. 4. 14

Edonian　伊多尼人，色雷斯人的一支，Odes. 2. 7

Electra　伊莱克特拉，俄瑞斯忒斯的姐姐，Satires. 2. 3

Elis　埃利斯，位于伯罗奔尼撒西北部，奥林匹亚所在地，Odes. 4. 2

Empedocles　恩培多克勒，古希腊哲学家，Epistles. 1. 12

Enceladus　恩克拉多斯，巨人，Odes. 3. 4

Enipeus　埃尼匹斯，人名，Odes. 3. 7

Ennius　恩尼乌斯，古罗马诗人，被称为卡拉布里亚缪斯，Odes. 4. 8；Satires. 1. 4；Satires. 1. 10；Epistles. 1. 19；Epistles. 2. 1

Ephesus　以弗所，爱奥尼亚一城市，Odes. 1. 7

Epicharmus　埃庇卡摩斯，古希腊喜剧作家，Epistles. 2. 1

Epicurus　伊壁鸠鲁，古希腊哲学家，伊壁鸠鲁学派创始人，Epistles. 1. 4

Epidaurus　埃皮达鲁斯，古希腊阿尔戈利斯（Argolis）一城，Sati-

365

res. 1. 3

Erymanthus 埃里曼楚斯山，阿卡迪亚一山，Odes. 1. 21

Eryx 厄伊克斯山，位于西西里岛西北，Odes. 1. 2

Esquiline 埃斯奎琳山，位于台伯河岸的罗马七丘之一，Epodes. 5；
　　Epodes. 17；Satires. 1. 8

Etna 埃特那山，西西里一火山，Odes. 3. 4；Epodes. 17

Etruria 伊特鲁里亚，意大利中部古国，有时被"托斯卡纳"代指，
　　Odes. 1. 2； Odes. 1. 11； Odes. 3. 10； Odes. 3. 24；
　　Odes. 3. 29； Odes. 4. 4； Odes. 4. 15； Epodes. 16； Satires. 1. 6； Satires. 1. 10； Satires. 2. 2； Satires. 2. 3； Epistles. 2. 1；Epistles. 2. 2

Eupolis 欧波利斯，古希腊喜剧诗人，Satires. 1. 4；Satires. 2. 3

Europe 欧罗巴，腓尼基公主，Odes. 3. 27

Europe 欧洲，Odes. 3. 3

Euterpe 司乐女神，Odes. 1. 1

Eutrapelus 欧特拉皮鲁斯，骑士，安东尼的朋友，Epistles. 1. 18

Evander 伊万德，帕兰特乌姆国王，Satires. 1. 3

Fabia 法比亚，罗马一部落，Epistles. 1. 6

Fabius 费边，古罗马政治家和军事家，以雄辩著称，Satires. 1. 1

Fabricius 法布里丘斯，罗马英雄，Odes. 1. 12

Fabricius 法布里丘斯，法布里丘斯大桥的修建者，Satires. 2. 3

Falernum 法勒努姆，位于坎帕尼亚北部，以产酒闻名，Odes. 1. 20；
　　Odes. 2. 6；Epodes. 4；Satires. 2. 2

Fannius 法尼乌斯，一自负的诗人，Satires. 1. 4；Satires. 1. 10

Faun 福恩，半人半羊的森林之神，Epistles. 1. 19

Faunus 福纳斯，牧神，Odes. 1. 4；Odes. 1. 17；Odes. 2. 17；Odes. 3. 18

Ferentinum　费伦提努姆，阿尔班地区一小村，Epistles. 1. 17

Feronia　费罗尼亚，一意大利女神，Satires. 1. 5

Fidenae　菲德纳，罗马附近一城镇，Epistles. 1. 11

Flavius　弗拉维，维努西亚一教师，Satires. 1. 6

Folia　福利亚，一女巫，Epodes. 5

Fonteius Capito　方提伊乌斯·卡皮托，后三头之一的马克·安东尼的挚友，Satires. 1. 5

Forentum　伏伦特姆，阿普里亚一村，Odes. 3. 4

Formiae　弗尔米亚，一拉丁城镇，Odes. 1. 20；Odes. 3. 17

Fufius　福菲乌斯，一演员，Satires. 2. 3

Fulvius　福尔维乌斯，一角斗士，Satires. 2. 7

Fundanius　方达尼乌斯，古罗马喜剧作家，Satires. 1. 10；Satires. 2. 8

Fundi　芳迪，拉丁姆一小镇，Satires. 1. 5

Furius　福里乌斯，一诗人，Satires. 2. 5

Furnius　福尔尼乌斯，曾任执政官，贺拉斯的朋友，Satires. 1. 10

Gabii　加比，拉丁姆一城镇，Epistles. 1. 11；Epistles. 1. 15；Epistles. 2. 1；Epistles. 2. 2

Gades　加迪斯，西班牙一城镇，Odes. 2. 2；Odes. 2. 6

Gaetulia　盖图里亚，位于北非，Odes. 1. 23；Odes. 3. 20；Epistles. 2. 2

Galaesus　加雷苏斯河，卢卡尼亚一河，Odes. 2. 6

Galatea　加拉提亚，一少女，Odes. 3. 27

Gallonius　加洛尼乌斯，卢希里乌斯作品中的美食家，Satires. 2. 2

Ganymede　加尼美德，朱庇特的侍从，Odes. 3. 20；Odes. 4. 4

Garganus　加格努斯山，意大利一山，Odes. 2. 9；Epistles. 2. 1

Gargilius　哥尔吉里乌斯，人名，Epistles. 1. 6

367

Gargonius　哥尔高尼乌斯，人名，Satires. 1. 4

Gaul　高卢，Odes. 1. 8；Odes. 3. 16；Odes. 4. 14

Gauls　高卢人，Epodes. 9；Epodes. 16；Satires. 2. 1

Geloni　格洛尼人，色雷斯一部落，Odes. 2. 9；Odes. 2. 20；Odes. 3. 4

Genauni　格纳乌尼人，阿尔卑斯山一部落，Odes. 4. 14

Germany　日耳曼，Odes. 4. 5；Epodes. 16

Geryon　吉里昂，一怪物，Odes. 2. 14

Getae　盖塔人，色雷斯一部落，Odes. 3. 24；Odes. 4. 15

Glaucus　格劳库斯，利西亚英雄，Satires. 1. 7

Glycera　格莉色拉，一少女，Odes. 1. 19；Odes. 1. 30；Odes. 1. 33；Odes. 3. 19

Glycon　格莱康，一著名运动员，Epistles. 1. 1

Gnatia　格娜提亚，阿普里亚一城镇，Satires. 1. 5

Gracchus　格拉古，改革家格拉古兄弟都是著名演说家，Epistles. 2. 2

Greece　希腊，有时被主要城邦代指，如被称为"阿哥斯"（Argos），希腊人被称为"阿凯亚人"（Achaeans），Odes. 1. 10；Odes. 1. 15；Odes. 1. 20；Odes. 1. 32；Odes. 2. 4；Odes. 2. 16；Odes. 3. 3；Odes. 3. 8；Odes. 3. 16；Odes. 3. 24；Odes. 4. 3；Odes. 4. 5；Odes. 4. 6；Odes. 4. 8；Epodes. 10；Satires. 1. 5；Satires. 1. 7；Satires. 1. 10；Satires. 2. 3；Epistles. 1. 2；Epistles. 2. 1；Epistles. 2. 2

Grosphus　格劳斯浦斯，在西西里拥有大量地产的一罗马骑士，Odes. 2. 16；Epistles. 1. 12

Gyas　古阿斯，一怪物，Odes. 2. 17；Odes. 3. 4

Gyges　吉格斯，人名，Odes. 2. 5；Odes. 3. 7

索 引

Haemus 哈伊穆斯山，色雷斯一山，Odes. 1. 12

Hagne 哈格娜，一女人名，Satires. 1. 3

Hannibal 汉尼拔，迦太基名帅，Odes. 2. 12；Odes. 3. 6；Odes. 4. 4；Odes. 4. 8；Epodes. 16

Harpy 哈比，人头鸟身的怪物，Satires. 2. 2

Hasdrubal 哈斯朱拔，迦太基将军，汉尼拔之弟，Odes. 4. 4

Hebrus 赫布鲁斯，一容貌俊美的运动健将，Odes. 3. 12

Hebrus 赫布鲁斯河，色雷斯一河，Odes. 3. 25；Epistles. 1. 3；Epistles. 1. 16

Hecate 赫卡特，冥界女神，Satires. 1. 8

Hector 赫克托耳，特洛伊英雄，Odes. 2. 4；Odes. 3. 3；Odes. 4. 9；Epodes. 17；Satires. 1. 7

Helen 海伦，墨涅拉俄斯之妻，与帕里斯私奔，引发特洛伊战争，Odes. 1. 3；Odes. 1. 15；Odes. 4. 9；Epodes. 17；Satires. 1. 3

Helicon 赫利孔山，比奥提亚一山，Odes. 1. 12；Epistles. 2. 1

Heliodorus 赫利奥多罗斯，修辞学家，Satires. 1. 5

Hellas 海拉斯，一女人名，Satires. 2. 3

Hercules 赫拉克勒斯，大力神，Odes. 1. 3；Odes. 2. 12；Odes. 3. 3；Odes. 3. 14；Odes. 4. 4；Odes. 4. 5；Odes. 4. 8；Epodes. 3；Epodes. 17；Satires. 1. 6；Epistles. 1. 1；Epistles. 2. 1

Hermogenes Tigellius

    赫莫杰尼斯·泰格里乌斯，一被贺拉斯鄙视的歌手和音乐家，Satires. 1. 3；Satires. 1. 4；Satires. 1. 9；Satires. 1. 10

Herod 希律王，罗马帝国犹太行省的傀儡统治者，Epistles. 2. 2

Hippolyte 希波吕忒，塞萨利女王，Odes. 3. 7

Hippolytus 希波吕特斯，希腊英雄，Odes. 4. 7

Homer 荷马，古希腊著名盲诗人，《荷马史诗》的作者，Odes. 4. 9；Satires. 1. 10；Epistles. 1. 2；Epistles. 1. 19；Epistles. 2. 1

Hydaspes　海达斯佩斯河，今巴基斯坦境内一河，Odes. 1.22

Hydaspes　海达斯佩斯，一印度奴隶，Satires. 2.8

Hydra　海德拉，希腊神话中的九头蛇，Epistles. 2.1

Hylaeus　海勒斯，希腊神话中半人半马的怪物，Odes. 2.12

Hymettus　伊米托斯山，阿提卡一山，Odes. 2.6；Odes. 2.18；Satires. 2.2

Iapetus　伊阿佩托斯，普罗米修斯之父，Odes. 1.3

Iapyx　伊阿佩克斯，西北风，Odes. 1.3；Odes. 3.27

Iarbitas　伊阿比塔斯，人名，Epistles. 1.19

Iberia　伊比利亚，古西班牙，Odes. 4.5；Odes. 4.14；Epodes. 5

Ibycus　伊比库斯，人名，Odes. 3.15

Icarus　伊卡鲁斯海，伊卡鲁斯坠入的海域，Odes. 1.1

Icarus　伊卡鲁斯，代达路斯之子，Odes. 2.20

Icarus　伊卡鲁斯岛，爱琴海一岛，Odes. 3.7

Iccius　伊希乌斯，贺拉斯的朋友，Odes. 1.29；Epistles. 1.12

Ida　伊达山，特洛伊附近一山，Odes. 1.15；Odes. 3.20

Idomeneus　伊多梅纽斯，克里特王，Odes. 4.9

Ilerda　伊勒达，西班牙一城镇，Epistles. 1.20

Ilia　伊利娅，罗慕路斯与勒莫斯之母，Odes. 1.2；Odes. 3.9；Odes. 4.8

Ilione　伊利奥尼，普里阿姆的大女儿，古罗马悲剧作家帕库维乌斯(Pacuvius)著有同名悲剧，Satires. 2.3

Illyria　伊利里亚，亚得里亚海东北岸地区，Odes. 1.28

Inachia　伊纳齐亚，一少女，Epodes. 11

Inachus　伊纳科斯，阿哥斯国王，Odes. 2.3；Odes. 3.19

India　印度，Odes. 1.31

Indians　印度人，Odes. 1.12；Odes. 3.24；Odes. 4.14；Epistles. 1. 1；Epistles. 1. 6

Iolcos　爱奥科斯，塞萨利一城，Epodes. 5

Ionia　爱奥尼亚，小亚细亚中部沿岸，Odes. 3. 6；Epodes. 2；Epodes. 10

Isthmus　伊斯姆斯，科林斯地峡，Odes. 4. 3

Italy　意大利，Odes. 1. 28；Odes. 1. 37；Odes. 2. 1；Odes. 2. 7；Odes. 2. 13；Odes. 3. 5；Odes. 3. 6；Odes. 3. 30；Odes. 4. 4；Odes. 4. 5；Odes. 4. 14；Odes. 4. 15；Satires. 1. 6；Satires. 1. 7；Satires. 2. 6；Satires. 2. 8；Epistles. 1. 12；Epistles. 1. 18；Epistles. 2. 1

Ithaca　伊大卡，希腊西海岸一岛，Satires. 2. 5；Epistles. 1. 6；Epistles. 1. 7

Itys　伊堤斯，特柔斯之子，Odes. 4. 12

Ixion　伊克西翁，神话中的拉比泰国王，Odes. 3. 11

Janus　亚努斯，两面神，亚努斯神庙大门在战争时敞开，在和平时关闭，Odes. 4. 15；Satires. 2. 6；Epistles. 1. 16；Epistles. 1. 20；Epistles. 2. 1

Janus　亚努斯，以"亚努斯"命名的拱门，罗马金融和商业中心，Satires. 2. 3；Epistles. 1. 1

Jason　伊阿宋，神话中的希腊英雄，阿尔戈号桨手的首领，Epodes. 3

Jews　犹太人，Satires. 1. 4；Satires. 1. 5；Satires. 1. 9

Juba　朱巴，努米底亚国王，Odes. 1. 22

Jugurtha　朱古达，努米底亚国王，Odes. 2. 1；Epodes. 9

Julius　尤里乌斯，一被释奴，Satires. 1. 8

Julius Florus　尤里乌斯·弗洛卢斯，讽刺诗作家，贺拉斯的朋友，Epistles. 1. 3；Epistles. 2. 2

Juno 朱诺，朱庇特之妻，Odes. 1. 7；Odes. 2. 1；Odes. 3. 3；Odes. 3. 4；Satires. 1. 3

Jupiter(Jove) 朱庇特，众神之王，Odes. 1. 2；Odes. 1. 3；Odes. 1. 10；Odes. 1. 11；Odes. 1. 12；Odes. 1. 16；Odes. 1. 21；Odes. 1. 24；Odes. 1. 28；Odes. 1. 32；Odes. 1. 34；Odes. 1. 37；Odes. 2. 6；Odes. 2. 7；Odes. 2. 10；Odes. 2. 17；Odes. 3. 1；Odes. 3. 2；Odes. 3. 3；Odes. 3. 4；Odes. 3. 5；Odes. 3. 10；Odes. 3. 16；Odes. 3. 24；Odes. 3. 25；Odes. 3. 27；Odes. 3. 29；Odes. 4. 3；Odes. 4. 4；Odes. 4. 8；Odes. 4. 15；Epodes. 2；Epodes. 5；Epodes. 9；Epodes. 10；Epodes. 13；Epodes. 16；Epodes. 17；Satires. 1. 1；Satires. 2. 1；Satires. 2. 3；Epistles. 1. 1；Epistles. 1. 12；Epistles. 1. 16；Epistles. 1. 17；Epistles. 1. 18；Epistles. 1. 19；Epistles. 2. 1

Labeo 拉比奥，法学家，Satires. 1. 3

Laberius 拉比里乌斯，罗马骑士，仿剧作家，Satires. 1. 10

Lacedaemon 拉西第梦，斯巴达，Odes. 1. 7；Odes. 3. 5

Laconia 拉科尼亚，伯罗奔尼撒半岛东南部，斯巴达的主要地区，Odes. 2. 18

Laelius 拉埃里乌斯，小西庇阿和泰伦斯的朋友，Satires. 2. 1

Laertes 拉厄耳忒斯，尤利西斯之父，Odes. 1. 15；Satires. 2. 5

Laestrygones 莱斯特里戈尼斯，《荷马史诗》中的产酒地，Odes. 3. 16

Laevinus 拉埃维努斯，一出身高贵但人品不好的人，Satires. 1. 6

Lalage 拉拉吉，一少女，Odes. 1. 22；Odes. 2. 5

Lamus 拉玛斯，神话中的拉丁统治者，Odes. 3. 17

Lanuvium 拉努维乌姆，一拉丁城镇，Odes. 3. 27

Laomedon 拉俄墨冬，特洛伊国王，Odes. 3. 3

索 引

Lapiths　拉比泰人，塞萨利一部落，Odes. 1. 18；Odes. 2. 12

Larisa　拉里萨，塞萨利一城镇，Odes. 1. 7

Latium　拉丁姆，罗马周边地区，Odes. 1. 12；Odes. 1. 35；Odes. 4. 4；Odes. 4. 15；Epistles. 1. 19；Epistles. 2. 1；Epistles. 2. 2

Latona　拉托那，阿波罗和狄安娜之母，Odes. 1. 21；Odes. 1. 31；Odes. 3. 28；Odes. 4. 6

Laurentum　劳伦图姆，拉丁姆都城，Satires. 2. 4

Laverna　拉沃娜，窃贼的保护女神，Epistles. 1. 16

Lebedus　莱比杜斯，爱奥尼亚一城镇，Epistles. 1. 11

Leda　莉达，卡斯托尔和波吕克斯之母，Odes. 1. 12

Lepidus　雷必达，公元前21年的执政官之一，Epistles. 1. 20

Lepos　莱波斯，一著名仿剧演员，Satires. 2. 6

Lesbos　莱斯博斯岛，爱琴海一岛，Epistles. 1. 11

Leuconoe　勒柯诺爱，一少女，Odes. 1. 11

Libitina　利比蒂娜，死神，Satires. 2. 6

Liburnians　利波尼亚人，亚得里亚海东北部一部落，以其轻型战船著称，Epodes. 1

Libya　利比亚，Odes. 1. 1；Odes. 2. 10；Satires. 2. 3；Epistles. 1. 10

Licinius Murena　李西尼乌斯·穆雷纳，公元前23年任执政官，梅塞纳斯妻子的兄弟，Odes. 2. 10；Satires. 1. 5

Licymnia　利塞姆尼亚，梅塞纳斯之妻泰伦提亚（Terentia）的化名，Odes. 2. 12

Ligurinus　利古里努斯，人名，Odes. 4. 1；Odes. 4. 10

Lipara　利帕拉，西西里岛以北一岛，Odes. 3. 12

Liris　里里斯河，拉丁姆一河，Odes. 1. 31；Odes. 3. 17

Livius　利维乌斯，拉丁作家，Epistles. 2. 1

Lollius　洛里乌斯，公元前21年执政官之一，Odes. 4. 9；Epistles. 1. 20

Lollius Maximus 洛里乌斯·马克西姆斯，可能与前者有亲属关系，随奥古斯都于公元前 25 年参加坎塔布里亚战役，Epistles. 1. 2；Epistles. 1. 18

Lucania 卢卡尼亚，意大利南部一地区，Epodes. 1；Satires. 2. 1；Satires. 2. 3；Epistles. 1. 15；Epistles. 2. 2

Luceria 卢瑟里亚，坎帕尼亚一城镇，Odes. 3. 15

Lucilius 卢希里乌斯，讽刺诗作家，Satires. 1. 4；Satires. 1. 10；Satires. 2. 1

Lucretilis 路克里提里斯山，贺拉斯萨宾农庄附近一山，Odes. 1. 17

Lucrine 卢克林湖，坎帕尼亚一湖，Odes. 2. 15；Epodes. 2；Satires. 2. 4

Lucullus 卢库路斯，罗马将军，Epistles. 1. 6；Epistles. 2. 2

Lupus 卢普斯，公元前 156 年执政官，被卢希里乌斯用讽刺诗攻击，Satires. 2. 1

Lycaeus 吕克乌斯山，阿卡迪亚一山，Odes. 1. 17

Lycambes 吕卡贝斯，本已把女儿拿布里许配给诗人阿尔基洛科斯，后来却又反悔，以致被诗人谩骂而上吊自杀，Epodes. 6；Epistles. 1. 19

Lyce 吕瑟，一女人名，Odes. 3. 10；Odes. 4. 13

Lycia 利西亚，小亚细亚一地区，Odes. 1. 8；Odes. 3. 4；Satires. 1. 7

Lycidas 利西达斯，一俊美男孩，Odes. 1. 4

Lyciscus 利西斯库斯，人名，Epodes. 11

Lycoris 吕克里斯，一少女，Odes. 1. 33

Lycurgus 莱库古，神话中的色雷斯国王，Odes. 2. 19

Lycus 莱库斯，希腊诗人阿尔凯奥斯喜欢的一男孩，Odes. 1. 32

Lycus 莱库斯，人名，与前者并非一人，Odes. 3. 19

Lyde 莱德，一少女，Odes. 2. 11；Odes. 3. 11；Odes. 3. 28

Lydia　莉迪亚，一少女，Odes. 1. 8；Odes. 1. 13；Odes. 1. 25；Odes. 3. 9

Lydia　吕底亚，小亚细亚一地区，Odes. 4. 15

Lydians　吕底亚人，Satires. 1. 6

Lynceus　林瑟斯，阿尔戈英雄之一，拥有敏锐的视力，Epistles. 1. 1

Lysippus　利西普斯，古希腊著名雕塑家，Epistles. 2. 1

Maecenas　梅塞纳斯，贺拉斯的朋友和赞助人，Odes. 1. 1；Odes. 1. 20；Odes. 2. 12；Odes. 2. 17；Odes. 2. 20；Odes. 3. 8；Odes. 3. 16；Odes. 3. 29；Odes. 4. 11；Epodes. 1；Epodes. 3；Epodes. 9；Epodes. 14；Satires. 1. 1；Satires. 1. 3；Satires. 1. 5；Satires. 1. 6；Satires. 1. 9；Satires. 1. 10；Satires. 2. 3；Satires. 2. 6；Satires. 2. 7；Satires. 2. 8；Epistles. 1. 1；Epistles. 1. 7；Epistles. 1. 19

Macedon　马其顿，Odes. 3. 16

Maenius　梅尼乌斯，卢希里乌斯作品中的人物，Satires. 1. 3；Epistles. 1. 15

Maeonia　迈奥尼亚，荷马的出生地，Odes. 4. 9

Magnesia　马格尼西亚，位于塞萨利，Odes. 3. 7

Maia　玛亚，墨丘利之母，Odes. 1. 2；Satires. 2. 6

Mamurrae　马姆雷，来自弗尔米亚的罗马骑士，恺撒喜欢的人，Satires. 1. 5

Manlius　曼里乌斯，曾任罗马执政官，Odes. 3. 21

Marcellus　马赛鲁斯，罗马将军，Odes. 1. 12

Marica　马里卡，林泽仙女之一，Odes. 3. 17

Marius　马里乌斯，击败朱古达的罗马将军，Epodes. 9

Marius　马里乌斯，杀死情人海拉斯后自杀，Satires. 2. 3

Mars　马尔斯，战神，Odes. 1. 2；Odes. 1. 6；Odes. 1. 17；Odes.

375

1.28；Odes.2.14；Odes.3.3；Odes.4.8

Marsi 马尔西人，意大利中部一部落，Odes.1.1；Odes.1.2；Odes.2.20；Odes.3.5；Odes.3.14；Epodes.5；Epodes.16；Epodes.17

Marsyas 马尔塞阿斯，森林之神，Satires.1.6

Massagetae 马萨格泰人，斯基泰一部落，Odes.1.35

Matine 马提尼，位于塔兰托，Odes.1.28；Odes.4.2；Epodes.16

Medea 美狄亚，科尔基斯公主，神话中的女巫，Epodes.3；Epodes.5

Medes 米底人，帕提亚人，Odes.1.2；Odes.1.29；Odes.2.1；Odes.2.16；Odes.3.3；Odes.3.8；Odes.4.14

Megylla 麦吉拉，一少女，Odes.1.27

Melpomene 墨尔波墨涅，悲剧缪斯，Odes.1.24；Odes.3.30；Odes.4.3

Memnon 门农，被阿喀琉斯所杀，Satires.1.10

Memphis 孟菲斯，埃及尼罗河岸一城，Odes.3.26

Menander 米南德，古希腊新阿提卡喜剧诗人，Satires.2.3；Epistles.2.1

Menelaus 墨涅拉俄斯，阿特柔斯之子，以"阿特柔斯的儿子"出现，Epistles.1.7；以"阿特柔斯的两个儿子"之一出现，Odes.1.10；Satires.2.3

Menenius 梅奈尼乌斯，一精神病人，Satires.2.3

Mercury 墨丘利，朱庇特和玛亚之子，Odes.1.2；Odes.1.10；Odes.1.24；Odes.1.30；Odes.2.7；Odes.3.11；Epodes.13；Satires.2.3

Meriones 麦瑞奥尼斯，克里特首领，Odes.1.6；Odes.1.15

Messius Cicirrus 梅西乌斯·西西茹斯，人名，Satires.1.5

Metaurus 梅陶鲁斯河，意大利一河，Odes.4.4

Metella　米提拉，女人名，Satires. 2. 3

Metellus　梅特鲁斯，公元前 60 年任罗马执政官，Odes. 2. 1

Metellus　梅特鲁斯，公元前 143 年任罗马执政官，被卢希里乌斯用讽刺诗攻击，Satires. 2. 1

Mevius　梅维乌斯，一蹩脚诗人，Epodes. 10

Miletus　米利都，小亚细亚一城，Epistles. 1. 17

Milonius　米洛尼乌斯，人名，Satires. 2. 1

Mimas　米玛斯，一巨人，Odes. 3. 4

Mimnermus　米姆奈尔姆斯，古希腊哀歌诗人，Epistles. 1. 6；Epistles. 2. 2

Minerva　密涅瓦，智慧女神，Odes. 3. 3；Odes. 3. 4；Odes. 3. 12；Odes. 4. 6

Minos　米诺斯，冥府判官，Odes. 1. 28；Odes. 4. 7

Minturnae　闵特内，里里斯河口一城镇，Epistles. 1. 5

Minucius　米努希乌斯，人名，Epistles. 1. 18

Misenum　米瑟努姆，坎帕尼亚一岬角，位于那不勒斯湾北部，Satires. 2. 4

Monaeses　摩那塞斯，帕提亚首领，Odes. 3. 6

Moors　摩尔人，Odes. 1. 22；Odes. 2. 6；Odes. 3. 10

Moschus　摩斯科斯，帕加马修辞学家，被指控犯有投毒罪，Epistles. 1. 5

Mucius　穆西乌斯，著名律师，Epistles. 2. 2

Mulvius　穆尔维乌斯，一门客，Satires. 2. 7

Munatius　穆纳提乌斯，穆纳提乌斯·普兰库斯之子，Epistles. 1. 3

Murena　穆雷纳，曾任罗马占兆官，Odes. 3. 19

Muse　缪斯，诗神，Odes. 1. 6；Odes. 1. 26；Odes. 1. 32；Odes. 2. 1；Odes. 2. 10；Odes. 2. 12；Odes. 3. 1；Odes. 3. 3；Odes. 3. 4；Odes. 3. 19；Odes. 4. 3；Odes. 4. 6；Odes. 4. 8；Sati-

377

res. 1. 5；Satires. 1. 10；Epistles. 1. 3；Epistles. 1. 8；Epistles. 2. 1；Epistles. 2. 2

Mutus　穆图斯，人名，Epistles. 1. 6

Mycenae　迈锡尼，古希腊一城，Odes. 1. 7

Mygdon　迈格顿，传说中的佛里几亚国王，Odes. 2. 12；Odes. 3. 16

Myrtale　麦特勒，一被释女奴，Odes. 1. 33

Myrto　米尔托翁海，爱琴海的一部分，Odes. 1. 1

Mysians　迈西亚人，小亚细亚一民族，Epodes. 17

Mystes　麦斯提斯，一青年男子，Odes. 2. 9

Mytilene　米提利尼，莱斯博斯岛一城镇，Odes. 1. 7；Epistles. 1. 11

Naevius　纳埃维乌斯，卢希里乌斯作品中的挥霍者，Satires. 1. 1

Naevius　纳埃维乌斯，人名，Satires. 2. 2

Naevius　纳埃维乌斯，公元前3世纪的坎帕尼亚诗人，Epistles. 2. 1

Naiads　水中仙女，Odes. 3. 25

Naples　那不勒斯，Epodes. 5

Nasica　那西卡，一欠债者，Satires. 2. 5

Nasidienus Rufus　纳西迪埃努斯·鲁弗斯，一富有的新贵，Satires. 2. 8

Natta　纳塔，一吝啬鬼，Satires. 1. 6

Neara　妮埃拉，一少女，Odes. 3. 14；Epodes. 15

Nearchus　尼阿克斯，一少男，Odes. 3. 20

Neobule　拿布里，一少女，Odes. 3. 12

Neptune　涅普顿，海神，Odes. 1. 28；Odes. 3. 28；Epodes. 9；Epodes. 17；Epistles. 1. 11

Nereids　海精，Odes. 3. 28

Nereus　涅柔斯，海神，Odes. 1. 15；Epodes. 17

Nerius　涅里乌斯，一放贷的人，Satires. 2. 3

索引

Nessus 涅苏斯，一种半人半马的怪物，Epodes. 3；Epodes. 17

Nestor 涅斯托耳，特洛伊战争中的希腊英雄，Odes. 1. 15；Epistles. 1. 2

Nile 尼罗河，Odes. 3. 3；Odes. 4. 14

Niobe 尼俄伯，因自夸比拉托那多产而遭到惩罚，十四个孩子全被阿波罗和狄安娜杀死，Odes. 4. 6

Niphates 尼法提斯山，亚美尼亚一山，Odes. 2. 9

Nireus 尼柔斯，以英俊著称的希腊英雄，Odes. 3. 20；Epodes. 15

Nomentanus 诺曼塔努斯，卢希里乌斯作品中的挥霍者，Satires. 1. 1；Satires. 1. 8；Satires. 2. 1；Satires. 2. 3

Nomentanus 诺曼塔努斯，纳西迪埃努斯一门客，Satires. 2. 8

Nothus 诺瑟斯，一青年男子，Odes. 3. 15

Novius 诺维乌斯，一放高利贷者，Satires. 1. 3；Satires. 1. 6

Numa 努玛，古罗马王政时期的第二任王，Odes. 1. 12；Epistles. 1. 6；Epistles. 2. 1

Numantia 努曼提亚，西班牙一城，Odes. 2. 12

Numicius 努米西乌斯，人名，Epistles. 1. 6

Numida 努米达，贺拉斯的朋友，Odes. 1. 36

Numidia 努米底亚，北非一部落，Odes. 3. 11

Nymphs 林泽仙女，Odes. 1. 1；Odes. 1. 4；Odes. 1. 30；Odes. 2. 8；Odes. 2. 19；Odes. 3. 18；Odes. 3. 27；Odes. 4. 7

Octavius 屋大维，诗人和历史学家，贺拉斯的朋友，Satires. 1. 10

Ofellus 奥菲卢斯，贺拉斯的邻居，Satires. 2. 2

Olympus 奥林匹斯山，希腊一山，Odes. 1. 12；Odes. 3. 4

Opimius 奥皮米乌斯，一吝啬鬼，Satires. 2. 3

Opus 奥普斯，古希腊洛克里斯(Locris)一城镇，Odes. 1. 27

Orbilius 奥比利乌斯，一开办学校的人，Epistles. 2. 1

Orbius　奥比乌斯，一富有地主，Epistles. 2.2

Orestes　俄瑞斯忒斯，阿伽门农和克吕泰涅斯特拉（Clytemnestra）之子，替父报仇而弑母，被复仇女神惩罚，变成疯子，Satires. 2.3

Oricus　奥里库斯，古希腊伊庇鲁斯（Epirus）一港口，Odes. 3.7

Ornytus　奥尼图斯，人名，Odes. 3.9

Orpheus　俄耳甫斯，传说中的色雷斯吟游诗人，Odes. 1.12；Odes. 1.24

Oscan　欧斯干人，意大利一土著民族，Satires. 1.5

Osiris　奥西里斯，一埃及神祇，Epistles. 1.17

Otho　奥托，曾任保民官，Epodes. 4

Pacideianus　帕西德阿努斯，一角斗士，Satires. 2.7

Pacorus　帕克卢斯，帕提亚首领，Odes. 3.6

Pactolus　帕克托卢斯河，吕底亚一河，其河床富有金矿，Epodes. 15

Pactumeius　帕克图梅乌斯，一男孩，Epodes. 17

Pacuvius　帕库维乌斯，古罗马悲剧作家，Epistles. 2.1

Paeligni　帕埃利格尼人，居住在意大利中部寒冷山地的民族，Odes. 3.19；Epodes. 17

Palatine　帕拉丁山，公元前28年奥古斯都在此山修建阿波罗神庙，并建立公共图书馆，Epistles. 1.3

Palinurus　帕利纽拉斯，意大利一岬角，Odes. 3.4

Pallas　帕拉斯，雅典娜，Odes. 1.6；Odes. 1.7；Odes. 1.12；Odes. 1.15；Epodes. 10

Panaetius　帕奈提乌斯，斯多葛学派哲学家，Odes. 1.29

Panthous　潘托俄斯，特洛伊英雄欧福耳玻斯（Euphorbus）之父，Odes. 1.28

Pantilius　潘提里乌斯，人名，Satires. 1.10

Pantolabus 潘托拉布斯，一门客，Satires. 1. 8；Satires. 2. 1

Paphos 帕福斯，位于塞浦路斯，维纳斯崇拜中心，Odes. 1. 30；Odes. 3. 28

Paris 帕里斯，普里阿姆之子，诱拐海伦导致特洛伊战争，Odes. 1. 15；Odes. 3. 3；Epistles. 1. 2

Paros 帕罗斯岛，爱琴海上一岛，Odes. 1. 19；Epistles. 1. 19

Parrhasius 帕哈希乌斯，古希腊画家，Odes. 4. 8

Parthians 帕提亚人，Odes. 1. 2；Odes. 1. 12；Odes. 1. 19；Odes. 1. 21；Odes. 2. 13；Odes. 3. 2；Odes. 3. 5；Odes. 3. 8；Odes. 4. 5；Odes. 4. 15；Epodes. 7；Satires. 2. 1；Satires. 2. 5；Epistles. 1. 18；Epistles. 2. 1

Patara 帕特拉，位于小亚细亚利西亚南部海岸，Odes. 3. 4

Paulus 保卢斯，公元前216年的执政官，Odes. 1. 12

Paulus 保卢斯，公元前216年的执政官保卢斯的家族，Satires. 1. 6

Paulus Maximus 保卢斯·马克西姆斯，公元前11年的执政官，Odes. 4. 1

Pausias 保西阿斯，古希腊画家，Satires. 2. 7

Pediatia 佩迪亚提亚，女人名，Satires. 1. 8

Pedius Publicola 佩迪乌斯·普布里科拉，一演说家，Satires. 1. 10

Pedum 佩德姆，位于提布尔和普雷尼斯特之间一城镇，Epistles. 1. 4

Pegasus 珀加苏斯，神话中有翼的飞马，Odes. 1. 27；Odes. 4. 11

Peleus 珀琉斯，阿喀琉斯之父，Odes. 1. 6；Odes. 3. 7；Epistles. 1. 2

Pelion 皮立翁山，塞萨利一山，Odes. 3. 4

Pelops 珀罗普斯，坦塔罗斯之子，Odes. 1. 6；Odes. 1. 28；Odes. 2. 13；Epodes. 17

Penelope 佩内洛普，尤利西斯之妻，Odes. 1. 17；Odes. 3. 10；Sati-

381

res. 2. 5；Epistles. 1. 2

Pentheus　彭修斯，底比斯国王，Odes. 2. 19；Epistles. 1. 16

Perellius　柏雷里乌斯，一放贷的人，Satires. 2. 3

Persia　波斯，Odes. 1. 38；Odes. 2. 9；Odes. 3. 1；Odes. 3. 9；Epodes. 13

Persians　波斯人，Odes. 1. 27

Persius　柏修斯，一富人，父亲是希腊人，母亲是罗马人，Satires. 1. 7

Petillius Capitolinus　佩提里乌斯·卡皮托里努斯，据说因偷窃卡皮托尔山上的朱庇特的金冠而受到了指控，Satires. 1. 4；Satires. 1. 10

Petrinum　佩特里努姆，坎帕尼亚一城镇，Epistles. 1. 5

Pettius　佩提乌斯，一青年，Epodes. 11

Phaeacian　费阿刻斯人，生活奢侈，Epistles. 1. 15

Phaethon　法厄同，太阳神之子，Odes. 4. 11

Phalanthus　法兰苏斯，一曾经统治塔兰托的斯巴达人，Odes. 2. 6

Phidyle　斐戴勒，一虔诚乡村少女，Odes. 3. 23

Philippi　菲利皮，马其顿一城镇，公元前42年菲利皮战役的发生地，Odes. 2. 7；Odes. 3. 4；Epistles. 2. 2

Philippus　菲利普斯，一著名律师，Epistles. 1. 7

Phocaean　福西亚人，爱奥尼亚一民族，Odes. 2. 4；Epodes. 16

Phoebus　福玻斯，太阳神阿波罗，Odes. 1. 12；Odes. 1. 32；Odes. 3. 3；Odes. 3. 4；Odes. 3. 21；Odes. 4. 6；Odes. 4. 15

Pholoe　福洛，一少女，Odes. 1. 33；Odes. 2. 5；Odes. 3. 15

Phraates　弗拉提斯，帕提亚国王，Odes. 2. 2；Epistles. 1. 12

Phrygia　佛里几亚，小亚细亚一富裕国家，Odes. 1. 15；Odes. 2. 9；Odes. 2. 12；Odes. 3. 1

Phryne　弗里尼，一少女，Epodes. 14

索引

Phyllis 菲莉斯,一少女,Odes. 2. 4；Odes. 4. 11

Picenum 皮斯努姆,意大利一亚得里亚海沿岸地区,Satires. 2. 3；Satires. 2. 4

Pieria 皮埃里亚,奥林匹斯山附近一地区,被认为是缪斯的居住地,Odes. 3. 4；Odes. 3. 10；Odes. 4. 3

Pimpleis 皮坡拉的缪斯,皮坡拉是奥林匹斯山附近一地,Odes. 1. 26

Pindar 品达,古希腊著名诗人,Odes. 4. 2；Odes. 4. 9；Epistles. 1. 3

Pindus 品都斯山,塞萨利一山,Odes. 1. 12

Pirithous 庇里托俄斯,希腊英雄,Odes. 3. 4；Odes. 4. 7

Pitholeon 皮托利昂,罗德岛诗人,Satires. 1. 10

Plancus 普兰库斯,穆纳提乌斯·普兰库斯,曾任执政官,Odes. 1. 7；Odes. 3. 14

Plato 柏拉图,阿提卡喜剧诗人,Satires. 2. 3

Plato 柏拉图,古希腊著名哲学家,Satires. 2. 4

Plautus 普劳图斯,古罗马喜剧诗人,Epistles. 2. 1

Plotius 普罗提乌斯,贺拉斯的朋友,Satires. 1. 5；Satires. 1. 10

Po 波河,意大利北部一河,Epodes. 16

Polemon 波勒蒙,古希腊哲学家,色诺克拉底的学生,Satires. 2. 3

Pollio 波里奥,古罗马政治家、演说家、历史学家和悲剧诗人,Odes. 2. 1；Satires. 1. 10

Pollux 波吕克斯,希腊英雄,卡斯托尔的兄弟,Odes. 3. 3；Odes. 3. 29；Epistles. 2. 1

Polyhymnia 圣歌女神,Odes. 1. 1

Pompeius 庞培,贺拉斯的战友,同贺拉斯一样,在内战中追随布鲁图和卡西乌斯,Odes. 2. 7

Pompeius 庞培,前三头之一的庞培的儿子,Epodes. 4

Pomponius 波姆波尼乌斯，一放荡青年，Satires. 1.4

Pontus 本都，黑海东南岸一地区，Odes. 1.14

Porcius 波尔西乌斯，纳西迪埃努斯一门客，Satires. 2.8

Porphyrion 波尔费里翁，巨人之一，Odes. 3.4

Porsena 波塞纳，伊特鲁里亚国王，Epodes. 16

Posilla 波西拉，少女的昵称，Satires. 2.3

Postumus 波斯图穆斯，贺拉斯的朋友，Odes. 2.14

Praeneste 普雷尼斯特，拉丁姆一城镇，Odes. 3.4；Epistles. 1.2

Priam 普里阿姆，特洛伊国王，Odes. 1.10；Odes. 1.15；Odes. 3.3；Odes. 4.6；Epodes. 17；Satires. 2.3

Priapus 生殖神，Epodes. 2；Satires. 1.8

Priscus 普里斯库斯，一善变的人，Satires. 2.7

Proculeius 普罗库勒乌斯，人名，Odes. 2.2

Proetus 普罗托斯，听信妻子的诬告，试图杀死柏勒罗丰，Odes. 3.7

Prometheus 普罗米修斯，Odes. 1.16；Odes. 2.13；Odes. 2.18；Epodes. 17

Proserpine 普洛塞尔皮娜，冥后，Odes. 1.28；Odes. 2.13；Epodes. 17；Satires. 2.5

Proteus 普罗特斯，海神，Odes. 1.2；Satires. 2.3；Epistles. 1.1

Publius 普波里乌斯，人名，Satires. 2.5

Punic 布匿人，迦太基人，Odes. 2.2；Odes. 2.12；Odes. 2.13；Odes. 3.5；Odes. 3.6；Epistles. 2.1

Pupius 普皮乌斯，悲剧诗人，Epistles. 1.1

Pylades 皮拉迪斯，俄瑞斯忒斯的好友，Satires. 2.3

Pylos 皮洛斯，位于伯罗奔尼撒半岛西南，Odes. 1.15

Pyrrha 皮拉，丢卡利翁（Deucalion）的妻子，Odes. 1.2

Pyrrha 皮拉，一少女，Odes. 1.5

Pyrrhus 皮洛士,伊庇鲁斯国王,Odes. 3. 6

Pyrria 皮里亚,泰提尼乌斯托加剧中的侍女,Epistles. 1. 13

Pythagoras 毕达哥拉斯,古希腊哲学家,Epodes. 15; Satires. 2. 4; Satires. 2. 6; Epistles. 2. 1

Quinctius Hirpinus 昆科提乌斯·希尔皮努斯,贺拉斯的朋友,Odes. 2. 11; Epistles. 1. 16

Quintilius 昆提里乌斯,贺拉斯和维吉尔的朋友,Odes. 1. 24

Quintus 昆图斯,昆图斯·阿里乌斯,曾举办大规模宴会,Satires. 2. 3

Quintus Horatius Flaccus 昆图斯·贺拉提乌斯·弗拉库斯,贺拉斯(Horace),Odes. 4. 6; Epodes. 15; Satires. 2. 1; Satires. 2. 6; Epistles. 1. 14

Quirinus 奎里纳斯,罗慕路斯,Odes. 1. 2; Satires. 1. 10

Regulus 雷古鲁斯,罗马将军,Odes. 1. 12; Odes. 3. 5

Remus 勒莫斯,罗马建城时,与其兄罗慕路斯发生分歧,被罗慕路斯杀害,Epodes. 7

Rhaeti 雷蒂人,阿尔卑斯山一部落,Odes. 4. 4; Odes. 4. 14

Rhine River 莱茵河,Satires. 1. 10

Rhode 罗德,一少女,Odes. 3. 19

Rhodes 罗德岛,Odes. 1. 7; Satires. 1. 10; Epistles. 1. 11

Rhodope 罗多彼山,色雷斯一山,Odes. 3. 25

Rhoetus 洛托斯,一巨人,Odes. 2. 19; Odes. 3. 4

Rhone 隆河,法国东南部一河,Odes. 2. 20

Rome 罗马,Odes. 3. 3; Odes. 3. 5; Odes. 3. 29; Odes. 4. 3; Odes. 4. 4; Odes. 4. 14; Epodes. 16; Satires. 1. 5; Satires. 1. 6; Satires. 2. 1; Satires. 2. 6; Satires. 2. 7; Epistles. 1. 2; Epistles. 1. 7；Epistles. 1. 8；Epistles. 1. 11；Epistles. 1. 14；Epistles. 1. 16；Epistles. 1. 20；Epistles. 2. 1；Epistles. 2. 2

Romulus　罗慕路斯，古罗马王政时期的第一任王，传说中的罗马城的建立者，Odes. 1. 12；Odes. 2. 15；Odes. 3. 3；Odes. 4. 5；Odes. 4. 8；Epodes. 16；Epistles. 2. 1

Roscius　罗斯西乌斯，人名，Satires. 2. 6

Roscius　罗斯西乌斯，罗斯西乌斯法案的制定者，Epistles. 1. 1

Roscius　罗斯西乌斯，一著名演员，Epistles. 2. 1

Rubi　鲁比，卡努希乌姆附近一城镇，Satires. 1. 5

Rufa　鲁法，少女的昵称，Satires. 2. 3

Rufillus　鲁菲卢斯，人名，Satires. 1. 4

Rupilius Rex　鲁皮里乌斯·雷克斯，人名，Satires. 1. 7

Ruso　鲁索，一放贷的人，Satires. 1. 3

Rutuba　鲁托巴，一角斗士，Satires. 2. 7

Sabaea　塞巴，阿拉伯一地区，Odes. 1. 29

Sabellian　萨贝里人，意大利一古老民族，Odes. 3. 6；Epodes. 17

Sabine　萨宾人，罗马东北部一山地民族，Odes. 1. 9；Odes. 1. 20；Odes. 1. 22；Odes. 2. 18；Odes. 3. 1；Odes. 3. 4；Epodes. 2；Satires. 1. 9；Satires. 2. 7；Epistles. 1. 7；Epistles. 1. 14；Epistles. 1. 16；Epistles. 2. 1

Sabinus　萨比努斯，托尔夸图斯的朋友，Epistles. 1. 5

Sagana　萨格娜，一女巫，Epodes. 5；Satires. 1. 8

Salamis　萨拉米斯，希腊一岛，塞浦路斯一城，Odes. 1. 7；Odes. 1. 15

Salernum　萨勒努姆，坎帕尼亚一城镇，Epistles. 1. 15

Salii　萨利，战神祭司，Odes. 1. 36；Odes. 1. 37；Odes. 4. 1；Epistles. 2. 1

索引

Sallustius Crispus　萨卢斯提乌斯·克里斯普斯，贺拉斯的朋友，Odes. 2. 2

Samnites　萨姆尼特人，意大利中部一民族，Satires. 2. 1；Epistles. 2. 2

Samos　萨莫斯，小亚细亚沿岸一岛，Epodes. 14；Epistles. 1. 11

Sappho　萨福，古希腊著名女诗人，Odes. 2. 13；Epistles. 1. 19

Sardinia　撒丁岛，Odes. 1. 31；Satires. 1. 3

Sardis　萨迪斯，吕底亚都城，Epistles. 1. 11

Sarmentus　萨尔门托斯，人名，Satires. 1. 5

Saturnus　农神，朱庇特之父，Odes. 1. 12；Odes. 2. 12；Odes. 2. 17

Satyrs　萨梯，半人半羊的森林之神，Odes. 1. 1；Odes. 2. 19；Epistles. 1. 19；Epistles. 2. 2

Scaeva　斯佳瓦，一挥霍者，Satires. 2. 1

Scaeva　斯佳瓦，人名，Epistles. 1. 17

Scamander　斯卡曼德河，特洛伊一河，Epodes. 13

Scauri　斯考里，曾任罗马执政官，Odes. 1. 12

Scetanus　塞塔努斯，人名，Satires. 1. 4

Scopas　斯科帕斯，古希腊雕塑家，Odes. 4. 8

Scythians　斯基泰人，黑海北岸一游牧民族，Odes. 1. 19；Odes. 1. 35；Odes. 2. 11；Odes. 3. 8；Odes. 3. 24；Odes. 4. 5；Odes. 4. 14

Semele　塞默勒，巴克斯之母，Odes. 1. 17；Odes. 1. 19

Septicius　塞普提西乌斯，贺拉斯的朋友，Epistles. 1. 5

Septimius　塞普提米乌斯，贺拉斯的朋友，Odes. 2. 6；Epistles. 1. 9

Seres　赛里斯人，Odes. 1. 12；Odes. 1. 29；Odes. 3. 29；Odes. 4. 15

Servius　塞尔维乌斯，一律师，Satires. 1. 10

Servius Oppidius　塞尔维乌斯·奥皮迪乌斯，一富人，Satires. 2. 3

Sestius　塞斯提乌斯，贺拉斯的朋友，Odes. 1. 4

Sicily　西西里岛，Odes. 2. 12；Odes. 2. 16；Odes. 3. 1；Odes. 3. 4；

Odes. 4. 4；Epodes. 17；Satires. 2. 6；Epistles. 1. 2；Epistles. 1. 12；Epistles. 2. 1

Sidon　西顿，腓尼基一城，Odes. 3. 1；Epodes. 16；Epistles. 1. 10

Silvanus　希尔瓦努斯，森林田野之神，Odes. 3. 29；Epodes. 2；Epistles. 2. 1

Simois　希莫伊斯河，特洛伊附近一河，Epodes. 13

Simonides　西摩尼得斯，古希腊抒情诗人，出生于喀俄斯岛，Odes. 4. 9

Sinuessa　希努埃萨，拉丁姆一城镇，Satires. 1. 5；Epistles. 1. 5

Siren　塞壬，古希腊神话中半人半鸟的海妖，Satires. 2. 3；Epistles. 1. 2

Sisenna　希斯埃纳，一说话刻薄的人，Satires. 1. 7

Sisyphus　西西弗斯，科林斯王，后被宙斯惩罚，Odes. 2. 14；Epodes. 17；Satires. 2. 3

Sisyphus　西西弗斯，马克·安东尼家族的一个矮子，Satires. 1. 3

Sithonians　希索尼亚人，居住在希腊希索尼亚岬角的居民，Odes. 1. 18；Odes. 3. 26

Smyrna　士麦那，爱奥尼亚一城，Epistles. 1. 11

Socrates　苏格拉底，古希腊著名哲学家，Odes. 1. 29；Odes. 3. 21；Satires. 2. 4

Sophocles　索福克勒斯，古希腊著名悲剧诗人，Epistles. 2. 1

Soracte　索拉克特山，罗马附近一山，Odes. 1. 9

Sosii　索西，索西兄弟，书商，Epistles. 1. 20

Spain　西班牙，Odes. 1. 29；Odes. 2. 20；Odes. 3. 6；Odes. 3. 8；Odes. 3. 14；Epodes. 4；Satires. 2. 8

Sparta　斯巴达，Odes. 2. 6；Odes. 2. 11；Odes. 3. 3；Odes. 4. 9；Epodes. 6

Spartacus　斯巴达克斯，古罗马奴隶起义领袖，Odes. 3. 14；Epodes. 16

Staberius 斯达贝里乌斯，一守财奴，Satires. 2. 3

Stertinius 斯特提尼乌斯，斯多葛学派哲学家，Satires. 2. 3；Epistles. 1. 12

Stesichorus 斯泰西科拉斯，古希腊抒情诗人，Odes. 4. 9

Sthenelus 斯忒涅路斯，《荷马史诗》中的希腊英雄，Odes. 1. 15；Odes. 4. 9

Subura 苏布拉，罗马一街道，Epodes. 5

Sulcius 舒尔希乌斯，一检察官，Satires. 1. 4

Sulpicius 苏尔皮西乌斯，人名，Odes. 4. 12

Surrentum 苏伦图姆，那不勒斯湾南端一城，Epistles. 1. 17

Sybaris 锡巴里斯，一青年，Odes. 1. 8

Sygambri 塞格姆布里人，日耳曼一部落，Odes. 4. 2；Odes. 4. 14

Syria 叙利亚，Odes. 1. 31；Odes. 2. 7；Odes. 2. 11；Odes. 3. 4

Syrtes 塞尔提斯，北非沿岸的浅滩，Odes. 1. 22；Odes. 2. 6；Odes. 2. 20；Epodes. 9

Syrus 赛勒斯，一奴隶的名字，Satires. 1. 6

Syrus 赛勒斯，一角斗士，Satires. 2. 6

Taenarus 泰那如斯，拉科尼亚一岬角，有一洞穴，据说是地狱的入口，Odes. 1. 34

Tanais 塔纳伊斯河，顿河旧称，Odes. 3. 10；Odes. 3. 29；Odes. 4. 15

Tanais 塔奈斯，梅塞纳斯的一个被释奴，Satires. 1. 1

Tantalus 坦塔罗斯，佛里几亚国王，因杀死自己的孩子作为食物款待众神而受到惩罚，尽管饥渴难耐，却够不到近在咫尺的食物和水，Odes. 2. 18；Epodes. 17；Satires. 1. 1

Tarentum 塔兰托，卢卡尼亚一城，Odes. 1. 28；Odes. 3. 5；Satires. 1.6；Satires. 2.4；Epistles. 1.7；Epistles. 1.16；Epistles. 2.1

Tarpa　塔尔巴，一戏剧评论家，Satires. 1.10

Tarquin　塔克文，古罗马王政时期的末代王，Odes. 1.12；Satires. 1.6

Taurus　陶鲁斯，曾两次任罗马执政官，Epistles. 1.5

Teanum　特努姆，坎帕尼亚一城镇，Epistles. 1.1

Tecmessa　泰克莫萨，阿贾克斯的奴隶，Odes. 2.4

Telamon　特拉门，阿贾克斯的父亲，Odes. 2.4

Telegonus　忒勒戈诺斯，尤利西斯和锡西之子，Odes. 3.29

Telemachus　忒勒马科斯，尤利西斯和佩内洛普之子，Epistles. 1.7

Telephus　特勒浦斯，一青年，Odes. 1.13；Odes. 3.19；Odes. 4.11

Telephus　特勒浦斯，迈西亚国王，Epodes. 17

Tempe　滕比谷，塞萨利一美丽山谷，Odes. 1.7；Odes. 1.21；Odes. 3.1

Teos　提俄斯，位于吕底亚海岸，抒情诗人阿那克里翁的出生地，Odes. 1.17；Epodes. 14

Terence　泰伦斯，古罗马喜剧诗人，Epistles. 2.1

Terminus　特米诺斯，界神，Epodes. 2

Teucer　透克洛斯，特洛伊战争中的英雄，特拉门之子，阿贾克斯的兄弟，Odes. 1.7；Odes. 1.15；Odes. 4.9；Satires. 2.3

Thalia　塔利亚，喜剧缪斯，Odes. 4.6

Thaliarchus　泰里阿科斯，贺拉斯的朋友，Odes. 1.9

Thebes　底比斯，比奥提亚一城，Odes. 1.7；Odes. 1.19；Odes. 3.11；Odes. 4.4；Satires. 2.5；Epistles. 1.3；Epistles. 1.16；Epistles. 2.1

Theon　西昂，一说话刻薄的人，Epistles. 1.18

Theseus　忒修斯，希腊英雄，Odes. 4.7

索引

Thespis 泰斯庇斯，古希腊悲剧诗人，Epistles. 2. 1

Thessaly 塞萨利，古希腊北部一国，Odes. 1. 7；Odes. 1. 10；Odes. 1. 27；Odes. 1. 37；Odes. 2. 4；Epodes. 5；Epistles. 2. 2

Thetis 西蒂斯，海神，阿喀琉斯之母，Odes. 1. 8；Odes. 4. 6；Epodes. 13

Thrace 色雷斯，古希腊北部一地区，Odes. 1. 24；Odes. 1. 25；Odes. 1. 27；Odes. 1. 36；Odes. 2. 16；Odes. 2. 19；Odes. 3. 9；Odes. 3. 25；Odes. 4. 12；Epodes. 5；Epodes. 13；Satires. 2. 6；Epistles. 1. 3；Epistles. 1. 16

Thurii 图里，卢卡尼亚一城镇，Odes. 3. 9；Satires. 2. 8

Thyestes 梯厄斯忒斯，神话中的阿哥斯国王，Odes. 1. 16；Epodes. 5

Tiber 台伯河，Odes. 1. 2；Odes. 1. 8；Odes. 1. 20；Odes. 1. 29；Odes. 2. 3；Odes. 3. 7；Odes. 3. 12；Satires. 1. 9；Satires. 2. 1；Satires. 2. 2；Satires. 2. 3；Epistles. 1. 11

Tiberius 提比略，富人奥皮迪乌斯的儿子，Satires. 2. 3

Tiberius Claudius Nero 提比略·克劳狄·尼禄，奥古斯都的继子，后成为罗马帝国元首，Odes. 4. 4；Odes. 4. 14；Epistles. 1. 3；Epistles. 1. 8；Epistles. 1. 9；Epistles. 1. 12；Epistles. 2. 2

Tibur 提布尔，罗马附近一城镇，Odes. 1. 7；Odes. 1. 18；Odes. 2. 6；Odes. 3. 4；Odes. 3. 29；Odes. 4. 2；Odes. 4. 3；Satires. 1. 6；Satires. 2. 4；Epistles. 1. 7；Epistles. 1. 8；Epistles. 2. 2

Tiburnus 提布努斯，提布尔的建立者之一，Odes. 1. 7

Tigris 底格里斯河，Odes. 4. 14

Tillius 提里乌斯，曾任保民官和裁判官，Satires. 1. 6

Timagenes 提玛盖奈斯，口才出众的修辞学教师，Epistles. 1. 19

Tiresias 提里西阿斯，底比斯著名预言家，Satires. 2. 5

Tiridates 提里达特斯，与弗拉提斯争夺帕提亚王位的王子，Odes. 1.26

Tisiphone 底西福涅，复仇女神之一，Satires. 1.8

Titans 提坦诸神，Odes. 3.4

Tithonus 提托诺斯，特洛伊国王拉俄墨冬之子，Odes. 1.28；Odes. 2.16

Titius 提提乌斯，古罗马诗人，Epistles. 1.3

Tityos 提堤俄斯，因企图强奸拉托那被惩罚，死后被两只秃鹰不停地啄食内脏，Odes. 2.14；Odes. 3.4；Odes. 3.11；Odes. 4.6

Torquatus 托尔夸图斯，贺拉斯的朋友，贵族和律师，Odes. 4.7；Epistles. 1.5

Torquatus 托尔夸图斯，曼里乌斯·托尔夸图斯（Manlius Torquatus），公元前65年的罗马执政官，Epodes. 13

Trausius 特劳希乌斯，人名，Satires. 2.2

Trebatius 特雷巴提乌斯，一著名律师，Satires. 2.1

Trebonius 特雷波尼乌斯，一通奸者，Satires. 1.4

Trivicum 特里维库姆，阿普里亚一城镇，Satires. 1.5

Troilus 特洛伊鲁斯，普里阿姆之子，Odes. 2.9

Troy 特洛伊，Odes. 1.6；Odes. 1.8；Odes. 1.10；Odes. 1.15；Odes. 1.28；Odes. 2.4；Odes. 3.3；Odes. 3.19；Odes. 4.4；Odes. 4.6；Odes. 4.9；Odes. 4.15；Epodes. 10；Epodes. 14；Epodes. 17；Satires. 2.3；Satires. 2.5；Epistles. 1.2

Tullius 图里乌斯，古罗马王政时期的第六任王，Satires. 1.6

Tullus 图卢斯，曾任执政官，Odes. 3.8

Tullus 图卢斯，古罗马王政时期的第三任王，Odes. 4.7

Turbo 图尔博，一角斗士，Satires. 2.3

Turius 图里乌斯，曾任裁判官，Satires. 2.1

Tusculum 图斯库鲁姆，拉丁姆一城镇，Epodes. 1

索 引

Tydeus 堤丢斯，希腊英雄，狄俄墨得斯之父，Odes. 1. 6；Odes. 1. 15

Tyndareus 廷达瑞俄斯，神话中的斯巴达王，Odes. 4. 8；Satires. 1. 1

Tyndaris 泰恩达里斯，一少女，Odes. 1. 17

Typhoeus 百头巨怪，Odes. 3. 4

Tyre 推罗，腓尼基一城，Odes. 3. 29；Satires. 2. 4；Epistles. 1. 6

Ulysses 尤利西斯，Odes. 1. 6；Epodes. 16；Epodes. 17；Satires. 2. 3；Satires. 2. 5；Epistles. 1. 2；Epistles. 1. 6；Epistles. 1. 7

Ulubrae 乌鲁布雷，拉丁姆一城镇，Epistles. 1. 11

Umbrenus 乌姆布雷努斯，一老兵，Satires. 2. 2

Umbria 翁布里亚，位于意大利北部，Satires. 2. 4

Ummidius 乌米狄乌斯，一守财奴，Satires. 1. 1

Ustica 乌斯蒂卡山，贺拉斯的萨宾农庄附近一山，Odes. 1. 17

Utica 乌蒂卡，迦太基北部一城镇，Epistles. 1. 20

Vacuna 瓦库纳，一萨宾女神，Epistles. 1. 10

Vala 瓦拉，贺拉斯的朋友，Epistles. 1. 15

Valerius 瓦勒里乌斯，曾驱逐高傲者塔克文，Satires. 1. 6

Valgius 瓦尔吉乌斯，诗人，贺拉斯的朋友，Odes. 2. 9；Satires. 1. 10

Varia 瓦里亚，萨宾一城镇，Epistles. 1. 14

Varius 瓦里乌斯，诗人，贺拉斯和维吉尔的朋友，Odes. 1. 6；Satires. 1. 5；Satires. 1. 6；Satires. 1. 9；Satires. 1. 10；Satires. 2. 8；Epistles. 2. 1

Varro 瓦罗，《论农业》作者，据说也曾写过讽刺诗，因出生地在阿塔克斯(Atax)河边，被称为阿塔克斯的瓦罗，Satires. 1. 10

393

Varus　瓦卢斯，贺拉斯的朋友，Odes. 1. 18

Varus　瓦卢斯，人名，与前者并非一人，Epodes. 5

Vatican　梵蒂冈山，罗马一山，Odes. 1. 20

Veia　维亚，一女巫，Epodes. 5

Veianius　维阿尼乌斯，一角斗士，Epistles. 1. 1

Veii　维伊，伊特鲁里亚一古老城镇，Epistles. 2. 2

Velia　维利亚，卢卡尼亚一城镇，Epistles. 1. 15

Veline　维里尼，罗马一部落，Epistles. 1. 6

Venafrum　维纳福鲁姆，坎帕尼亚一城镇，Odes. 2. 6；Odes. 3. 5；Satires. 2. 4；Satires. 2. 8

Venucula　维努库拉，一种葡萄的名字，Satires. 2. 4

Venus　维纳斯，Odes. 1. 2；Odes. 1. 4；Odes. 1. 13；Odes. 1. 15；Odes. 1. 18；Odes. 1. 19；Odes. 1. 30；Odes. 1. 32；Odes. 1. 33；Odes. 2. 1；Odes. 2. 7；Odes. 2. 8；Odes. 3. 10；Odes. 3. 11；Odes. 3. 12；Odes. 3. 16；Odes. 3. 18；Odes. 3. 21；Odes. 3. 26；Odes. 3. 27；Odes. 4. 1；Odes. 4. 6；Odes. 4. 10；Odes. 4. 11；Odes. 4. 15；Epistles. 1. 6

Venusia　维努西亚，位于阿普里亚，萨姆尼特人建立的城镇，Odes. 1. 28；Satires. 2. 1

Vergil　维吉尔，古罗马著名诗人，Odes. 1. 3；Odes. 1. 24；Odes. 4. 12；Satires. 1. 5；Satires. 1. 6；Satires. 1. 10；Epistles. 2. 1

Vertumnus　威耳廷努斯，罗马神话中掌管四季变化之神和掌管买卖之神，Satires. 2. 7；Epistles. 1. 20

Vesta　维斯塔，女灶神，Odes. 1. 2；Odes. 3. 5；Satires. 1. 9；Epistles. 2. 2

Vestal　维斯塔尔贞女，Odes. 3. 30

Vibidius　威必迪乌斯，梅塞纳斯一门客，Satires. 2. 8

Vindelici　文德里奇人，阿尔卑斯山一部落，Odes. 4. 4；Odes. 4. 14

索 引

Vinius Asina 维尼乌斯·阿西纳，贺拉斯的信使，Epistles. 1. 13
Viscus 维斯库斯，人名，Satires. 1. 9；Satires. 1. 10；Satires. 2. 8
Visellius 维斯里乌斯，人名，Satires. 1. 1
Volanerius 沃拉尼里乌斯，一门客，Satires. 2. 7
Volteius Mena 沃尔提伊乌斯·梅纳，一被释奴，Epistles. 1. 7
Voranus 沃拉努斯，一窃贼，Satires. 1. 8
Vulcan 武尔坎，火神，Odes. 1. 4；Odes. 3. 4；Satires. 1. 5
Vultur 武尔图尔山，贺拉斯家乡附近一山，Odes. 3. 4

Xanthias 赞西亚斯，贺拉斯的朋友，Odes. 2. 4
Xanthus 赞塔斯河，利西亚一河，Odes. 4. 6

Zethus 泽托斯，安菲翁的兄弟，Epistles. 1. 18

Horace, *Odes and Epodes*, translated by C.E.Bennett, Loeb Classical Library, Harvard University Press, 1914.
Horace, *Satires*, *Epistles and Ars Poetica*, translated by H. Rushton Fairclough, Loeb Classical Library, Harvard University Press, 1926.

图书在版编目（CIP）数据

贺拉斯诗选/（古罗马）贺拉斯著；岳成译. —北京：北京师范大学出版社，2025.5

（西方古典译丛）

ISBN 978-7-303-25509-2

Ⅰ.①贺… Ⅱ.①贺…②岳… Ⅲ.①古典诗歌－诗集－古罗马 Ⅳ.①I12

中国版本图书馆CIP数据核字（2020）第008186号

HELASI SHIXUAN

出版发行：北京师范大学出版社 https://www.bnupg.com
　　　　　北京市西城区新街口外大街12-3号
　　　　　邮政编码：100088
印　　刷：北京盛通印刷股份有限公司
经　　销：全国新华书店
开　　本：730 mm×980 mm　1/16
印　　张：25.75
字　　数：346千字
版　　次：2025年5月第1版
印　　次：2025年5月第1次印刷
定　　价：168.00元

策划编辑：刘东明	责任编辑：李春生
美术编辑：王齐云	装帧设计：王齐云
责任校对：段立超	责任印制：赵　龙

版权所有 侵权必究

读者服务电话：010-58806806
如发现印装质量问题，影响阅读，请联系印制管理部：010-58808284